LA GUERRE

SOCIÉTÉ ANONYME D'IMPRIMERIE DE VILLEFRANCHE-DE-ROUERGUE
Jules BARDOUX, Directeur.

LA GUERRE

RÉCIT ÉPISODIQUE D'UN SIÈGE AU XVIᵉ SIÈCLE

Par CARLO DU MONGE

ILLUSTRATIONS DE V. POIRSON

SUIVI DE

LE SECRET DU FER | LES LANSQUENETS

PAR J. PROTCHE DE VIVILLE | PAR ERNEST D'HERVILLY

ILLUSTRATIONS D'ATALAYA | ILLUSTRATIONS DE ROCHLING

PARIS

LIBRAIRIE CH. DELAGRAVE

15, RUE SOUFFLOT, 15

—

1886

Ⓒ

LA GUERRE

RÉCIT ÉPISODIQUE D'UN SIÈGE AU XVIᵉ SIÈCLE

I

UN PARADOXE DE MESSIRE L'INGÉNIOUR

L'an 15.. de l'Incarnation rédemptrice de Notre-Seigneur et le treizième jour du mois de mars, messire Alliberteau, l'échevin, et ses
adjoints se trouvaient réunis dans la grande salle de la maison de
l'échevinage d'Ornans, et devisaient de choses d'une extrême gravité.

La salle, en forme de parallélogramme, était décorée de motifs

d'architecture dans le goût un peu austère des vieilles demeures féo-
dales. Le jour y arrivait par deux immenses fenêtres jumelles, dont les
ogives dentelées offraient un curieux spécimen de l'art tourmenté du
XIIIᵉ siècle.

Les murs étaient tendus d'étoffes couvertes de peintures. Le profane
y coudoyait familièrement le divin. C'est ainsi qu'un panneau racon-
tait les infortunes d'Actéon métamorphosé en cerf, tandis qu'un autre
reproduisait la scène des rois Mages prosternés devant la crèche de
Bethléem. Tel était le plaisir de la mode souveraine. Aussi le voisinage de ces deux draps *paincts,* pour parler l'idiome d'antan, ne
choquait ni les yeux, ni le bon goût, et personne ne songeait à se
plaindre de cette promiscuité.

Le même éclectisme bizarre avait dû présider à l'ameublement de
la salle.

L'un des côtés se dissimulait derrière un immense bahut en bois
sculpté fourmillant de chimères ailées. L'autre était tout entier occupé
par une de ces prodigieuses cheminées que le moyen âge avait léguées
à la Renaissance, une cheminée à chambranle de vieux chêne décorée
de salamandres et de sphinx accroupis, avec ses hauts et reluisants
chenets de fer forgé, merveille de la métallurgie artistique du temps.
Entre parenthèses, dans l'âtre flamblait un vaillant feu de bois tapa-
geur, que motivait l'âpre bise du Nord qui faisait grincer furieusement
les girouettes du beffroi de l'échevinage.

Le long des murs couraient de longs bancs de chêne massif à dos-
siers fenestrés, alternant avec de pyramidales chaises garnies en
toute saison de coussins en tapisserie ou à plumes que dame Yolande,
l'échevine, ne dédaignait pas de confectionner de ses blanches mains
avec l'aide de damoiselle Yseult, sa fille, et aussi avec la permission
de Notre-Dame de Bon Conseil, car la famille était placée sous le
patronage de la Vierge.

Deux larges portes à double battant, symétriquement disposées en
face des deux fenêtres, donnaient accès dans la salle.

Entre les deux portes, se voyaient un dressoir à étagères.

Ce dressoir était tout un poème. Il mériterait une monographie spéciale, mais nous ne pouvons qu'indiquer ici, à la façon des catalogues, les magnificences de ciselure et d'orfèvrerie entassées sur cette pièce capitale de l'ameublement.

Voici des hanaps de Douai en pur cristal de roche, en forme de calices ; des gobelets incrustés de nielles, d'émaux et de pierres précieuses ; des salières d'argent merveilleusement fouillées ; des aiguières à long col, sveltes, idéales et de métal doré.

Cette féerie digne d'un conte des *Mille et une nuits* étincelait et ruisselait dans l'éblouissement de quatre lampes de jaspe.

Et maintenant que nous venons de faire connaissance avec la salle, occupons-nous un peu des graves personnages rangés en demi-cercle autour de l'âtre, pendant que l'échevine et sa fille achèvent un ouvrage de tapisserie.

A tout seigneur, tout honneur !

Je vous présente messire Alliberteau, puis le lieutenant, puis le procureur d'office, enfin le greffier et le sergent : en un mot le conseil de l'échevinage, conseil qui avait, on le sait, dans ses attributions, la police et la gestion des biens de la commune.

L'échevin parle. Les adjoints écoutent avec une respectueuse déférence.

Les deux femmes ont déposé sur une table leur tapisserie et prêtent une oreille attentive aux terribles choses que raconte messire Alliberteau.

Le conseil est anxieux, et en vérité il y a de quoi, car à ce moment la cloche du beffroi s'agite désespérément. L'heure est solennelle.

« La guerre, mes amis… ! La guerre avec ses déchaînements de misères et d'horreurs ! » s'écria l'échevin, en levant lentement son chaperon de velours noir orné d'une agrafe d'or aux armes de la commune, et en se drapant, d'un geste plein de résignation douloureuse, dans son ample robe de soie rouge et bleue, aux couleurs de la magistrature et de la cité.

C'était la guerre, en effet, la guerre certaine, imminente, que le beffroi annonçait. Les rues étaient fermées par de grosses chaînes de fer forgé, sans compter que les cœurs des pusillanimes bourgeois battaient la charge, tant étaient grands l'épouvantement et l'émoi.

« Bénie soit la main du Seigneur qui s'appesantit sur son peuple et que Notre-Dame de Bon Conseil, sa très benoîte mère, daigne nous protéger », ajouta dame Yolande, en joignant dévotement les mains.

Elle égrena fiévreusement le chapelet de corail rose qui pendait à sa ceinture avec un flacon de civette, un miroir vénitien à biseaux serti d'argent, la *pendoille*[1] relevée de motifs dorés sur drap vert et l'escarcelle de velours incarnadin à quatre boutons d'argent. Les dames de l'époque appelaient cela leurs *contenances*; et le mot seul est resté avec le souvenir de tant d'adorables riens perdus.

Puis elle prit dans son escarcelle son livre d'heures recouvert de satin violet à clous et à fermail dorés, l'ouvrit au signet et murmura des prières.

La gentille Yseult, elle, consulta son miroir aux fines ciselures, et le miroir devait lui dire de bien aimables choses, car elle se prit à sourire à son image que lui renvoyait la glace. Aussi ne prêta-t-elle à la conversation qu'une oreille distraite, l'oreille des jeunes filles. C'est qu'elle était vraiment charmante sous sa robe de laque jaune, lacée par devant et ornée d'arabesques de fil d'or, sous les fleurs bleues de son chapeau de laque rose, avec son tour de gorge nu et les taillades de son corsage.

Et puis, pour la folâtre enfant, la guerre c'était les soldats de tous

---

1. Pendoille, crochet qui servait à fixer le trousseau de clefs.

les cieux défilant sous les fenêtres de l'échevinage, tambourins bat-
tants et enseignes déployées, les gendarmes de France, les cuirasses
d'acier poli, les sayons et les écharpes de soie, les casques empana-
chés, en un mot, la diversion à la monotonie de l'existence d'une
fillette de la bourgeoisie au XVIᵉ siècle.

« Oui, prions le Seigneur qu'il nous sauve de l'abomination de la
désolation, répondit l'échevin. Comme dit M. Alain Chartier :

> Regret m'assault et pitié me fait guerre.

— Moi, je donne la préférence à la sagesse des nations, c'est-à-dire
aux proverbes dont le grand roi Salomon nous a laissé un si remarquable recueil. Or les proverbes disent :

> La guerre engendre pauvreté,
> La pauvreté l'humilité,
> Et d'humilité vient la paix.

Il n'y a pas à contredire sur ce point. »

C'était messire l'Ingéniour qui parlait de la sorte.

Le lieutenant et le procureur hochèrent doctement la tête.

« Encore une de vos théories, riposta l'échevin.

— Certes, je ne vous donne mes idées sur la matière que pour ce
qu'elles valent, ajouta messire l'Ingéniour, dont l'entrée inopinée avait
déridé tous ces fronts moroses, mais je suis d'avis que la guerre et la
paix n'arrivent pas sans la permission expresse du ciel. Et je soutiens,
dussé-je vous faire venir à tous la chair de poule, que la guerre est le
vieux moyen dont Dieu se sert pour saigner les nations. Quand il y a
pléthore sanguine, la science ordonne qu'on ouvre une veine au
malade. Or, j'estime que Dieu vaut Galien.

— Cela s'appelle parler en savant, mais vos théories sont féroces, insinua le procureur d'office, qui n'était pas de fort belliqueuse humeur.

— Féroces ou non, la guerre est décidée et Satanas en personne ne l'empêcherait pas, dit messire l'Ingéniour.

— Ainsi soit-il, fit l'échevine en soupirant et en fermant son livre d'heures.

— D'où je conclus que Madame l'échevine partage ma théorie sur la guerre, s'écria messire l'Ingéniour.

— Dieu m'en garde, messire Sbrigati, » ajouta vivement la dame Yolande.

La vérité vraie c'est que l'échevine avait fermé son livre et clos ses oraisons par l'*Amen* de rigueur. Messire l'Ingéniour s'était trompé sur le sens de cet *amen,* peut-être volontairement, car il aimait à discuter et à rire, messire l'Ingéniour, comme on l'appelait habituellement, bien qu'il se nommât Sbrigati tout court.

Ici j'ouvrirai une parenthèse, avec l'autorisation du lecteur.

Comme son nom l'indique surabondamment, messire l'Ingéniour, *vulgo* Sbrigati, était Italien d'origine et Français d'option. Son père était entré en France dans les fourgons des armées de Louis XII. Il y avait fait souche, et celui que nous n'appellerons plus désormais que messire l'Ingéniour avait, à force de persévérance, conquis l'emploi fort recherché alors d'ingénieur au corps royal de ces mineurs qui avaient, s'il en faut croire l'historien Guicciardini, accompli de véritables prodiges pendant le passage des Alpes par Charles, VIII° du nom.

La charge d'ingénieur était modeste autant que l'homme et convenait admirablement à cette nature exempte d'ambition. Messire Sbrigati partageait son temps entre ses devoirs professionnels et ses paradoxes. On le choyait dans la maison de l'échevinage, où ses boutades humoristiques mettaient en liesse le conseil et les dames. Du reste, il se montrait respectueux de toutes les opinions et convenait

gaiement que si tous les hommes pensaient uniformément, la vie man-
querait d'assaisonnement, que la contradiction raisonnable était le
condiment de la conversation, et qu'en fin de compte il n'y avait
d'un peu neuf sous le soleil que le paradoxe, les idées qui fermentent
dans les cervelles humaines étant depuis quatre mille ans, au bas
mot, ressassées par les deux milliards d'êtres intelligents qui peuplent
notre monde sublunaire.

Les girouettes du beffroi grinçaient.

Au total, s'il avait pour le paradoxe des tendresses de père, tendresses qu'il expliquait comme on vient de le voir, il faut bien avouer
qu'il le maniait avec une dextérité et une prestesse rares. Il se dra-
pait dans sa fantaisie comme un mendiant dans ses guenilles; et il
était superbe ainsi.

Il était charmant et charmé, recherché pour la liberté large et
toujours décente de ses théories et pour le tour original qu'il savait
leur donner jusqu'à les rajeunir, pour sa bonté simple et sans artifi-
ces, pour les grâces athéniennes de son langage et pour la rondeur
toute militaire de ses allures. Dans les rues, chacun se tenait pour

honoré de son salut. Il était homme de bon conseil, avait le goût de
ne pas se piquer d'une contradiction et partageait d'une âme égale les
soupers un peu trop austères de dame Yolande et les petites tribula-
tions que lui ménageait sa qualité de commensal de la maison ; car
madame l'échevine ne voyait en lui qu'un hérétique digne du bûcher
et damoiselle Yseult un simple ingénieur des pionniers, ce qui n'était
vraiment pas assez.

Ajoutons à ce qui précède que messire l'Ingéniour aimait la guerre,
en soldat qu'il était, pour ses périls, pour ses aventures, pour la quantité d'inconnu qui se dégage des frottements et des chocs des armées.
La paix ! c'était bon pour les bourgeois apoplectiques ou cacochymes,
ventrus et timorés, pour des femmelettes nerveuses et mièvres sentant
le musc et la civette. Mais pour un homme... ! Allons donc ; la guerre !
la guerre ! Il n'y avait que cela. C'était la meilleure des médecines
et, s'il en parlait avec ce lyrisme, c'est qu'il la savait à fond, aussi
bien que Blaise de Montluc, aussi bien que feu le connétable de Montmorency, soit dit sans les offenser.

Tel était messire l'Ingéniour. Aussi parlait-il de la guerre prochaine tête nue et dans une langue ardemment imagée.

A coup sûr, messire Alliberteau était à mille lieues des théories de
son commensal et ami. Il donna un autre cours à la conversation ;
l'échevine et Yseult reprirent leur tapisserie, et le dialogue suivant
s'établit entre les membres du conseil de l'échevinage, l'heure n'étant
pas propice aux paradoxes de messire l'Ingéniour.

« Mon cher procureur, vos rôles sont-ils dressés ?

— Oui, messire l'échevin.

— Ces mercenaires entreront demain sur le territoire de la commune. Vous avez assuré l'étape à tous ces routiers ?...

— Chaque soldat étranger aura sa distribution de vivres et de four-
rages. J'ai fait un recensement exact des ressources de la commune,

Les Suissès, les Allemands, les Espagnols auront leurs rations, mais les habitants seront forcés de rogner leur pitance journalière.

— Très bien... et vous avez songé à assurer l'ordre et la tranquillité publique, mon cher lieutenant?

— Notre compagnie d'arbalétriers protégera les personnes et les propriétés. Et puis ces gens-là ne vont pas prendre racine dans notre pays. Le 16° jour de mars, au petit jour, nous serons débarrassés de cette ribaudaille.

— Vous, messire le sergent, montez à cheval à la première heure et enjoignez à mes administrés de se conduire avec la plus extrême prudence. De cette façon, nous épargnerons à la cité de grands malheurs. Allez, messieurs, et que Dieu vous ait en sa très sainte et digne garde. »

Et les adjoints se disposèrent à quitter la salle, ainsi que messire l'Ingéniour, lequel salua gracieusement, après avoir baisé respectueusement la main que lui tendait l'échevine.

« Vous sentez le fagot, messire....

— Chère dame, priez pour moi. En attendant, je serai demain sur la route qui mène à Casteljaloux et j'espère bien écrire à votre intention le journal de la prochaine campagne. La guerre a du bon, vous dis-je ; les âmes se retrempent dans le bain salutaire de la guerre, cette effroyable médecine. Adieu, madame l'échevine ; damoiselle Yseult, au revoir et puissent les soirs d'hiver vous sembler longs loin de messire Sbrigati.

— Au revoir, messire...

— Adieu, messire l'échevin. »

Et il prit congé de ses amis, riant sous cape du mince succès de ses théories. « Allons, se dit-il, c'est le sort des paradoxes, jusqu'au jour où chacun les épouse. »

Quand la salle fut évacuée, les lampes de jaspe s'éteignirent et le feu expira tout doucettement.

Les girouettes du beffroi grinçaient, et la cloche jetait sinistrement ses notes graves dans le silence de la nuìt.

II.

LES TROMPES D'URI ET D'UNTERWALD

La ville d'Ornans est dans un état d'agitation indescriptible.

La cloche du beffroi sonne sans trêve.

Les rues sont désertes, les maisons verrouillées, et une grande tristesse se lit sur tous les visages.

Encore une fois le royaume de France est en péril ; et Dieu sait si depuis des années la fortune contraire s'acharne sur la patrie meurtrie !

Seuls, quelques marchands ambulants, que le ciel semble tout exprès tenir en réserve pour la soldatesque, s'installent au coin des rues et aux carrefours, de cet air essoufflé particulier aux gens de leur métier, dressant leurs éventaires en plein vent sur des escabeaux boiteux, et escomptant dans leur étroite cervelle les bénéfices aléatoires d'une industrie interlope.

A la Pomme de pin, le cabaret en renom de l'endroit, madame l'hôtesse a bravement arboré les couleurs suisses et allemandes ; c'est une pure flatterie à l'adresse des bandes mercenaires qui payent grassement et ne boudent pas à la dépense. Ces gens de guerre sont

bons enfants, bons vivants, et leur escarcelle ne se remplit que pour
se mieux vider.

A la tourelle de la maison échevinale flotte le drapeau noir des ca-
lamités nationales.

Sur le coup de midi, la grande rue qui partage la ville en deux est
envahie par une nuée noire de jeunes drôles gambadant avec des bruits
d'oiseaux échappés de leur volière. C'est leur manière à eux d'annoncer l'arrivée des soldats étrangers.

Dans le lointain, résonnent déjà les formidables trompes d'Uri et
d'Unterwald, dont les notes cuivrées se mêlent en cadence aux sourdes batteries des tambourins et aux sons aigus des flûtes. Et les bourgeois, qui ont la prudence du serpent, ferment leurs portes à double
tour, par crainte de cette engeance diabolique, dont le tort est de rançonner les pauvres gens et de se permettre des familiarités déplai-
santes. Fi ! les vilains qui tirent la barbe aux bourgeois et prennent le
menton aux jeunes filles !...

« Les voilà ! les voilà ! »

C'étaient eux, en effet, les Suisses, soldats cosmopolites incomparables, de belle mine et de fière allure, grands de taille, avec des airs
d'athlètes, précédés de leurs enseignes flottantes, guerroyant pour de
l'argent, ne faisant rien à moitié et se vendant au plus offrant et dernier enchérisseur corps et âme, avec leur liberté, leur vie, leur foi,
enflés encore de leurs stupéfiantes victoires de Granson et de Morat, où
l'Europe les avait vus renouvelant les exploits fameux de la phalange
macédonienne ; sobres, durs au combat, pleins de furie en rase campagne, médiocres pour les sièges, dont les travaux exigeaient du calme
et de savantes lenteurs, mais âpres au gain, aujourd'hui refusant la
bataille sous prétexte que la solde ne leur avait pas été payée la veille,
demain félons avec Ludovic le More qu'ils vendirent traîtreusement à
Louis XII° de France ; hommes de fer qui se vantaient de n'avoir sur
eux, en fait de fer, que leur dague et le bout de leurs piques qu'ils

maniaient avec une effroyable adresse, mendiés par les rois, qui leur faisaient des ponts d'or et se disputaient leur infanterie sans rivale.

Tels étaient les soldats qui entraient le 14ᵉ jour de mars dans la paisible ville d'Ornans.

En tête, marchaient les arquebusiers, aux sons des flûtes et des tambourins, dans un ordre admirable, portant la salade[1] et la dague, et le buste serré dans l'écrevisse de fer ou *hallecret*.

Joueur d'épée.

Après eux, venaient les piquiers avec leurs piques de dix-huit pieds de long, épouvante de la cavalerie, dédaignant de se couvrir du corselet de cuir ou de fer ; les plus braves avec des bonnets ombragés de plumes démesurées, étrangement accoutrés de bandes de taffetas, qui leur tenaient lieu de chausses bouffantes ; la plupart montrant leurs jambes nues ; leurs sandales de sparterie pendant à la ceinture ; tous

1. Salade, casque de métal, rond, léger et sans visière.

gens de sac et de corde, brouillés avec la justice, mais intrépides jusqu'à la folie.

En queue, s'avançaient les hallebardiers, armés de courtes piques,
dont ils se servaient pour frapper d'estoc et de taille, dans une sorte
de débraillé épique dont le bariolage le cédait à peine à l'extrava-
gance des panaches.

Un cri s'échappa de toutes les poitrines des timides curieux que les
musiques attiraient sur le passage des soldats.

« Les joueurs d'épée ! »

Ils étaient rares les joueurs d'épée. N'était pas joueur d'épée qui
voulait, au corps des hallebardiers ! Il fallait avoir donné mille preuves
de son courage, avant d'être sacré joueur d'épée. De haute stature, de
grande prestance, ces soldats d'élite allaient superbement devant eux,
droits et fiers, maniant comme un hochet d'enfant avec une prodi-
gieuse dextérité cette épée gigantesque qu'en route ils portaient diagonalement sur le dos.

La colonne s'arrêta. Les chefs donnèrent leurs ordres et, les rangs
rompus, la troupe se répandit bruyamment à travers la ville, comme
une avalanche, escortée des clameurs de trois ou quatre cents enfants.

La ville prit alors une physionomie curieuse. Les éventaires des
petits industriels furent vidés en un clin d'œil. La Pomme de pin
s'emplit comme un œuf et l'hôtesse encaissa de jolis profits licites, car
elle avait coutume de ne point écorcher la pratique. C'était sa gloire
et elle s'en montrait jalouse. Et puis, elle connaissait les Suisses et
savait à quoi s'en tenir sur leur compte. Sa vertu était donc faite de
prudence. D'ailleurs, le sergent de l'échevinage venait de publier la
très prochaine arrivée des Allemands ; et le ban, suivant l'usage,
avait arraché un cri de joie aux gamins, et un soupir de satisfaction
à madame l'hôtesse. Et les bourgeois, eux, s'étaient assurés que les
verrous de leurs portes étaient bien tirés et leurs maisons à l'abri d'un
coup de main. Passe encore les Suisses ! De vieilles connaissances et

point méchantes gens que ces montagnards ! Mais des reitres [1], juste
ciel ! Mais des lansquenets [2] ! Si les placides bourgeois tremblaient de
tous leurs membres sous leurs longues et amples casaques rouges,
leurs épouses trompaient les heures anxieuses de l'attente en se
signant dévotement au nom seul de ces mécréants dignes de la hart.

Reitre, *Cotte noire.*

Aussi quels hommes que ces soudoyés d'outre-Rhin, qui s'en
venaient combattre sous les enseignes royales dans un cynisme de toilette qui rappelait à la mémoire les Bohêmes et les Mores légen-
daires, qui gardaient la même chemise sur le dos pendant deux,
trois mois au plus, comme la catholique Isabelle assiégeant Grenade,

1. Reitre, cavalier d'outre-Rhin.
2. Lansquenet, fantassin d'outre-Rhin.

mais pour d'autres raisons; qui étalaient leurs poitrines velues comme
des poitrails de fauves et montraient effrontément les loques de leurs
chausses bigarrées et la chair de leurs cuisses...! Ne disait-on pas
qu'un lansquenet repoussé du Paradis par saint Pierre n'avait pas pu
trouver un gîte en Enfer, parce que le diable s'était méfié de sa turbulence...! Évidemment ce n'était là qu'un simple commérage; mais
la nouvelle avait fait son bonhomme de chemin et la qualification
seule de lansquenet inspirait un légitime effroi. A la vérité, on ne
comprenait rien, absolument rien à cet engouement de nos rois pour
ces maudits dont le diable lui-même n'avait pas voulu et qui, par-
dessus le marché, coûtaient les yeux de la tête.

Ajoutons que ces lansquenets (et ceci est un point d'histoire) étaient,
comme les Suisses, de solides fantassins, et qu'il fallait s'en contenter
à une époque où des préjugés gothiques considéraient l'infanterie
comme la démocratie de l'armée et le lot des vilains et des gens *mécaniques,* c'est-à-dire de condition inférieure.

Quoi qu'il en soit de cette digression et quel que pût être l'avis de
messieurs les bourgeois et de mesdames leurs épouses, l'hôtesse de
la Pomme de pin, épanouie et rougeaude, se tenait sur le seuil de sa
porte, en dépit d'une bise outrageusement glaciale.

Comme messire l'Ingéniour, elle pensait que la guerre était bonne
à quelque chose, puisqu'elle profitait aux hôtelleries ; et c'est évidemment pour ce motif qu'elle guettait l'arrivée de messieurs les Allemands.

Or, pendant qu'elle calculait ses profits probables, douze reîtres
débouchèrent, au pas de leurs montures, sans bardes ni caparaçons,
dans la rue Tire-Laine, précédés de deux cavaliers, qui soufflaient en
démons dans leurs cornets de cuivre en forme de S. Leur costume
attirait les regards. Ces *Cottes noires,* ainsi qu'on les nommait vulgai-
rement, avaient la taille prise dans une cuirasse d'acier. Sur leurs
épaules flottait une lourde casaque de drap brun. Une salade de métal
noirci ou un casque de cuir bouilli avec oreillères et couvre-nuque

leur servait de coiffure. Quelques-uns de ces cavaliers portaient un simple justaucorps de buffle noir, d'où leur était venu leur surnom de *Cottes noires*. A gauche, pendait à l'arçon de la selle une épée courte ; à droite, d'une gaine en cuir jaune, sortait la poignée d'un pistolet à rouet, cette abominable invention, ce présent de l'enfer, à ce qu'on assurait. Il est certain que cette diablerie-là avait déjà commis de singuliers méfaits. Notamment elle avait à se reprocher la mort du loyal serviteur Bayard, lequel avait en grandissime horreur, quand il vivait, toutes ces misérables *friquenelles* : car il enveloppait dans une même malédiction les pistolets à rouets inventés en Italie et adoptés par les cavaliers mercenaires d'Allemagne, et les arquebuses à feu de 40 livres et de 10 livres et les canons. Il disait que le courage était mort !...

Arrivés sur la place de l'échevinage, située au bout de la rue Tire-Laine, les douze cavaliers et les trompettes mirent pied à terre, attachèrent sans façon leurs chevaux aux barreaux de fer des fenêtres de messire Alliberteau et coururent s'attabler à la porte d'un cabaret, où leur premier soin fut de coiffer d'une salade le maître de céans, qui prit la plaisanterie en homme qui sait vivre, et pour cause. Il avait ces reîtres en fort médiocre estime, mais il convenait aussi que l'argent n'a pas de patrie. Un hôtelier avisé s'incline également devant l'écu d'un bourgeois et devant l'écu d'un soudard.

Les brocs de vin se vidèrent comme par enchantement ; et nos cavaliers touchaient au point mathématique où la liberté permise confine à la licence, quand dans la rue Tire-Laine se produisit un remue-ménage extraordinaire.

Les bandes allemandes entraient dans la ville, au son des *attabales* (tambourins) et des fifrets.

Postons-nous sur leur passage et ouvrons de grands yeux. Le spectacle semble plein de promesses.

A leurs piques, surmontées d'une large dague à lame quadrangulaire et qui, en marche, se portent sur l'épaule, il est aisé de recon-

2

naître les hallebardiers avec leurs casques de cuir ou leurs toques
tailladées, à plumes. Ils sont superbes de prestance et de crânerie, ces
hallebardiers ! Comme ils s'avancent majestueux ! Quels panaches !
Mais quelle défroque sordide les recouvre ! Tout cela sent la misère
intense, mais ces rudes fils d'Arminius ennoblissent leurs haillons par
la façon dont ils les portent. Quels gueux héroïques ! Ils vont en
cadence, au bruit rythmé des instruments, la pique et le front hauts,
ainsi qu'il sied à des gens qui ne craignent ni Dieu, ni diable.

Voici les piquiers, la poitrine couverte de l'écu d'acier ou du plastron de buffle, les chausses déguenillées ; sur l'épaule, la pique de
cinq pieds, et l'épée flamboyante à deux mains portée en sautoir. Ils
sont passés.

C'est au tour des arquebusiers.

J'aperçois la dague ou *miséricorde* dans sa gaine de cuir fauve pendue
à leur ceinture. Cette gaine sournoise, qui a l'air d'une trousse d'apothicaire, est un poème. C'est évasé par le haut et cela contient des
couteaux de formes variées, un véritable arsenal. Ils s'en servent, dit-
on, pour expédier les blessés dans l'autre monde ; mais c'est une
légende.

Les reîtres à cheval ferment la marche. Ils caracolent devant les
bourgeois ahuris et rient dans leurs grosses moustaches de la terreur
qu'ils inspirent.

Derrière eux et à distance, viennent les éclopés, les traînards, cette
lèpre des armées,

Messire le procureur s'approche, avec force politesses, qui sentent
autant la peur que le respect, des chefs de bandes qu'on distingue à
leurs cuirasses légères, parlemente avec eux, puis les salue et s'éloigne
à reculons, le sourire aux lèvres et la mort dans l'âme ; car il est ter-
riblement inquiet, le brave procureur, sur les surprises de plus d'un
genre que peut lui ménager la présence de ces routiers à mine
patibulaire.

Pendant ce temps, les soldats se livrent aux éclats d'une gaieté homérique et prennent d'assaut les cabarets où les attendaient le vin et le genièvre, c'est-à-dire l'oubli des fatigues.

Dans la maison de l'échevinage, l'aimable damoiselle Yseult, abritée derrière les vitraux peints de sa chambrette du premier étage, un doigt posé sur ses lèvres, la tête penchée dans une attitude de rêverie, suivait d'un œil vague la cohue qui grouillait à ses pieds et trouvait adorable, extraordinairement adorable, ce pandémonium humain.

Par contre, dame Yolande et messire Alliberteau, pour des motifs différents, étaient loin de partager la satisfaction de la fillette.

« Mille cornes du diable ! cria, en entrant comme un boulet de canon dans la pièce du rez-de-chaussée où causaient gravement messire Alliberteau et l'échevine, un bourgeois à la mine boule-versée... Ces ribauds, ces routiers, ces maroufles de lansquenets !

— Du calme, messire Isambart. Je vous adjure de rester calme. Vos criailleries ne sont pas des raisons, par Notre-Dame !

— Eh ! par Notre-Dame ! il s'agit bien vraiment de raisons. Ces marauds, que le ciel confonde ! m'ont chassé de mon logis et les voilà seuls avec dame Isambart. Je vous dis, moi, qu'ils m'ont menacé, si je ne sortais, de me faire tâter la pointe de leurs miséricordes. Et ils l'auraient fait, allez.... Des misérables, messire ! »

Messire Isambaart n'était pas patient. Ses dix doigts froissaient nerveusement son bonnet bleu céleste.

« Cela ne durera pas, fit l'échevin.

— Je le pense bien. Par les cornes du diable ! je le pense bien.

—Demain matin, ces gens-là mettront le cap sur la seigneurie de Casteljaloux. Croyez-moi, ça ne sera pas long.

— Long... long...! Comme si la chose pouvait durer. Mme Isambart obligée de céder son lit à ces batteurs d'estrade ; et moi, votre serviteur, contraint d'aller coucher à l'auberge ou à la belle étoile, et par un froid de Sibérie.. ! C'est la fin des fins, voyez-vous..... »

Réconforté par la solide et triomphante argumentation de l'échevin, messire Mathurin Isambart sortit en se drapant, d'un geste chargé de colère, dans sa casaque rouge doublée de damas gris tanné. Une fois dans la rue Tire-Laine qu'il remonta avec les jambes d'un homme brutalèment expulsé de son logis, sa mauvaise humeur se calma à la seule vue de ces routiers que le genièvre et le vin frelaté avaient allumés d'une pointe de gaieté et qui auraient été capables de se fâcher. Il allongea le pas, héla Mme Isambart et put constater enfin qu'il ne lui était rien arrivé de trop désagréable. Cela le réconcilia un peu avec les lansquenets, et il s'avoua tout bas qu'au demeurant ces gens-là étaient les meilleurs fils du monde. Néanmoins, il se barricada prudemment dans sa maison et se coucha dans son bon lit à baldaquin et à crépines de soie, où les songes les moins dorés ne tardèrent pas à bercer ses terreurs.

III

INDISCRÉTIONS ARCHÉOLOGIQUES SUR UNE VILLE QUI N'A PAS D'HISTOIRE

Je demanderai très humblement pardon à la seigneurie de Casteljaloux de venir l'arracher à sa douce obscurité trois fois séculaire, et de livrer son nom à la mémoire de mes contemporains. L'histoire a parfois d'austères devoirs.

Mes jeunes amis, prenez une carte de France de 1500 à 1600, car je ne veux pas préciser autrement.

Regardez vers la frontière orientale, entre Bâle et Genève.

Vous voici au Jura, presque à la limite de la France et de la Suisse, car le Jura, était à peine, à peine français vers cette désastreuse époque que Charles-Quint et François Ier ont remplie du retentissement de leurs querelles.

Dans ce Jura, au centre d'un triangle, dont les trois sommets sont Ornans, Salins et Pontarlier, et à l'époque dont il est question, se profilait sur l'horizon, pour l'observateur placé sur la route de Salins à Pontarlier, une sorte de large plateau descendant en pentes douces vers le Nord, vers l'Est et vers l'Ouest et bordé au Midi par des escarpements à pic.

Ce plateau occupait le point 899 de la carte.

C'est là qu'était Casteljaloux.

Cette route, qui décrit des spirales sans nombre à travers les hachures du dessin, annonce un sol tourmenté, une nature depuis longtemps familiarisée avec les convulsions géologiques.

Maintenant, nous allons faire une courte excursion dans le domaine de l'histoire.

Le territoire compris dans le triangle formait la seigneurie de Salins, seigneurie qui fut réunie à la couronne de France en 1678, exactement.

La seigneurie de Salins, qui s'étendait jusqu'à une portée d'arquebuse de Pontarlier, alors ville neutre, était comme la sentinelle avancée de l'étage inférieur du Jura, dominait la vallée de la Saône et les routes qui mettaient la montagne en communication avec le reste de la France.

C'était une seigneurie frontière, une *Marche,* comme on disait, mais une seigneurie frontière exposée aux déprédations des voisins, Suisses, impériaux et Allemands. Or, le rôle de Casteljaloux, fièrement campé sur le granit et dominant de toute la taille de ses rochers la route à peu près carrossable de Pontarlier à Salins, était précisément de s'opposer aux entreprises des étrangers qui venaient périodiquement rançonner la seigneurie.

Nous avons à expliquer pourquoi une armée royale se réunissait devant la ville de Casteljaloux.

Certes, il y aurait *matière à bréviaire.* Dieu me garde de prononcer les mots de traîtrise et de félonie. Disons seulement que Casteljaloux avait su mettre à profit les démêlés du roi de France et du roi de toutes les Espagnes pour se déclarer autonome et indépendant. L'idée était naturelle. Le château et la ville échappaient aux prétentions des deux monarques rivaux et leur situation à distance égale de la terre et des étoiles expliquait suffisamment ces fantaisies.

Cette idée était une trouvaille toute récente du conseil de l'échevinage, appuyé de l'épée et de la parole ardente de monseigneur Le Lorrain de Jorat, dont les ancêtres avaient eu souvent maille à partir avec le royal ami du barbier Olivier le Daïm.

Hallebardier.

L'occasion avait donc paru bonne pour ressaisir le fief et, sans autre forme de procès, Le Lorrain de Jorat avait repris un beau jour ce qu'il regardait comme sa chose à lui, comme un fief patrimonial inaliénable et incessible.

D'où exaspération de la cour qui trouva le procédé un peu sommaire.

La cour essaya de la persuasion. Elle échoua.

La cour menaça. Casteljaloux opposa aux sommations une infinité d'arguments empruntés à la pire époque des rhéteurs.

La cour fulmina et mit à prix la tête du rebelle.

Le rebelle répondit qu'il était dans son nid d'aigle et qu'il défiait la tempête.

Ce hobereau vraiment dépassait les bornes du respect. Il fit mieux. A son tour il fulmina et avertit charitablement les conseillers ordinaires et même extraordinaires de Sa Majesté qu'il les accrocherait, la tête en bas, à la plus haute tour de son donjon, à la première occasion, afin de les punir d'avoir osé regarder son aire.

Alors on se décida à la guerre, cette raison dernière des rois.

On a vu avec quel empressement les Suisses et les Allemands avaient répondu à l'appel de la cour. Eh! la mort-dieu! Monseigneur Le Lorrain de Jorat allait être exécuté de maîtresse façon. La seigneurie était une riche proie désignée aux convoitises de tous ces amis du pillage.

Un mot des origines de Casteljaloux, avant de finir.

Les historiens n'en font mention nulle part. C'est regrettable assurément.

Les archéologues, dont l'habitude est de demander au sol le secret des villes disparues, n'ont pas réussi à reconstituer les origines de Casteljaloux.

Le sort a de ces ironies cruelles.

Un heureux hasard s'est chargé de venger la seigneurie et voici comment. Je serai laconique.

Un certain jour de l'année 1800 et quelques, l'administration du Musée des Antiques d'une cité que je ne veux pas désigner autrement, prescrivit des fouilles dans la portion du Jura qui nous occupe. On creuse ; rien. On creuse encore ; rien. On descend jusque dans les entrailles de la montagne et l'on découvre enfin, après un labeur comparable aux douze travaux d'Alcide, quoi ?... Un coffret, un coffret de fer oxydé, clos comme un temple d'Hermès. Dans ce coffret, un flacon bouché à l'émeri était rempli d'une liqueur verdâtre. Que signifiait ce flacon ?... On gratta les parois externes et internes du coffret, d'abord sans succès, puis on découvrit des lignes imperceptibles. On assembla les lignes ; on en fit un mot : *Sbrigati*. Mais qui pouvait bien être ce *Sbrigati* ?

Or, des papiers intimes signés : *Sbrigati dit l'Ingéniour*, 15.., et dont je dois la découverte à un autre hasard singulier, m'apprirent un jour que ce *Sbrigati* déclarait qu'à l'époque de son départ pour Casteljaloux, dont l'armée royale allait faire le siège, il s'était muni d'un petit coffret de fer, que ce coffret ne l'avait pas quitté un seul instant et que le poison (car ce n'était pas autre chose) contenu dans le flacon de verre transparent était une suprême ressource, qu'il avait entendu se ménager contre les éventualités de la guerre. De plus, ajoutait le *journal du siège de Casteljaloux*, journal dont je dois la communication à la bienveillance de la famille *Sbrigati*, laquelle vit encore dans une ville de France, qu'il m'est interdit de nommer, porte cette courte mention : « Perdu un coffret de fer marqué au nom de *Sbrigati*, le septième jour de juin 15.., dans la galerie de mine. »

Ainsi, le problème était résolu. Une ville était découverte. Cette ville avait soutenu un siège.

Le journal a donc permis de reconstituer le drame de 15...

Et voilà comment, mes jeunes amis, vous aurez la primeur d'une découverte qui intéresse à la fois l'archéologie, l'histoire de notre pays et l'art militaire.

Mais pardon de mes explications. Je vous ai imposé un peu de fatigue et beaucoup d'ennui. C'était indispensable cependant.

Quoi qu'il en soit, le vingt-quatrième jour du mois de mars 15.., la ville de Casteljaloux se disposait bravement à combattre *pro aris et focis,* à la mode des vieux Romains, et il était temps, car déjà on voyait se profiler sur le plateau les tentes blanches des chefs de l'armée royale.

IV

L'ESPION MARTINGALE

C'était pour avoir lu et relu les *Stratagèmes* de Frontin que Martingale était devenu espion.

On sait que plus d'une vilaine besogne a été ennoblie par une belle cause et, circonstance atténuante, s'il était besoin d'en trouver une à son cas, Martingale qui n'était ni soldat, ni bourgeois, et qui se vantait d'être le treizième des enfants d'une famille plébéienne, faisait de l'art pour l'art.

Le métier d'espion n'est pas sans danger et le moins qu'on risque à ce jeu redoutable, c'est de finir de mort violente. Pour pratiquer l'espionnage, il faut donc avoir une véritable vocation. Martingale avait puisé la sienne aux vraies sources. Frontin, on ne sait trop pourquoi, était son livre de chevet. Voilà comment les livres modifient souvent les destinées d'un homme.

Mais Martingale n'était pas un vulgaire espion ; c'était l'espion, c'est-à-dire l'idéal du genre, j'allais presque dire l'honneur de sa profession. Il n'en était pas à son coup d'essai, quand la guerre éclata. Il avait rendu plus d'un service signalé à maint chef d'armée dans l'embarras. On le connaissait et nul n'ignorait qu'au premier signal des hostilités il passait, d'instinct, dans le camp ennemi, recueillait des renseignements d'une rigoureuse exactitude et s'entendait comme pas un à profiter de la naïveté ou de la négligence des soldats du guet pour sortir d'une ville fermée, sain et sauf.

Aussi, messire Claude-Absalon de Beautru n'était-il pas médiocrement étonné de n'avoir point aperçu encore la longue face osseuse de Martingale. Il y avait près de huit jours que les soldats du roi campaient devant la seigneurie de Casteljaloux.

En attendant, et autant pour tromper les interminables heures du bivouac que pour ne pas déroger aux traditions de belle humeur du soldat de France, messire Claude-Absalon de Beautru avait réuni en un souper joyeux les capitaines de ses bandes dans une maison de jolie apparence réquisitionnée pour la circonstance, car on réquisitionnait déjà. Le procédé n'est pas moderne.

Sous l'influence de vins généreux, les convives déclarèrent à l'unanimité qu'il convenait d'en finir une bonne fois avec le factieux de Casteljaloux, ce qui semblait aisé, attendu que l'armée campée autour de la seigneurie présentait un effectif respectable, s'il faut s'en rapporter au journal de messire Sbrigati.

Voici d'ailleurs la situation numérique des troupes et des canons amenés devant la seigneurie, à la date du 1er jour du mois d'avril 15... Je vais copier *in extenso* les 5e et 6e feuillets du journal du siège, pendant que la gaieté des soupeurs s'achemine insensiblement vers la folie de bon aloi que préparent la chère exquise et les vins de marque de messire de Beautru.

INFANTERIE.	Une bande de Picardie..................	800 hommes.
—	Une bande de Champagne...............	300 —
—	Une bande de Piémont..................	800 —
—	Une bande de Gascogne.................	800 —
—	Deux enseignes de Navarre..............	300 —
	A reporter...................	3,000 hommes.

	Report	3,000 hommes.
INFANTERIE.	Dix enseignes suisses	1,500 —
—	Douze enseignes de lansquenets..........	1,800 --
CAVALERIE.	Trois compagnies de gendarmes de France.	500 —
—	Deux cornettes de reitres	600 —
—	Deux cornettes dalmates	400 —
ARTILLERIE.	Canonniers, poudriers, artificiers et pionniers auxiliaires	410 —
MINEURS.	Une demi-compagnie	50 —
CHARROIS.	Valets de train, conducteurs d'animaux....	300 —

TOTAL............ 8,560 hommes.

Suit un tableau complet de l'artillerie. Ne résistons pas au plaisir de le transcrire, sans commentaires. On y trouvera de véritables surprises, et d'ailleurs il convient de faire connaissance avec les canons qui vont bientôt lâcher leurs bordées sur les remparts de la seigneurie.

BOUCHES A FEU	CANONNIERS ET PIONNIERS	NOMBRE DE COUPS PAR PIÈCE	TOTAL DES COUPS	POIDS TOTAL DES BOULETS	CHEVAUX NÉCESSAIRES POUR LE CHARROI				
					des bouches à feu.	des boulets.	de la poudre : 40,000 livres.	du plomb : 6,000 livres.	des agrès divers : 80,000 livres.
10 coulevrines grandes......	280	200	2,000	livres. 32,000	170	120			
4 *id.* bâtardes....	64	250	1,000	8,000	52	30			
2 *id.* moyennes ..	22	250	500	1,500	18	8	160	30	150
4 faucons.................	24	250	1,000	375	24	6			
4 fauconneaux........... ..	20	250	1,000	281	16	4			
TOTAUX.........	410	1,200	5,500	42,156	280	168	160	30	150

788

Et maintenant je demande pardon pour cette froide nomenclature qui a le mérite et la brutalité des chiffres. Le lecteur en tirera quelques renseignements sur l'état de l'artillerie au seizième siècle, qu'il pourra comparer à l'artillerie moderne.

Mais revenons dans la salle du festin où les capitaines ont tous la tête à l'envers et parlent un peu comme feu Pic de la Mirandole *de omni re scibili et quibusdam aliis*. C'est un feu ininterrompu de saillies de *haulte graisse* qui portent la signature du bivouac. Un capitaine, saturé de littérature, entame une savante dissertation sur les effets peu connus du Cécube et du Falerne.

« J'entends, s'écrie-t-il, le Cécube qui datait du consulat de Plancus et qu'aimait Horatius Flaccus.

— Ah ! que je préfère à ces crus oubliés la liqueur grecque qui nous vient de Chio ! La mort-Dieu ! voilà le vrai lait des gens de guerre ou je ne m'y connais plus. »

La vérité est qu'il abusait de la large hospitalité de messire de Beautru, et que messire de Beautru, avec sa politesse cérémonieuse des gens de bonne maison, jugea prudent de porter la conversation sur un autre terrain.

« Messieurs, dit-il, il ne nous manque que messire Marolles, capitaine général de mes charrois. Il arrivera demain avec ses chevaux de réquisition. L'armée de siège sera au grand complet... 9,000 hommes environ, fantassins et cavaliers, et 788 chevaux,... et puis, messieurs, à la grâce de Dieu !

— Au complet, sauf messire l'apothicaire, messire le chirurgien et leurs aides, car on n'a prévu ni les arquebusades ni le reste..., » ajouta messire l'Ingéniour, qui ne manquait jamais une occasion de placer son mot.

« Mon cher capitaine, je suis au désespoir de vous contrarier, mais ces messieurs nous rejoindront avec le capitaine Marolles. Et j'ajouterai que le roi nous envoie son troisième chirurgien, celui-là même qui a soigné Bayard...

— Et le chirurgien n'a pas réussi à le sauver d'un coup de pique.

— Ce qui tendrait à démontrer qu'un homme arquebusé peut, à la rigueur, se passer des secours de l'art.

— Qu'à Dieu ne plaise, messire, car je fais grand cas de la médecine, notamment en temps de siège...

— A propos de siège, j'y songe : Martingale n'a pas encore paru. Et cependant, il importe avant toute chose de savoir de quelles ressources dispose la seigneurie et de connaître exactement la situation morale des gens de monseigneur Le Lorrain de Jorat, car ce sont là des termes essentiels du problème qu'il va être donné à votre courage

Un coffret de fer oxydé...

de résoudre et, j'en ai la certitude, à la satisfaction du roi, notre seigneur et maître. »

Et messire de Beautru ôta son bonnet de velours noir.

Comme un seul homme, tous les capitaines se levèrent et, le verre à la main, poussèrent un hurrah formidable :

« Vive la France !

— Au nom de la France, je vous remercie, mes chers compagnons d'armes, » répondit Claude-Absalon de Beautru, colonel général d'infanterie et commandant en chef des troupes réunies devant Casteljaloux.

Il avait grand air, le colonel général d'infanterie, sous son pourpoint violet clair aux manches tailladées de soie blanche avec bouffettes de taffetas bleu. Il portait en sautoir, de l'épaule gauche à la hanche droite, l'écharpe blanche du commandement. De fortes moustaches grisonnantes couvraient la lèvre supérieure. L'œil était plein de décision. La physionomie révélait une rare énergie. On devinait, à la seule inspection de son mâle visage, que le colonel général était un homme de résolutions viriles et rompu à la vie rude des camps.

« Je ferai remarquer respectueusement à monsieur le colonel général d'infanterie, ajouta messire l'Ingéniour, que Martingale a sans doute prévenu son désir, selon son habitude, car il ne marchande pas sa vie, quand il s'agit de l'honneur du roi.

— Je le sais. Martingale n'est pas seulement l'espion du roi, mais le roi des espions. Enfin, quoi qu'il en soit, je constate encore, messieurs, que nous sommes tous prêts à mourir pour le roi et pour la France. Que le ciel garde Martingale ! »

Des flacons de vin grec apportés à ce moment vinrent faire une heureuse diversion, et la conversation ne tarda pas à reprendre un tour aimable et léger.

« A demain les affaires sérieuses, » risqua le capitaine Serpolette, lequel avait les vins grecs et autres en vénération.

« Ce vin de Chypre n'a pas son pareil pour aider un homme à passer sans trop d'ennui les froides nuits de la saison sur cet étage du Jura... Oui, vraiment, cette liqueur est souveraine, » dit le sire d'Anclade, capitaine aux gendarmes, en vidant son verre d'un trait.

A ce moment, on frappa discrètement à la porte de la salle.

« Qu'on entre », cria le colonel général.

Et Martingale, car c'était lui, entra tête nue, crotté jusqu'à l'échine, comme un routier, et le visage long d'une bonne aune. Il portait un surtout laqué-foncé à manches courtes, des bas-de-chausses blancs et des culottes bleu clair. Son bonnet, qu'il tenait de la main gauche, était de drap marron et ses souliers étaient de cuir fauve tailladé. Ainsi vêtu, Martingale représentait exactement un homme du bas peuple et il était si joliment entré dans la peau de son personnage qu'il fallait s'y prendre à deux fois pour retrouver en lui l'assidu lecteur des *Stratagèmes*.

Il salua l'assemblée et, sur l'invitation du colonel général, exposa le but de sa visite, racontant avec force circonlocutions les moindres incidents de son voyage, en homme familiarisé depuis longtemps avec les dangers de sa profession.

« Messire, messieurs, j'arrive de Casteljaloux... »

A ce mot de Casteljaloux, le bruit des conversations tomba et tous les regards se tournèrent vers Martingale.

« J'en suis sorti, continua l'espion, entre chien et loup, par la porte de la courtine qui s'ouvre à l'Orient, mais non sans avoir eu à essuyer mainte arquebusade et notamment certain coup de hallebarde qui a failli me jouer un fort méchant tour, plaisanterie d'un soldat fanatique de sa consigne. Grâce à Notre-Dame, j'ai la vie dure et l'âme chevillée au corps. Et puis, c'est pour notre seigneur et maître, le roi, que Dieu conserve !

— Au but, mon brave Martingale, car la nuit est avancée et tu as droit à un bon lit, interrompit le colonel.

— M'y voici, messire, en battant les buissons comme un pauvre *escholier*.... Vieille habitude !... La seigneurie a des vivres et de la poudre pour trois mois, des canons, des remparts solides, des fossés pleins d'eau, des bouches inutiles en quantité et des bandes de femmes très gentement adornées [1], soit dit en passant. Et monsei-

---

1. *Adornées,* archaïsme, vient du mot *adornare,* orner, parer.

gneur Le Lorrain de Jorat, l'âme de la défense et qui me semble de taille à donner une rude besogne à l'*ost* du roi !... Et l'échevinage, messire!... Tous des héros, ces hommes-là, des hommes de Plutarque ! Ah ! la corbleu ! il n'y a pas à rire...

— Oui, parlons un peu des amazones, dit messire l'Ingéniour, en interrompant le conteur.

— Ces amazones-là, riposta Martingale en ébauchant un sourire, manient la pelle et la pioche aussi bien que vos pionniers, messire. Elles travaillent aux remparts, font la soupe et le guet et feront parler d'elles, à l'exemple des dames de la noble ville de Sienne, s'il vous plaît. Je vous le répète, tout le monde est soldat là-bas et le service de sûreté surtout y est irréprochable.

— Mais alors, comment expliques-tu ta sortie de la seigneurie? lui demanda le colonel général.

— Oh ! c'est bien simple, messire. J'ai administré au soldat de faction à la poterne un narcotique, un stupéfiant de têtes de pavot, de ma composition, une recette merveilleuse. Le brave homme s'est assoupi et... je n'ai plus eu qu'à jouer des jambes pour revenir ici.

— Et maintenant, mon ami, je te rends ta liberté. Je te verrai demain. Qu'on le mène à la cuisine et de la cuisine au lit, » dit le colonel, en le congédiant de la main.

En résumé, le colonel général savait ce qu'il désirait savoir. Hésitant et perplexe au potage, il était devenu belliqueux et confiant au dessert et outrancier après les explications de Martingale.

« Allons, tout est au mieux. Vivent le roi et monseigneur saint Denis !

— Vive le royaume de France ! répétèrent les convives.

— Vive notre colonel général ! » ajouta messire l'Ingéniour, et le colonel général fut acclamé par tout le monde.

Messire de Beautru remercia l'Ingéniour, se leva, salua et sortit
en disant :

« Bonne nuit et à demain, messieurs. »

Rentré dans son cabinet de travail qu'on avait improvisé dans la
maison réquisitionnée, messire Claude-Absalon de Beautru examina
froidement la situation qui s'annonçait du reste sous de favorables
auspices.

Séance tenante, il rédigea, à la manière des capitaines de tous

Martingale.

les âges, une harangue aux soldats, harangue très éloquente dont
messire l'Ingéniour nous a conservé la copie certifiée conforme, ne
varietur.

Cela fait, il se jeta sur son lit de campagne et s'endormit profondément.

A la pointe du jour, un officier des gendarmes de France monta à
cheval, escorté d'un héraut et d'un trompette. Il emportait la harangue
qu'il allait faire lire aux troupes assemblées sous les armes.

Cet officier, du rang de mestre de camp équivalent au grade actuel de chef d'état-major, portait les cuissards de fer poli à lamettes juxtaposées et l'armure légère, à plastron bombé, tailladée à la façon d'un pourpoint de soie. Un estoc à lame rigide pendait à l'arçon droit de la selle. A la ceinture dorée de l'officier était accrochée une épée courte de Tolède. Un collet de maroquin cordouan jaune, à passementeries d'argent, cachait le haut de l'armure. La tête était coiffée d'un bonnet de velours rubis à plumes de deux couleurs et des fers dorés rehaussaient les escarpes de velours jaune. L'écharpe de soie bleue allait en sautoir de droite à gauche. Le cheval était un superbe roussin de Prusse, à queue et à oreilles coupées, bardé de fer et la tête abritée derrière un masque de fer au front duquel se dressait une pique de métal semblable à la défense d'une licorne.

Messire l'Ingéniour, devançant l'Aurore aux doigts de rose, s'était levé, et était sorti de sa tente pour respirer la brise matinale. Il s'amusa beaucoup de ce costume du mestre de camp, qui n'était pas précisément l'idéal du genre, au double point de vue de l'agrément et de la commodité de la marche.

« Ah ! que voilà des cuissards qui me dépoétisent ce beau corps des hommes d'armes, et, quant au masque de ce magnifique échantillon des écuries allemandes, je veux bien être pendu si j'y comprends quelque chose. Vertubleu ! nous en sommes encore aux imbéciles armures de fer de Crécy et d'Azincourt.... Et ce bon héraut ! et ce trompette à cheval ! La triomphante idée que de chausser ces malheureux de ces bottes à la poulaine, à pointes sans raison, qu'on est obligé de remplir d'étoupes, quand il serait si simple de supprimer du même coup et l'étoupe et les bottes ! Mais songe-t-on à de pareilles économies ! *De minimis non curat prætor.* »

Or, messire l'Ingéniour avait là une opinion que partageaient beaucoup de militaires. Mais elle avait contre elle des préjugés invétérés. Passons.

Sur les réflexions que nous venons de lire, messire l'Ingéniour avait atteint la bordure d'un vaste terrain en jachère, qui confinait au

camp, dont il n'était séparé que par une simple ligne de contrevalla-
tion. Là se rassemblaient, au son des fifres, un peu tumultueusement,
il est vrai, les piquiers et les arquebusiers des bandes qui ne comprenaient rien à cette prise d'armes matinale.

Quand les troupes furent formées en carré, le mestre de camp se
plaça au centre, face à la deuxième compagnie de la première bande
de Picardie dont il était, de par les ordonnances royales, le capitaine
honoraire ; les tambourins battirent aux champs et les porte-enseignes
saluèrent avec la cornette blanche en taffetas d'un pied et demi carré,
aux armes du roi.

Messire l'Ingéniour se rapprocha du héraut et se disposa à prêter
une oreille attentive à la prose guerrière du colonel général, car il
n'en voulait pas perdre une syllabe.

Les soldats présentèrent les armes et le héraut prononça à haute
et solennelle voix la formule consacrée : « *De par Sa Majesté très chré-
tienne le roi de France ;* » il s'arrêta un instant, salua et continua la
lecture :

« Nous, messire Claude-Absalon de Beautru, colonel général d'infanterie, commandant en chef des forces réunies devant la seigneurie,
faisons savoir à nos féaux et bien-aimés capitaines, ainsi qu'à leurs
troupes, que l'heure est venue de châtier d'exemplaire façon l'inso-
lence de monseigneur Le Lorrain de Jorat ;

« Déclarons ledit Le Lorrain de Jorat coupable de félonie et met-
tons sa tête à prix ;

« Enjoignons à nos capitaines de ne rien négliger pour réduire à
l'obéissance la cité rebelle de Casteljaloux ;

« En vertu des droits que nous confère l'état de guerre, promet-
tons le pillage à nos compagnons des bandes étrangères.

« Tout pour le roi et pour la France ! »

Un immense cri de : *Vive le roi! Vive la France!* accueillit cette péroraison.

Les capitaines levèrent en l'air leurs épées, les tambourins fermèrent le ban par des roulements convaincus ; les soldats du roi firent sonner leurs piques de Biscaye et leurs arquebuses de Berne ; les mercenaires, souriant à la pensée des riches dépouilles promises à leur rapacité, secouèrent leurs bonnets à plumes ; le mestre de camp s'éloigna avec sa petite escorte, et messire l'Ingéniour ne put s'empêcher d'applaudir à cette mâle et concise éloquence.

« Allons, se dit-il, en regagnant sa tente, voilà une vaillante harangue, si j'en crois la joie exubérante de ces braves gens. En attendant l'ouverture de la tranchée[1] et puisque le colonel général nous laisse encore quelques loisirs, je vais rallier le logis de l'aimable grande dame qui se cache pour faire le bien... Quelle fantaisie ! Elle me met une chambre et un lit de plumes à ma disposition, sans me connaître, sans m'avoir vu, par caprice... et elle se dérobe à l'expression de ma gratitude ! Mais c'est mal cela, noble dame ! Si encore ces courtoisies s'adressaient à quelque autre capitaine de grande maison ! Un pauvre capitaine des mines, sans nom, sans ancêtres, sans fortune...! Enfin, rentrons au logis et commençons mon *Journal du Siège* par le récit substantiel de cette première journée. »

Et, ce disant, il arriva à la porte du mystérieux domaine, l'ouvrit sans façon et pénétra dans une chambre, sans avoir vu âme qui vive. Comme il se l'était promis, son premier soin fut de confier ses impressions de la matinée au papier, à l'intention de dame Yolande et de ses fidèles amis d'Ornans. Cela fait, il prit dans la poche de son pourpoint une petite boîte cubique en acier bruni, l'ouvrit, s'assura que le flacon qu'elle renfermait était bouché hermétiquement, la referma et la remit dans la poche intérieure de son pourpoint de buffle à manches étroites de drap brun découpées en dents de scie.

---

1. C'est par l'ouverture de la tranchée qu'on prélude aux opérations de siège. La tranchée est un fossé que l'assiégeant creuse pour s'approcher, à couvert, de l'enceinte à attaquer.

« Cela c'est pour les éventualités de guerre. Il faut penser à tout...
On ne sait pas ce qui peut arriver. »

Sur cette réflexion fort sage, messire l'Ingéniour, allégé de sa
dague, de son épée et de son cabasset de fer à larges bords très
abaissés, débarrassé de son écharpe rouge, descendit en simple pourpoint et en trousses bouffantes dans la salle commune que le colonel
général avait prêtée gracieusement à ses capitaines et où le repas
avait été préparé par le meilleur cuisinier du bivouac.

V

LA BALLADE DES PENDUS

Le repas fut extraordinairement gai et il devait en être ainsi. D'abord, les troupes avaient accueilli avec enthousiasme la proclamation de messire de Beautru, ce qui était d'un excellent augure au point de vue des opérations ultérieures du siège. Ensuite le roi venait d'envoyer à son armée, j'entends aux officiers de son armée, des caisses de vin d'Espagne, et on avait naturellement porté la santé du roi.

Au dessert, suivant la règle invariable, la conversation s'égara sur une infinité de sujets absolument étrangers à l'art de la guerre, et messire l'Apothicaire, quelque peu méfiant par état, fit des révélations complètement inédites sur ces mixtures qu'on décorait des noms des crus les plus authentiques et les plus renommés. On écouta cette charge à fond de train sur les vins apocryphes ; mais au nombre des flacons vidés on s'aperçut que les théories chimiques de messire l'Apothicaire n'avaient pas fait grand tort aux vins d'Espagne. Il en fut pour ses tirades indignées.

Le colonel général intervint au débat pour demander la parole. On touchait au moment où la raison va tomber au fond des verres.

« Mes chers capitaines, dit-il, pour clore l'incident, je me propose de mettre dès ce soir le dévouement de mon chef des mines à une rude épreuve... Et je sais, messire l'Ingéniour, que vous êtes digne de ma confiance. En deux mots, il s'agit d'entrer dans la seigneurie par tels moyens dont vous aurez le libre choix, et surtout d'en sortir avec des indications précises sur la situation des lieux et l'état des esprits... »

L'ordre était donné de telle façon qu'il n'y avait qu'à s'incliner. C'est ce que fit le chef des mines, dont la nature aventureuse souriait d'avance aux hasards de l'entreprise.

Muni de l'autorisation du colonel général, il organisa sans perdre de temps son expédition nocturne, et, à cet effet, appela Martingale, lequel restait attaché pour toute la durée du siège à la personne de Messire de Beautru, en qualité de chef des espions.

Martingale était l'homme de la consigne. Il arriva au pas de course.

« Messire, me voici, dit-il en entrant tout essoufflé dans la chambre où nous avons déjà vu le chef des mines travailler à son journal.

— Es-tu prêt à me suivre à Casteljaloux ?

— Quand il vous plaira, messire.

— Ce soir, par exemple... ?

— Votre heure, messire ?

— Tu es expéditif... Voyons... Minuit... cela te va-t-il ?

— Minuit, soit !

— Il me semble prudent de ne tenter l'aventure qu'après mûr examen. Nous ne pouvons cependant pas nous en aller comme deux étourneaux. As-tu quelque triomphante inspiration ?...

— Comme si on me prend jamais au dépourvu ?... Mais d'abord, avez-vous songé qu'il faudra un déguisement ?

— Par la mort-Dieu ! non, ma foi !

— Alors ma question n'est pas d'un oison. Voyez-vous, messire, vous

devez renoncer à ce pourpoint de buffle et à ces chausses bouffantes,
et endosser une misérable casaque. Aux pieds des sandales de sparterie,
sur l'épaule un sac de toile bise, sur la tête un bonnet sombre, puis

Les capitaines, le verre à la main.

un surtout sans manches et l'air d'un pauvre diable à jeun depuis
trois jours : voilà comment je veux vous voir.

— Et de cette façon, je sentirai la hart d'une lieue. Après ?...

— Après il convient que vous preniez une profession, une qualité
de fantaisie...

— ... de fantaisie ?

— Eh ! oui... Mais, là... quelque chose d'idéalement fantaisiste... Un art d'agrément, par exemple... Avez-vous de la voix ?... une voix charmeresse ?... une voix de rossignolet ?...

— Ah ! Martingale, que me demandes-tu là ! Je suis désolé de te refuser quelque chose ; mais je ne chante pas...

— Etes-vous poète, au moins ? voilà un titre !

— Je n'ai de ma vie rimé qu'un rondeau. Ce n'est vraiment pas assez pour un poète.

— Il s'agit bien de rimes... Des rimes ! ça viendra plus tard. Soyez d'abord poète. C'est l'essentiel. Les soldats, messire, aiment les poètes, gens frivoles et de facile composition. Savez-vous seulement quelque sonnet bien drôle, un sonnet irrésistible et capable d'attendrir le soldat de guet le plus esclave de sa consigne ?

— Mais, la vertubleu ! tu m'éclaires. Je serai Gringoire le ressuscité, le poète famélique de la *Ballade des pendus*... voilà un morceau de circonstance... Qu'en dis-tu ?

— Gringoire... c'est cela ; vous serez Gringoire... Je débiterai mon cordial, mes électuaires, mes panacées, mon genièvre, mes cartes, et, pendant ce temps, vous réciterez aux soldats la *Ballade des pendus ;* et le ciel me damne si nous ne pénétrons pas dans la seigneurie !

— Ainsi, la chose est convenue. Départ à minuit. »

Et Martingale prit congé de messire l'Ingéniour, lequel resté seul mit ordre à ses affaires et écrivit quelques billets qu'on ne devait ouvrir qu'en cas de mort, un entre autres à dame Yolande, dans lequel il prouvait par une série de très savantes déductions l'excellence de la guerre et son incontestable utilité pratique.

« A présent, un mot d'adieu à la fée qui m'héberge, car il serait malséant de partir de la maison comme un Taupin[1]. »

1. Sobriquet donné aux légions de François Ier qui, assiégées dans Luxembourg, avaient déserté en masse, abandonnant cette place aux Impériaux.

Ce billet était un modèle de concision.

« Très chère et très excellente dame,

« Je vais vers l'inconnu. C'est pour le roi et pour la France. Avant de partir, permettez-moi de vous dire que j'emporte de votre charmante hospitalité un souvenir que le temps n'effacera point.

« L'Ingéniour. »

Sa correspondance scellée, messire l'Ingéniour alla retrouver les capitaines dans la salle commune, à l'heure du souper, et déploya toutes les ressources de son esprit paradoxal, à la joie de la galerie qui ne lui avait jamais connu cette verve endiablée.

Martingale, qui, par nécessité d'état, se soumettait à un régime d'entraînement des plus sévères et qui par conséquent avait fait, ce soir-là, une chère d'anachorète, reparut sous un déguisement qui le rendait invraisemblable.

Messire l'Ingéniour comprit qu'il était temps de saluer la compagnie, ce qu'il fit avec la désinvolture du gladiateur prêt à rendre gorge pour le plaisir de César.

« Colonel général et messieurs, au revoir, dit-il.

— Dieu vous garde, messire, » ajouta le colonel en tendant la main au capitaine.

Et peu d'instants après, messire l'Ingéniour et Martingale traversaient, à la faveur d'une nuit obscure et sans notable dommage, les avant-postes français dans la direction de l'est et arrivaient devant le *tapecu* de la poterne dont il a été question déjà.

Un nuage glissa sur le disque pâle de la lune.

Martingale posa l'index de la main droite sur sa bouche et gagna la poterne en rampant, suivi de messire l'Ingéniour qui trouvait la lune passablement indiscrète.

« Que voilà un astre compromettant ! murmura-t-il à l'oreille de son compagnon.

— Beaucoup moins que vos remarques, reprit Martingale avec vivacité... Pas un mot de plus. »

Il écouta, fit signe à messire l'Ingéniour de ne plus bouger et frappa deux petits coups secs au tapecu.

« Qui va là ? cria du dedans le soldat de guet.

— Onguents, thériaque contre toutes les douleurs... Dés, genièvre...

— Qui va là, vous dis-je ?

— Eh ! par la mort-Dieu ! je suis un pauvre diable de marchand ambulant et je m'occupe de la santé du soldat... Je suis un guérisseur. Et ce n'est pas tout. Je débite du genièvre aux gens bien portants. Ami, goûte-moi cette liqueur et tu m'en donneras des nouvelles... »

Le tapecu bascula et le soldat vida d'un trait le verre plein de genièvre que lui avait tendu Martingale. Puis il lia conversation avec le marchand qui lui offrit un jeu de cartes.

« Des cartes comme il ne s'en fabrique plus en France, depuis Charles VI° du nom [1]. Avec ça, camarade, tu traverseras sans trop d'ennui les longs jours du siège. »

Le soldat profita du premier rayon de la lune pour examiner les cartes.

« Encore un peu de ce cordial, mon brave, » dit Martingale en faisant claquer sa langue.

Et le soldat absorba sans défiance un second verre de genièvre.

« Voilà qui est souverain contre la bise, ajouta-t-il.

— Je le crois bien, mon ami... Ah !... à propos de bise, ne trouve-

1. L'invention des cartes à jouer remonte à Charles VI, roi de France.

rais-tu pas décent de m'offrir pour la nuit un gîte dans le chemin de ronde? Mais... mais je suis en compagnie.

— Alors, on n'entre pas, » répondit le soldat.

Et le tapecu bascula à moitié.

Martingale recula d'un pas.

« Vas-tu me laisser me morfondre à cette place, à la belle étoile et par cette damnée bise ! Songe qu'il fait dehors un froid de loup, que je n'ai sur le dos qu'une pauvre casaque de drap élimé et que messire que voici est un joyeux compère dont l'escarcelle sert d'auberge au diable onze mois de l'année sur douze...

— On ne passe pas, repartit le soldat avec brusquerie.

— Humanise-toi, mon brave, ajouta Martingale, sans se décourager. La bonté honore le courage. Et puis, ceci, ami, c'est un fils de la Provence aux blés d'or, au ciel bleu. Ça chante comme les oiseaux du bon Dieu et c'est juste aussi inoffensif qu'un poète...

— Un poète, dit le soldat... Quand il serait aussi grand que notre Marot, il ne passerait pas.

— La mort-Dieu ! lève-moi le tapecu. Me voici entre deux airs et le feu du ciel m'extermine si je n'y attrape pas un rhume... Un poète, vois-tu, et des plus falots... J'en jure sur ta belle pique de Biscaye. »

Comme il achevait sa phrase, un bruit de pas cadencés résonna sur les dalles.

« Le guet, fit vivement le soldat ! » et il referma la poterne.

Au qui vive ! du soldat, la patrouille répondit : « Saint-Georges ! » et s'éloigna.

Martingale, qui s'était blotti contre le mur, à deux pas du tapecu, avait entendu la patrouille s'éloigner du chemin de ronde. Il frappa de nouveau à la poterne et le tapecu bascula.

« Avale-moi ce verre de genièvre », lui dit Martingale.

L'homme ne se fit pas prier. Il vida le verre pour la troisième fois, posa sa longue pique à terre, après un silence de quelques instants, et s'accroupit en poussant un grognement qui sembla significatif à Martingale. En effet, il ne tarda pas à s'endormir d'un sommeil de plomb.

« C'est le moment, observa Martingale en se tournant vers messire l'Ingéniour qui mourait d'envie de disserter. Entrons sans bruit. Nous avons le mot de passe : « *Saint-Georges !* » Baissons sur nos talons le tapecu, et laissons ce brave garçon à ses réflexions. En voilà un qui ne se vantera pas de l'aventure. »

Les deux hommes s'engagèrent avec précaution dans le chemin de ronde, tournèrent à gauche, un peu au hasard, et furent arrêtés à distance par une patrouille.

« Qui va là ?

— *Montjoie et Saint-Denis !* » répondit messire l'Ingéniour qui pensait, chemin faisant, à ses chers amis d'Ornans.

Par bonheur, la bise soufflait avec rage en ce moment et empêcha la patrouille d'entendre le mot d'ordre. On cria de nouveau : « Qui va là ?

— *Saint-Georges !* hurla Martingale, qui ne perdait jamais la tête.

— Passe au large... »

Les deux compagnons ne se firent pas répéter l'ordre et prirent à droite une étroite ruelle, qui débouchait sur un boulevard, ou plutôt sur les glacis du château, qu'un petit fossé guéable séparait de la ville.

La lune était masquée par un épais rideau de nuages et l'obscurité était complète. Martingale et messire l'Ingéniour marchaient côte à côte, à tâtons, se tenant par la main et maugréant contre cette chienne de lune.

Enfin, les voici au bord du talus du fossé. Ils n'avancent plus qu'avec hésitation. Tout à coup Martingale perd son centre de gravité, entraîne messire l'Ingéniour, et l'un et l'autre, en moins de temps qu'il n'en faut pour l'écrire, roulent le long du plan incliné.

« Vertubleu ! Martingale, mon ami, que cette eau est froide !... Où
es-tu donc ? Es-tu tout entier au moins ?

— S'il plaît à Dieu, messire, et trempé comme une soupe, pour
vous servir, murmura faiblement Martingale, à peine revenu de sa
surprise... Et tout ça, grâce à ce nuage... Mais, chut ! car nous n'en
serions pas quittes à si bon marché, si l'on savait que nous mouillons

Une fois sur les glacis...

dans les eaux du château... Il n'y a pas à ergoter, nous sommes bel
et bien dans le fossé du château...

— Et la preuve, ajouta philosophiquement messire l'Ingéniour,
c'est que nous sommes dans la ville et qu'il n'y a qu'un château pour
avoir un fossé, même guéable, à cette altitude. Heureusement que
c'est de l'eau pluviale ; et tu sais qu'il en tombe peu en hiver. Sans
cette circonstance, c'était pour nous deux la mort par immersion,

— Ainsi soit-il! Si nous sortions d'ici, messire... Mes chausses emmagasinent des quantités de liquide et nous pourrions causer avec plus d'agrément sur le rebord du talus.

— Ce qui est d'autant plus facile que le talus est gazonné. Ah! vraiment, c'est heureux qu'il ne soit pas revêtu en maçonnerie, ainsi que le veut l'école italienne; car tu devines ce qu'aurait pu être un saut de dix-huit pieds de hauteur dans un fossé guéable. Nous étions aplatis, simplement. Ainsi, console-toi, Martingale, nous ne pouvions pas faire une chute plus agréable...

— La protection de Notre-Dame est visible...

— Il faut le croire, mon ami. Maintenant orientons-nous un brin, puisque la lune le permet... Le château étant au sud, nous allons lui tourner le dos et nous engager dans la première rue qui descendra vers le nord, puis... Mais regagnons les glacis... »

Et ce ne fut pas sans peine qu'ils remontèrent le talus, s'aidant des pieds et des mains, et contrariés dans leur ascension par la lune qui donnait en plein sur eux.

Une fois sur les glacis, ils regardèrent devant eux et enfilèrent, au pas de course, une rue qui, du point où ils se trouvaient, semblait devoir descendre vers le cœur de la ville. Martingale suivait de près messire l'Ingéniour.

« Sans doute une patrouille, murmura Martingale. La lune se voile... Dissimulons-nous dans l'ombre propice de ce porche que le ciel met sur notre route. »

La patrouille passa sans les apercevoir.

« Tiens, observa messire l'Ingéniour, des patrouilles de femmes à présent?...

— Les amazones dont nous avons causé, Messire... et comme ça vous porte l'uniforme avec crânerie!... Ah! vertudieu! il ne faudrait pas tomber entre leurs mains!

— Les femmes c'est toujours dangereux... et je [me méfie notamment de celles qui sentent la poudre de guerre. La fleur de fève, à la bonne heure ! Celle-là sied à leur teint... La femme dont la main joue de la hallebarde au lieu de l'éventail ou du miroir, vois-tu, abdique son sexe *ipso facto,* et alors... »

Mais Martingale, sans en écouter plus long, sortit de son refuge sur cette boutade de messire l'Ingéniour et gagna, à travers un dédale de ruelles obscures, une humble maisonnette dont le pignon se profilait sur le ciel gris. Il frappa trois coups discrets à la porte, jeta son nom et pénétra dans le logis, suivi par messire l'Ingéniour dont l'âme débordait d'une vertueuse indignation, à la pensée seule de ces femmes dont les bottes de cuir et les armures insultaient aux grâces pudiques d'un sexe créé pour charmer et non pour combattre.

« C'est égal, il n'y a rien de tel que la guerre, se dit-il, quoi qu'on en pense à Ornans... La paix semant des fleurs et des épis n'inspire pas de ces folies sublimes... »

Il fut arraché à ses réflexions par Martingale, qui causait familièrement et très haut avec un personnage vêtu à la mode des bourgeois de l'époque et dont le visage émergeait à demi de la pénombre d'une lampe à huile. Messire l'Ingéniour salua. Le personnage s'inclina respectueusement et ajouta :

« Messire, considérez ma maison comme vôtre. Vous êtes mon hôte ; et ma vie et mes biens appartiennent à la France.

— Voilà, messire, une bonne parole... Merci !

— Je vous attendais, ou plutôt j'attendais mon ami Martingale, car nous nous connaissons de longue date. Soyez le bienvenu. Et maintenant montons à l'étage supérieur, où vous trouverez deux lits dont vous me paraissez avoir besoin. »

Moins de dix minutes après, Martingale et messire l'Ingéniour se laissaient bercer par Morphée.

Martingale s'éveilla le premier et secoua son voisin.

« Messire, nous ne sommes pas ici pour dormir, dit-il.

— Tu as raison, Martingale. Mais je me sens travaillé par une faim dévorante... Qu'en penses-tu?

— C'est aussi l'avis de mon estomac. Sautons vite au bas du lit, reprenons notre déguisement et descendons. Mon brave ami est déjà sur pied et je suis sûr que le couvert est dressé... »

Messire l'Ingéniour procéda à sa toilette, ramena ses cheveux sur le front et s'écria ravi de sa métamorphose :

« Gringoire n'était-il pas de la sorte? »

Et il se mit à réciter d'un air lamentable les premiers vers de la *Ballade des pendus...*

« Par un homme à pendre, ajouta-t-il.

— Chut ! ne parlons pas de ça, messire. »

Martingale disposa dans une corbeille quelques articles de son industrie de circonstance, des dés, des cartes à jouer, des recettes instantanées et infaillibles contre les arquebusades.

« Là !... et maintenant allons prendre un peu de nourriture ; car m'est avis que notre journée sera rude. »

Par les soins de l'ami de Martingale, une abondante collation avait été préparée dans une petite salle du rez-de-chaussée.

Le bourgeois partit d'un franc éclat de rire à la vue de messire l'Ingéniour, qui s'essayait dans son rôle de poète élégiaque avec un sérieux imperturbable.

« Je suis à la recherche de la couleur locale, dit en souriant le chef des mineurs. Les soldats n'aiment pas les à peu près. Ils veulent de vrais poètes. »

On absorba gaiement un repas copieux arrosé de vin généreux ; et, la faim apaisée, le faux Gringoire et le faux marchand d'orviétan prirent congé du bourgeois qui leur souhaita un heureux voyage.

Plan-perspective du flanc droit.

« Et à ce soir...

—Au revoir, messire ! »

Les voici dans la rue : Gringoire craintif et timide, rasant les murs des habitations, honteux presque de sa misère, la tête basse, l'œil étonné, les bras ballants, dans la morne attitude d'un pauvre diable qu'on traîne à la potence ; Martingale, souriant aux passants, criant ses produits et vantant leurs vertus souveraines, dans l'insouciance fabuleuse et le débraillé pittoresque de quelque familier de la cour des Miracles.

Des hommes en armes se croisent en tous sens. De lourds chariots gémissent sous le poids des canons, qu'on mène aux remparts. Mille clameurs orageuses remplissent la ville. La cloche du beffroi sonne de quart d'heure en quart d'heure, et rappelle aux gens de la seigneurie que la cité est en péril.

Gringoire en a vu bien d'autres. L'image de la guerre ne contriste pas son âme française ; mais tout bas il gémit de l'erreur de ce Le Lorrain de Jorat qui s'apprête à entamer une lutte fratricide.

« L'ignominie, messire, guette votre courage égaré. Malheur à qui retourne le fer contre la patrie ! Cette enceinte, ce château, cette artillerie ne sauveront pas votre nom de l'infamie. »

Devant Gringoire se dressait, en effet, la masse imposante du château avec ses tourelles et son donjon. Il l'examina silencieusement et d'un air distrait de manière à ne pas éveiller les soupçons. Entre temps, il se penchait à l'oreille de Martingale pour lui expliquer que les tours semi-circulaires et les courtines voisines du château étaient crénelées et que de côté, c'est-à-dire au sud-est, s'étendait une ligne continue d'escarpements rocheux absolument défavorables à une attaque.

Martingale goûtait médiocrement ces observations qui avaient le tort d'être inopportunes.

« Peut-être feriez-vous aussi bien d'avoir la langue moins longue. Nous jouons gros jeu, Gringoire... »

Mais Gringoire était plus ingénieur que poète. Il continuait à disserter sur les soubassements garnis d'archères et de meurtrières,
détails gênants pour des travaux de mines et, quand il constata que
l'enceinte était défendue dans toute la partie est par un ruisseau large
et profond, la porte d'entrée de la seigneurie protégée contre une
surprise par une tour basse à feux rasants, son visage se contracta violemment. Ce fut bien autre chose encore, lorsqu'il s'aperçut que, de la
porte principale à l'angle nord-est de l'enceinte, c'est-à-dire sur une
longueur de 500 toises, au jugé, les tours et les courtines étaient
garanties par un système continu de fausses braies ou remparts bas à
feux horizontaux. Il s'engagea de l'air insouciant d'un poète oisif dans
le chemin de ronde qui courait entre deux enceintes, et, en sa qualité
de mineur du roi, admira sans restriction.

« En tant que mineur, je dois applaudir et j'applaudis, dit-il à voix
basse à Martingale. En tant que Français et soldat, je plains un art
qui se met au service de la rébellion ; mais en tant que poète de con-
trebande, je désapprouve cette architecture rectiligne et féroce. Le
Parnasse est plus gai. »

Martingale le rappela d'un mot à la réalité terrible des choses. Vraiment il était temps. Un groupe de soldats se formait en cercle autour
de Gringoire et le pressait de questions. Gringoire déclina sa qualité.

« Je suis poète, pour vous servir... Je mange quand j'en ai le loisir. Je bois aux fontaines. Je couche à l'auberge du bon Dieu. J'ignore
les douceurs de la vie et je compose le matin des poésies que je vais
chantant tout le long, le long du jour.

— Alors, ajouta un des soldats, tu vas nous régaler d'une ballade...

— Oui, mes amis... »

Et Gringoire récita la *Ballade des pendus,* qui lui valut une véritable
ovation. Mais prudemment il se déroba à cette manifestation enthou-
siaste, qui aurait pu lui attirer des ennuis.

Martingale, qui ne le perdait pas de vue, dans la crainte qu'il ne commit quelqu'une de ces distractions colossales dont les nourrissons des neuf Muses sont fort coutumiers, Martingale se rapprocha de lui et lui conseilla de hâter le pas, car le jour qui commençait à décliner allait forcément interrompre leur promenade.

« Et puis, insinua-t-il, sans parler de l'inconvénient qu'il pourrait y avoir à errer, aux approches de la nuit, dans les chemins de ronde, il ne serait peut-être pas mauvais de penser à la *petite bête...* La faim inhumaine m'aiguillonne et marque le terme du jeûne permis... »

Mais Gringoire était absorbé dans la contemplation muette du bastion qui masquait la partie nord de l'enceinte.

« Par les cornes de messire Satanas ! il y a de tout ici... C'est de la fortification composite... Un bastion ! Un vrai bastion avec faces et flancs garnis d'artillerie', et fermé à la gorge par un rempart en terre armé aussi de canons...! D'où il appert, Martingale, que, le bastion enlevé, il resterait encore à donner l'assaut à la vieille enceinte avec ses tours et ses courtines crénelées et ce, sous les feux convergents des fausses braies... Oui, mais on réduira au silence vos faces et vos flancs, monseigneur de Jorat, on fera la brèche au flanc droit, en A par exemple. (*V. le plan-perspective à la page* 53), on passera le ruisseau sur les ruines de votre bastion et j'irai, moi, l'Ingénieur, à votre barbe, attacher le mineur à la grosse tour ronde que voilà'...

— Calmez-vous, messire, et rentrons au logis...

— Quand il te plaira, mon ami. J'ai vu ce qu'il m'importait de voir... Et je leur en donne, moi, approximativement, pour deux fois trente jours. »

1. Croquis du bastion pris dans le journal de Mre Sbrigati.

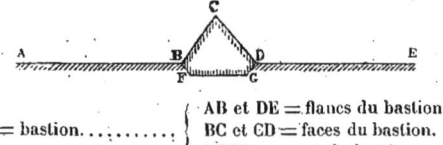

ABCDE = bastion........... { AB et DE = flancs du bastion.
BC et CD = faces du bastion.
BFGD = gorge du bastion.

Martingale hâta le pas, sans répondre à Gringoire, qui déjà ruminait dans sa cervelle tout un plan d'attaque. Ils arrivèrent bientôt à la maisonnette à pignon, harassés de fatigue et l'appétit formidablement aiguisé.

Dans la salle du rez-de-chaussée, le couvert était mis.

Martingale, débarrassé de son éventaire, s'était installé à table. Messire l'Ingéniour l'imita, et l'un et l'autre firent honneur au souper.

On causa peu, l'Ingéniour s'occupait, tout en mangeant, de classer méthodiquement dans sa tête les moindres particularités de son excursion, car il ne fallait pas songer à les confier au papier. On pouvait être arrêté et fouillé, à la sortie de la seigneurie.

Juste à ce moment, l'hôte entra précipitamment dans la salle où l'on soupait :

« J'apporte du nouveau, fit-il...

— Serions-nous découverts? s'écria Martingale.

— Rassurez-vous... Le conseil de l'échevinage vient de décider qu'on expulserait de la seigneurie dès demain, au petit jour, les bouches inutiles, c'est-à-dire les personnes qui ne seraient pas en état de justifier de ressources suffisantes pour soutenir un long siège...

— Mais c'est le salut, acheva Martingale. Voilà notre affaire. Nous rentrons dans la catégorie des *bouches inutiles*.

— A merveille ! » fit l'Ingéniour.

On organisa donc le départ pour le lendemain matin.

Les déguisements subirent quelques modifications indispensables. Les surtouts furent échangés contre des casaques et les bonnets contre des chapeaux à larges bords.

« Ce n'est pas fini, dit Martingale qui pensait à tout. J'ai fantaisie de loger dans mes hauts-de-chausses deux couples de ces pigeons bâtards qui sont dans ton pigeonnier..., avec ta permission, bien entendu. Nous en ferons notre poste, si besoin est. Seulement convenons de ceci : c'est que pour notre correspondance les lettres seront remplacées par des chiffres... A deviendra 1, B deviendra 2 et ainsi de suite... C'est simple, clair, mais prends note de la convention, car autrement les pigeons deviendraient inutiles et il vaudrait mieux les laisser roucouler, puisqu'ils sont créés pour ça... »

Messire l'Ingéniour approuva d'un signe de tête.

L'hôte prit note de la convention et affirma une fois de plus son dévouement pour la France.

Les trois interlocuteurs se séparèrent pour aller prendre un repos bien gagné.

Dès l'aube, ils étaient levés.

On se sépara tristement en faisant des vœux pour le succès de la patrie commune. L'hôte essuya une larme.

Et les deux *bouches inutiles* sortirent de Casteljaloux, pêle-mêle avec les enfants, les femmes et les vieillards, en geignant comme des gens à qui la guerre abhorrée causait un dommage considérable.

Une heure plus tard, messire l'Ingéniour et le fidèle Martingale arrivaient sans encombre au camp de messire de Beautru et tiraient de leurs chausses les deux couples de pigeons.

Martingale se chargea des pigeons et messire l'Ingéniour se dépêcha de faire un bout de toilette afin de se présenter décemment au logis de messire Claude-Absalon de Beautru, colonel général, lequel était dans une perplexité facile à comprendre.

VI

UNE ACCOLADE MÉMORABLE

Après avoir passé ses plus belles trousses bouffantes et son pourpoint de buffle, après avoir pendu une dague à sa ceinture et coiffé son chef du *cabasset*, sorte de calotte en fer à larges bords très abaissés, messire l'Ingéniour, se présenta chez le colonel général.

En l'apercevant, le colonel lui cria :

« Le ciel soit loué ! Et vous nous apportez des nouvelles, mon bien-aimé capitaine des mineurs ?

— Et des nouvelles fraîches, colonel... »

Et messire l'Ingéniour, s'installant dans le siège à dossier que le colonel lui indiqua du doigt, raconta les péripéties de son expédition, son entrée dans la seigneurie, sa sortie ; puis il s'étendit avec une complaisance d'ingénieur sur tout ce qui touchait à la topographie des lieux et à la fortification au point de vue des opérations du siège. Mais laissons la parole au narrateur :

« Casteljaloux, colonel, est dominé par un château que défendent la nature et des travaux d'art énormes. Le château occupe le point culminant du cône rocheux dont la partie méridionale présente des

escarpements à pic. La ville couvre les parties du cône qui regardent
l'est, l'ouest et le nord et s'étend jusqu'au ruisseau qu'on aperçoit
d'ici. Ce ruisseau sépare la ville de cette petite plaine qui descend vers
le nord en pentes douces. Je ne pourrais que répéter ici ce que vous
avait appris Martingale sur les projets de résistance à outrance de
monseigneur Le Lorrain de Jorat. Ce qu'il importe d'établir, c'est que
la ville est entourée d'une enceinte continue à tours et à courtines
crénelées et que cette enceinte se relie à celle du château. De plus,
au midi, à l'est et à l'ouest, il y a peu de chose à tenter : au midi,
parce que l'enceinte se dresse sur des escarpements granitiques ina-
bordables en plus d'un endroit ; à l'est et à l'ouest, parce que l'enceinte est protégée en avant par le ruisseau qui est large et point
guéable, et en arrière par une ligne ininterrompue de remparts et
d'obstacles qu'il serait dangereux d'aborder. Et je ne parle pas de la
portion du nord-est dont les berges du ruisseau sont gardées par des
masques en maçonnerie ou fausses braies, qui forment une tête de
pont solide en avant de l'entrée principale de la ville...

— D'où il résulte, continua le colonel général, qui devenait nerveux, qu'il ne reste qu'un côté favorable à une attaque en règle...

— Celui qui regarde le nord. Vous l'avez dit, colonel », et messire
l'Ingéniour traça en quatre coups de crayon le plan de la seigneurie,
puis il reprit ses explications verbales :

« Ce côté nord, que je figure en perspective, a une double enceinte : la
première, qui touche aux habitations, présente les mêmes dispositions
et le même relief en général que ceux déjà indiqués ; la seconde se
compose d'un bastion avec des faces d'un développement total de
quatre-vingts toises environ [1] et des flancs de soixante-dix toises chacun. Au nord-ouest, les fausses braies sont séparées du bastion par un
fossé dans lequel un batardeau amène à volonté de l'eau d'amont. Ce
bastion a ses flancs enfilés par des orillons, et sa gorge, reliée par un
pont-levis à la première enceinte, est renforcée par un rempart bas

1. La toise valait 1^m,625.

semi-circulaire à feux convergents, ce qui rendrait l'occupation du terre-plein du bastion démantelé à peu près impossible.

— Dans ces conditions, ajouta le colonel avec une impatience croissante, ce sera au canon à décider.

— Dans tous les cas, il faudra du canon et beaucoup. Je poursuis. La brèche pratiquée au flanc droit qui est le plus vulnérable, du moins le plus abordable, les pièces de flanquement des orillons réduites au silence, il y aura à attaquer la grosse tour ronde en forme de cavalier [1] et les courtines de la vieille enceinte dont les soubassements ne sont pas, Dieu merci ! à l'abri de la mine.

— En d'autres termes, la ville en a pour deux mois...

— Très approximativement, et j'ajouterai avec votre permission, colonel général, que votre serviteur ici présent s'y prendra de telle façon que monseigneur Le Lorrain de Jorat n'éventera pas ses mines. »

Messire de Beautru soupira bruyamment, se leva de son siège, et, le visage éclairé d'une soudaine lueur d'espérance, tendit sa main au capitaine :

« Je savais, lui dit-il avec une émotion contenue, qu'on ne faisait jamais vainement appel à votre dévouement. Je vous témoigne ici toute ma satisfaction pour le nouveau et signalé service que vous venez de rendre à la cause du roi, » et il donna une bonne et brave accolade à messire l'Ingénieur, qui faillit se trouver mal... de joie.

Alors, le capitaine conta fort plaisamment sa rencontre inespérée avec les dames du guet.

« La vertubleu ! s'écria le colonel, mis en belle humeur par le récit de l'aventure, je ne me consolerai pas d'avoir les dames contre moi. Mais le Dieu des batailles m'enverra en temps opportun quelque heureuse inspiration ; sans quoi, je ne réponds ni de mes Picards, ni de

---

1. Cavalier, ouvrage de fortification, tour, fort ou batterie, ayant un relief supérieur à celui des ouvrages qu'il est destiné à battre.

mes Gascons, ni des lansquenets, ni des reîtres, en un mot de
personne. »

Il était visible que le colonel s'efforçait de jouer l'indifférence. Le
sujet était grave. Il retomba sur son siège, appuya un coude sur
sa table de travail et se plongea dans ses méditations. Messire l'Ingéniour comprit que sa présence devenait gênante et se retira.
Du reste, il était pressé d'aller consigner dans son journal son
entrevue avec le chef de l'armée. Il se garda bien d'omettre l'accolade reçue, car le journal porte cette mention : « *Le cinquième
jour du mois d'avril 15.., entre 9 et 10 heures du matin, reçu du
colonel général une accolade.* »

Ce même jour, le colonel général convoqua pour l'après-midi tous
les capitaines de ses bandes : de Frontignac et Arzilac, capitaines des
Gascons bouillants et hâbleurs ; Mendoza y Guevera y Avelar, capitaines des aventuriers de Navarre qui se vantaient de ne se découvrir que
devant Dieu et le Cid Campeador ; Krakinos, capitaine d'une cornette
de cavaliers dalmates *estrangement* vêtus à la turque, dit Brantôme,
sauf le turban des soldats du prophète ; puis Hoffer, Studdler et
Schufter et Carolus de Wysen, capitaines des enseignes suisses et
allemandes ; puis les capitaines Trombetta et Lecca des bandes de
Piémont pleines de morgue et d'impétueuse bravoure ; puis les capitaines Serpolette et Barbe-d'or des bandes picardes, calmes et intrépides avec un penchant à l'ivrognerie ; les capitaines l'Espine et
Cantelou de ces bandes de Champagne qui étaient des types de
discipline et de fidélité à leurs enseignes ; le sire d'Anclade, fier de
ses hommes d'armes qui comptaient les plus grands noms de France,
et enfin le grand maître par intérim de l'artillerie, messire Requiem,
et le chef des charrois de l'armée, messire Marolles.

« Messieurs, leur dit le colonel, mon capitaine des mineurs arrive de
Casteljaloux avec des détails du plus haut intérêt. Chacun se dispose
à faire son devoir dans la seigneurie. C'est vous dire que vous allez
trouver sur votre route des adversaires dignes de votre courage. »

Les capitaines s'inclinèrent profondément, et le colonel général continua ainsi :

« A partir de ce soir, cinquième jour du présent mois d'avril, le blocus de la seigneurie doit être complet. Tous les chemins qui y aboutissent vont être l'objet d'une surveillance active de nuit et de jour. Un ordre circonstancié assignera à chacune de vos bandes la zone de terrain qu'elle aura mission de défendre, et ce, jusqu'à la

Messire Requiem.

mort inclus, ainsi que la nature et la marche des travaux d'attaque que je déterminerai, d'accord avec mon très aimé capitaine des mineurs. Et quant à vous, messire Requiem, je vous prierai de rester, afin que nous arrêtions ensemble les dispositions à prendre en vue du siège qui se prépare. »

Les capitaines prirent congé du colonel général, lequel, resté seul avec son grand maître de l'artillerie, désigna, après une savante discussion contradictoire, le point futur de l'attaque, en indiquant les moyens qu'il ocmptait mettre en œuvre pour réduire la seigneurie.

« Colonel général, mes grandes coulevrines sont approvisionnées
à deux cents coups par pièce, mes bâtardes, moyennes, faucons et
fauconneaux, à deux cent cinquante coups.

— C'est bien, messire Requiem. Et maintenant, ordonnez, en partant de l'hypothèse que la tranchée s'ouvrira le quinzième jour du
mois d'avril. »

Messire de Beautru congédia d'un geste affectueux et reconduisit
jusqu'à la porte de son appartement le grand maître de l'artillerie,
personnage de marque, et qui allait avoir le rôle capital dans la partie
qu'on s'apprêtait à jouer.

C'est qu'en effet l'artillerie venait d'entrer dans une phase nouvelle.
On n'en était plus à ces lourdes masses de métal grossièrement forgées
qui avaient fait les beaux jours de l'artillerie avant Charles VIII et
Louis XII, rois de France. Le vaincu de Pavie lui avait assigné une
large place dans ses nouveaux règlements sur l'armée, aussi large du
moins que le permettaient les ressources du coffre-fort royal.

Les canonniers, au nombre de deux cents, sans compter les artifi-
ciers, poudriers et pionniers, formaient un corps entouré de considération, et, disons-le vite, d'une considération méritée : car c'était un
métier des plus dangereux que celui de canonnier, si dangereux
même à l'époque dont nous parlons, qu'on avait dû édicter les peines
les plus sévères contre les canonniers coupables seulement d'une
négligence. Cela est si vrai que le *Traité de canonnerie* de 1561 recommandait au canonnier « d'honorer Dieu et de craindre de l'offenser,
un peu plus que nul homme de guerre : car chaque fois qu'il fait
jouer sa pièce, il a son mortel ennemi devant lui. »

De là la fervente dévotion que les canonniers professaient au seizième siècle à l'égard de sainte Barbe.

En raison même des périls inhérents à leur profession, les canonniers en étaient arrivés à se constituer en corps privilégié, avec
franchises, immunités et gros salaires. Un pareil corps voulait un chef

spécial ; on créa pour lui un grand maître, un contrôleur général et treize commis chargés de réglementer les dépenses.

Aussi aurions-nous mauvaise grâce à ne pas dire ce que pouvait être au seizième siècle le personnage que nous avons trouvé en si grave conversation avec le colonel général.

Nous convenons que l'habit ne fait pas le moine ; mais il a du moins l'incontestable avantage de dire à qui l'on a affaire. Ensuite, le costume se mesurant à l'importance de celui qui le porte, et par suite l'importance du personnage se révélant à certaines particularités du costume, il ne sera pas hors de propos de s'occuper, même incidemment, de messire Requiem, dont le nom sent la roture, mais dont l'habit annonçait un rang fort élevé dans la hiérarchie militaire.

Messire Requiem portait, en effet, ce jour-là, un superbe pourpoint de violet clair, à manches de même couleur, avec force taillades dans le goût de l'époque, un pantalon jaune nankin, des baboucles jaune indien, avec un bonnet de velours cramoisi orné de longues plumes de héron. Tout cela était le suprême de l'élégance. Notons que messire Requiem se disposait à faire, en cette toilette raffinée, le siège de la seigneurie ; d'où un observateur n'aurait pas de peine à conclure que le grand maître de l'artillerie prenait un soin jaloux de sa personne, ce qui était permis du reste, si l'on veut se rappeler que la guerre, en ces temps un peu loin de nous, était le prétexte des plus héroïques coquetteries. On allait à la brèche en manchettes de dentelles, en pourpoint de satin, en bas de soie, en ces jours évanouis où l'on savait mourir avec grâce, sans un froncement de sourcils, sans une ride au front et le sourire aux lèvres, pour le roi et pour la belle France !...

Il marchait la tête haute, messire Requiem, sans se douter qu'il faisait l'intérim, en homme qui avait déjà fourni des preuves de sa science et de sa valeur et qui connaissait l'excellence de ses canons, l'excellence relative : car, nous l'avons écrit, l'artillerie traversait une période de transition.

Il causait, mais avec la juste mesure et la lenteur majestueuse des gens habitués à étonner le monde, et l'artillerie était étonnante vraiment!...

Il faut dire aussi que, s'il était quelque peu vain et glorieux, il avait du moins l'excuse de n'être pas sans talent, ce qu'il n'allait pas tarder à démontrer, à la plus grande gloire du roi et à la satisfaction de l'armée.

VII

L'ordre du colonel général était formel.

Au surplus, on n'ignorait pas que messire Claude-Absalon de Beautru n'aimait pas la discussion ; il passait du reste pour avoir le courage de ses opinions. Les responsabilités ne l'effrayaient point. Mais on savait aussi qu'il était de l'école du terrible connétable de Montmorency, c'est-à-dire inflexible sur le chapitre de la discipline, ce Minotaure auquel il eût offert des hécatombes de soldats, si cette immolation avait dû profiter à la cause qu'il servait. Il y allait d'une âme sereine, sans s'inquiéter des mécontentements que ses justes sévérités soulevaient parfois autour de lui. Son équité tempérait ses rigueurs. Plutarque en aurait fait un héros de son beau livre.

Le sixième jour du mois d'avril, tous les capitaines des bandes étaient à leurs postes.

Les soldats conservaient cette inaltérable gaieté qui est de tradition dans notre pays.

Autour de la seigneurie, les avant-postes formaient ce cercle de fer et de chair humaine sans lequel il n'est pas de sécurité pour l'as-

siégeant. Casteljaloux était bien séquestré du restant de la création,
et ses défenseurs n'avaient plus rien à attendre des hommes. Leur
salut résidait tout entier dans leur courage.

Les patrouilles et les vedettes circulaient dans toutes les directions,
de jour et de nuit, échangeant à voix basse leurs observations, s'arrêtant au *Qui va là ?* des sentinelles isolées, l'œil et l'oreille au guet,
les cavaliers excitant leurs montures au milieu de jurons hérétiques,
suivant la mode des gens de guerre, les piétons cheminant prosaïque-
ment dans la brume et sous la bise avec leurs casques d'acier ondu-
lant comme les épis de blé sous le vent.

Mais le spectacle était particulièrement intéressant vers le côté
nord de la seigneurie, en face précisément de l'enceinte bastionnée
qui avait si fort émerveillé messire l'Ingéniour et que le colonel général avait choisie comme point d'attaque.

La plus grande activité régnait dans cette partie du plateau.

Des pionniers ouvraient la tranchée à cinq cents toises de l'enceinte bastionnée, suivant une demi-circonférence dont le centre cor-
respondait mathématiquement à l'axe du bastion, pour des raisons
que les ingénieurs militaires devaient trouver un siècle plus tard.
Ainsi creusée sur deux toises environ de profondeur, la tranchée
enveloppait complètement le bastion devenu l'objectif de l'attaque.

Messire l'Ingéniour en casque et cuirasse dirigeait les travaux,
encourageant ses pionniers de la voix et du geste ; car il avait promis d'être prêt avant la fin du douzième jour d'avril, et il était
homme de parole.

Pendant ce temps, les canonniers et les pionniers de messire
Requiem confectionnaient un peu en arrière de la tranchée ces énormes paniers d'osier ou de bois tendre qu'on nomme des gabions, sous
l'œil vigilant du grand maître de l'artillerie, lequel n'estimait pas au-
dessous de son importance de descendre à ces détails.

Inutile d'ajouter que messire Requiem et messire l'Ingéniour se

consultaient volontiers, avec cet abandon qu'inspire le sentiment par-
tagé d'une supériorité mutuelle. Canonniers et mineurs avaient du
reste plus d'un point de contact. Ils se complétaient les uns les autres.
Où le canon n'avait pas le dernier mot la mine intervenait, et récipro-
quement. Il est vrai que la besogne des mineurs était moins bruyante
et plus modeste que celle des canonniers. C'était là une cause d'infé-
riorité aux yeux des profanes ; le canon a toujours fait parler de lui,
par la simple raison qu'il s'entend de loin. Le vacarme est une des
causes de sa puissance, et non la moindre. Ceci dit sans vouloir porter
atteinte à la considération du canonnier, considération que les événements vont une fois de plus se charger de justifier.

Coulevrine.

Quoi qu'il en soit de cette opinion, qui est personnelle à l'auteur, le
quatorzième jour d'avril, messire Requiem avait pris possession de la
tranchée, y avait planté sa gabionnade [1], donné la dernière main au
massif de terre qui masquait les gabions du côté de la ville, taillé ses
embrasures et mis en batterie six de ses coulevrines. Les canonniers
étaient à leurs postes, les canons chargés et la mèche allumée.

La période active du siège allait commencer.

Il serait injuste de ne pas signaler à l'attention du lecteur messire
Marolles, capitaine des charrois de l'armée. Pour être modeste, son

1. Gabionnade, réunion de plusieurs gabions disposés suivant une ligne déterminée à
l'avance et servant à abriter les canons contre les feux de l'ennemi. Les gabions sont
placés debout et remplis de terre fortement damée.

emploi n'en exigeait pas moins des aptitudes spéciales. Sans en avoir
l'air, le capitaine des charrois était une sorte d'intendant. Il réglait la
composition et la marche des convois. Il réquisitionnait les animaux
et les charrettes et prêtait ses attelages à l'artillerie. Aussi était-il
une force avec laquelle il fallait compter, et il convient de dire qu'on
pouvait toujours compter sur lui. Sa ponctualité était proverbiale. Il
n'avait qu'un défaut : il jurait comme deux lansquenets. Excellent
homme d'ailleurs, affable, liant, accueillant et s'ignorant lui-même.

La grosse affaire était l'armement de la batterie. Il venait, on va en
juger, de s'en tirer avec succès. Pour comprendre l'effort quasi-hercu-
léen tenté par messire Marolles, ajoutons que les routes manquaient
souvent ou étaient en mauvais état d'entretien. Voici de quoi étonner
et édifier des gens du dix-neuvième siècle. Je transcris une page du
journal du siège de messire l'Ingéniour :

« Six coulevrines ont occupé, tant pour leur transport que pour
leur mise en place dans la batterie de messire Requiem, vingt-quatre
canonniers, deux cent quarante-quatre pionniers d'artillerie et autres,
cent deux bêtes de somme ou de trait. Elles étaient suivies de trente
charrettes de réquisition traînées par deux cent quarante animaux. »

Ce qui fait, en bonne arithmétique, que le convoi nécessité par la
traction des grandes coulevrines, avec leurs boulets, leur poudre
et les engins divers, comptait trente-six voitures, deux cent soixante-
huit canonniers et pionniers, plus trois cent quarante-deux animaux,
dont un certain nombre de réquisition.

C'était un véritable tour de force qui arracha au chef des mineurs
ce mot typique : « Un état de choses qui fait surgir, à un instant
donné, un capitaine des charrois capable d'amener à un point déter-
miné un semblable matériel, avec les ressources toujours précaires
du système des réquisitions, ne peut qu'être un état béni !... »

Et le journal du siège mentionnant ce prodigieux résultat l'accom-
pagne du commentaire que voici : « La guerre prend des soldats et
rend des hommes. » Sous sa forme paradoxale, l'aphorisme était ren-

voyé à dame Yolande et aux fidèles d'Ornans, car une ligne plus bas, on lit ces mots :

« Oui, la guerre est divine... ! »

C'était l'obsession de messire l'Ingéniour.

Le quinzième jour d'avril, messire de Beautru armé en guerre, monté sur un magnifique cheval richement caparaçonné, arriva vers midi dans la batterie, escorté par un peloton d'hommes d'armes qui portaient l'armet à visière grillagée et à panache, le gorgerin de fer, l'armure complète de fer, les cuissards et les jambards de fer, les solerets ou chaussures de fer, avec l'épée longue et large suspendue à l'arçon droit de la selle.

Ces hommes d'armes étaient montés sur les roussins de Prusse que nous avons eu occasion de décrire dans un précédent chapitre.

Le peloton suivait le colonel général à quelques pas de distance.

Messire de Beautru arrêta son cheval, mit pied à terre et écouta les explications de son grand maître de l'artillerie, qui lui faisait les honneurs de sa batterie avec la courtoisie qu'on pouvait attendre de personnages de leur rang.

« Je vois, messire Requiem, que l'exactitude n'est pas une vertu exclusivement royale, dit le colonel général. Un canonnier se doit à sa réputation et l'honneur du corps est en dignes mains, je le sais. »

Et se tournant vers le capitaine des mineurs, il ajouta :

« Messire, veuillez me montrer le chemin de la tranchée. »

Messire l'Ingéniour salua bas et s'engagea dans la tranchée, dont les terres, rejetées en dos d'âne du côté qui regardait la seigneurie, dérobaient complètement les mineurs aux regards des assiégés. Le colonel général le suivit, inspecta, approuva sans restriction, trouva sans peine une parole d'encouragement pour les braves pionniers qui, sur son passage, avaient pris une attitude militaire, et rentra dans la batterie.

« Maintenant, messire Requiem, ne jugeriez-vous pas à propos de gratifier sans retard les assiégés de quelques boulets à tir perdu, à titre de bienvenue ?

— Colonel général, dès qu'il vous plaira... »

Et sur un signe d'assentiment du colonel, messire Requiem ordonna à sa première coulevrine d'ouvrir le feu.

Le boulet de fer s'échappa de la pièce avec un bruit de tonnerre, décrivit dans l'espace une courbe majestueuse, franchit le bastion et alla se perdre dans l'îlot de maisons qui semblait occuper le centre de la ville.

Il y eut un moment de silence. Tous les yeux étaient fixés sur le point où le boulet était tombé.

« Ça c'est pour mon hôte, et la chose est d'autant plus probable que le boulet ne lui était pas destiné. Les coulevrines ont de ces raffinements de cruauté. »

Qui parlait de la sorte ? Eh ! messire l'Ingéniour, et il disait vrai, car à cette époque les coulevrines, comme les autres canons, étaient dangereuses surtout pour les canonniers et les gens dont on n'avait pas à se plaindre. Le boulet sortait de la pièce affolé, brutal, à la diable, sans aucun souci des lois qui régissent la balistique.

« Et je regrette, reprit-il à voix basse, que cet extravagant boulet reconnaisse de façon si peu civile l'hospitalité que j'ai reçue là-bas. Mais bast ! un boulet n'est pas tenu à tant de politesse... »

La batterie attendait une réponse qui ne vint pas.

« Continuons, dit le colonel général, puisqu'on fait la sourde oreille. »

Et la deuxième coulevrine envoya son boulet.

Le boulet suivit une route parallèle au premier, décrivit dans le champ des oiseaux la même courbe rigoureuse et descendit avec la

même majestueuse lenteur dans le même îlot ; ce qui fit dire à messire
l'Ingéniour qu'il ne resterait bientôt plus pierre sur pierre de cette
maison où il avait cependant trouvé des pigeons bataves, un gîte, un
souper et le cordial accueil que l'on sait.

La première coulevrine
ouvrit le feu.

« Heureusement que mon hôte a l'âme française... Mais au moins,
que ces boulets sans cervelle épargnent le pigeonnier !... »

Il pensait à ses pigeons, à ses pigeons voyageurs dont il comptait
bien se servir avant la fin du siège ; et, le pigeonnier détruit, il ne

fallait plus songer à utiliser les services de ces messagers ailés, qui, on le sait, reviennent d'instinct au point de départ.

Les autres coulevrines accomplirent successivement leur stupide besogne, sans obtenir une réponse du bastion.

Le tir fut interrompu, sur l'ordre du colonel.

Des soldats de Gascogne, profitant des loisirs qu'on leur faisait, s'étaient rangés en cercle autour d'un camarade qui adorait le violon et en tirait les airs les plus réjouissants. Le violon était un des passe-temps favoris du bivouac, et on le tolérait parce qu'il entretenait la belle humeur du soldat.

Le Gascon exécuta une de ses fantaisies les plus folâtres et obtint un succès de fou rire.

Dans la batterie, dans la tranchée, trente autres violons sortis on ne sait d'où, portés là on ne sait par qui, furent accueillis avec la même faveur. Le colonel général était souriant.

Ces violons était d'importation espagnole. On en possédait dans les bandes de Navarre, de Biscaye, de l'Estramadure. C'était d'un transport facile, et point bruyant, point encombrant. Les soldats de *toutes les Espagnes,* — car en ce temps-là, je vous le dis, il y avait des Espagnes un peu partout, dans la péninsule Ibérique, dans la péninsule Italique, dans les Pays-Bas, en Franche-Comté, — les soldats marchaient, mangeaient, buvaient et se battaient au son des violons. Le violon était devenu le délire, l'obsession du soldat des Espagnes. Et, par une loi fatale, non seulement il en usait, mais encore il en abusait.

Et voilà comment des Gascons jouaient du violon dans la batterie et dans la tranchée, sans songer que ces violons inoffensifs allaient exaspérer les défenseurs du bastion.

Les petites causes engendrent souvent de grands effets.

Ces violons provoquèrent chez les assiégés un énervement qui se traduisit *ex abrupto* par l'envoi brutal d'un boulet de fer de trente livres, lequel bouleversa de fond en comble une embrasure, sans dommage des canonniers.

« Messieurs, s'écria le colonel général, voilà une bise du sud qui a trahi nos violons. Les canons de la seigneurie n'aiment pas la musique. Ce boulet nous porte la réponse... Saluons... »

Et gaiement il ôta son bonnet à plumes.

Il avait à peine achevé, qu'un autre boulet vint s'émietter au-dessus de la batterie. C'était un petit sphéroïde de granit dont les éclats se logèrent dans un pli du terrain.

« Ainsi, dit messire Requiem, ils en sont encore aux boulets de pierre... »

La remarque était topique, et le fait ne pouvait pas échapper à l'attention du grand maître de l'artillerie. Ce boulet de pierre était un souvenir lointain déjà de l'art du canonnier à son origine.

Messire Requiem jugea superflu de continuer le tir, car le jour était près de finir.

Le colonel général fut de cet avis, et regagna au grand trot, avec son escorte, son logis du cantonnement, après avoir arrêté que la canonnade reprendrait dès le lendemain et sans intermittence jusqu'à nouvel ordre.

LA PETITE POSTE

Le vingt-troisième jour du mois d'avril, c'est-à-dire huit jours après l'ouverture de la tranchée contre la seigneurie, les six coulevrines de messire Requiem avaient consommé cent quatre-vingts boulets en fer, dont les deux tiers pouvaient être considérés comme perdus : car le bastion n'avait que peu ou point souffert de la canonnade et les assiégés ripostaient avec vigueur aux injonctions brutales de la batterie.

Le grand maître de l'artillerie résolut donc de frapper un grand coup et, à cet effet, ordonna aux six coulevrines de tirer sur l'enceinte sans discontinuer.

« Feu partout, mes enfants ! » s'écria-t-il.

Et aussitôt six sphéroïdes de métal déchirèrent l'air, éclatant sur l'enceinte et jonchant les terre-pleins de blessés et de mourants. Par intervalles réguliers, une tourmente de fer et de plomb s'abattait sur les défenseurs des remparts, qui tenaient bravement tête à l'orage, sans se laisser ébranler par cette mitraille meurtrière.

C'est que monseigneur Le Lorrain de Jorat et son conseil se multipliaient et payaient de leurs personnes. On les voyait aux endroits les plus menacés, encourageant les tièdes, ranimant les pusillanimes, montrant aux gens de cœur de quelle façon on devait entendre le devoir. Du reste il convient d'ajouter bien vite que leur exemple trouvait de nombreux imitateurs. Les invalides et les bouches inutiles, y compris Martingale et messire l'Ingéniour, avaient été expulsés de la seigneurie au nom de l'humanité et de la patrie. Ce qui restait d'hommes dévoués n'avait plus qu'à vaincre ou à mourir, et dans ce nombre on comptait non seulement les soldats et les gens en état de porter les armes, mais encore les femmes et, parmi celles-ci, de fort grandes dames, qui avaient tenu à honneur de prouver qu'elles n'étaient pas simplement des mères ou des filles dévouées et qu'elles étaient capables de s'immoler à la cause commune.

Le moment est venu de dire un mot de ces nobles femmes que Martingale avait improprement appelées les amazones.

A l'heure du danger, elles avaient spontanément offert leur concours à l'œuvre sainte de la délivrance et formé trois bandes, dans le but d'aider à l'organisation de la défense.

La première de ces bandes s'était donné pour chef la noble dame de Guérafort, et avait adopté la casaque de drap violet et le pourpoint court montrant le brodequin jaune de cuir cordouan. On sait que le violet est le signe de la tristesse.

La seconde, commandée par damoiselle Hilarionne de Sèves, jeune fille aussi célèbre par sa beauté que par sa naissance, avait pris un costume de satin incarnadin, en souvenir du vœu qu'elle avait fait de se consacrer à la chose publique, le satin incarnadin signifiant dans la gamme des couleurs : sacrifice, abnégation. Du reste, Hilarionne de Sèves était adorable sous son costume, et l'on peut croire qu'avec une femme la coquetterie n'abdique jamais.

La troisième, sous les ordres de dame Livie Faustine, une richissime et charitable bourgeoise, avait choisi un vêtement entièrement blanc, le blanc étaint l'emblème de la pureté du cœur.

Ces nobles femmes s'attelaient sans répugnance aux besognes les moins faites pour tenter de belles mains. C'est ainsi qu'on les rencontrait un peu partout, aux remparts où elles charriaient de la terre pour réparer les désastres de la canonnade, au bastion où elles relevaient les mutilés, dans la ville et sur les chemins de ronde où leurs patrouilles étaient l'effroi des oisifs et des suspects, partout enfin où il y avait une larme à essuyer, une plainte à consoler, une douleur à calmer. Et quelle ardeur dans l'accomplissement du devoir austère qu'elles imposaient à leur faiblesse ! Ah ! cela valait mieux que l'oubli de MM. les archéologues ! Puissent ces humbles lignes les venger.

Monseigneur Le Lorrain de Jorat n'en était pas moins un habile homme et la gloire des résultats obtenus lui revenait tout entière. Il avait armé des bourgeois ; il avait armé des femmes ; il avait su faire passer dans l'âme de ses sujets la flamme qui le consumait. Son souffle patriotique avait allumé d'admirables enthousiasmes et inspiré des héroïsmes singuliers jusqu'à la folie.

Il ne nourrissait d'ailleurs aucune illusion, en dépit de ses réponses épiques aux prétentions et à l'outrecuidance insensée de la cour de France. Il faisait virilement son devoir et on le savait de taille à ne pas céder à l'intimidation. La crainte de la mort effrayait peu son courage. Ce qu'il voulait épargner à son nom, c'était la honte d'une souillure. L'honneur de ses ancêtres et de ses féaux serviteurs ne pouvait tomber en meilleures ni plus pures mains. Il n'ignorait pas que la vengeance de ses ennemis serait implacable ; mais cela ne l'empêchait pas de prêcher la croisade et cette constante pensée qui le soutenait au milieu des épreuves l'inspira plus d'une fois heureusement.

C'est ainsi qu'il causa bien involontairement à notre vieille connaissance Martingale une surprise considérable. Car Monseigneur Le Lorrain de Jorat, quoique seigneur et par conséquent élevé à l'école de ces puissants qui n'étaient jaloux que des prouesses de leurs épées et trouvaient la science bonne seulement pour des clercs et des bénédictins, avait puisé, lui aussi, aux sources sûres de l'antiquité et notam-

6

ment dans Frontin, lequel écrivait vers le premier siècle de notre ère
ce livre des *Stratagèmes* dont Martingale, j'ignore pour quel motif,
avait fait sa lecture de prédilection.

Il s'avisa même un jour d'ajouter un chapitre inédit aux chapitres
de Frontin ; et voici dans quelles circonstances.

La guerre est un état violent et messire l'Ingéniour disait : un mal
nécessaire. Or, une violence dans un sens ou dans l'autre appelant
une violence en sens contraire, il en résulte que les fatalités de la
guerre excusent certaines actions que condamne la stricte morale.
Ainsi la ruse, l'adresse, les stratagèmes que l'on flétrit volontiers dans
les relations humaines, se transforment durant l'état de guerre, sinon
en vertus cardinales, ce qui serait excessif, du moins en expédients qui
ont le prétexte de l'inéluctable nécessité, de certaines considérations
d'humanité, du sentiment inné de la conservation et qui ont, de plus,
la sanction des siècles.

Monseigneur Le Lorrain de Jorat était donc un élève de Frontin, et
Martingale fut très désagréablement surpris le jour où il vit flotter à
la surface du ruisseau qui s'enfuyait vers le sud de la seigneurie, un
vase d'une forme aussi peu géométrique que surannée.

D'où venait ce vase ?

Il se rappela que messire l'Ingéniour n'en était encore qu'à sa première tranchée, que par conséquent le vase n'avait pas été jeté dans
le courant par un des soldats de messire de Beautru, la tranchée
étant à cinq cents toises du bastion ou du ruisseau et la distance ne
pouvant être franchie que sous les feux de l'enceinte. Il en conclut que
le vase avait été confié au courant par un assiégé. Cela lui donna, on
le devine, une envie folle de voir de près le mystérieux récipient, et il
se rapprocha de la berge avec les précautions usitées en pareille occur-
rence, car il flairait là-dessous une aventure ou une supercherie. Il
était fixé sur les procédés des personnages assiégés.

Le courant était assez rapide et le ruisseau décrivait en aval de la
seigneurie, à proximité de l'observateur, une courbe d'un faible rayon,

chassant vers la rive le pauvre vase, que Martingale se hâta de cueil-
lir dans le remous.

Son premier soin fut de l'examiner sous toutes ses faces et de calculer au plus juste les chances qu'il pouvait courir à forcer le vase à
lui livrer ses secrets. Rapidement et sainement, il jugea qu'on avait eu
un intérêt quelconque à le confier à l'onde perfide. Dans cette hypo-

Il s'assit commodément sur un talus.

thèse, il ne lui restait plus qu'à éventrer le vase et à regarder, ce
qu'il fit incontinent.

En ce moment, la canonnade redoublait de fureur. L'air était sil-
lonné de globes de fer et de pierre. Martingale écoutait anxieusement.

« Que signifie ce vacarme ? Ne perdons pas une seconde et voyons
ce que me veut cette ampoule d'allure ténébreuse... »

Et il la brisa d'un coup de talon. Des flancs du vase sortit un papier plié en quatre. Martingale le tourna et le retourna, le flaira d'un air capable, s'assit commodément sur un talus et lut ce qui suit :

« Très excellente dame,

« Votre capitaine des mineurs est une merveille de naïveté. Faites
« sonder adroitement le personnage et envoyez-nous des nouvelles
« par le lévrier qui a dû arriver hier ou aujourd'hui. Prenez soin de
« la pauvre bête ! Ici tout va bien et la preuve, c'est que nous avons
« soupé hier soir de deux chapons dits du Maine, de deux canards
« sauvages et que nous avons vidé à votre santé six flacons d'un vin
« crétois comme on n'en buvait pas du temps d'Alcibiade ; nous avons
« de la poudre et des petits pains blancs. La seigneurie sera le tom-
« beau des bandes cosmopolites de messire Claude-Absalon de Beau-
« tru. »

La signature était illisible.

« Bon, se dit Martingale. Voici un document apocryphe. La situation n'est pas aussi plaisante qu'on veut bien le dire. C'est une feinte
grossière. Je me défie des assiégés qui soupent de si exquise façon.
A d'autres ! Je vis, moi, de fèves sèches et de pain de blé noir et je
ne suis pas assiégé, que je sache. »

Sur ce, il se leva, enfouit sa trouvaille dans la poche de sa casaque
et se dirigea d'un pas léger vers le logis du colonel général.

Il frappa à la porte.

« Qui est là !

— Martingale, pour vous servir, colonel.

— Entre..... »

Et il entra, exhiba le vase brisé, montra le papier d'un air fin et
causa, causa..... Messire de Beautru, pour couper court à la verbeuse
éloquence de son espion, qui lui paraissait fort disposé à ergoter sur

les stratagèmes, le chargea d'aller chercher le capitaine des mineurs, lequel arriva bientôt haletant, suant et crotté jusqu'à l'échine, ce dont il s'excusa.

C'est inutile, mon aimé capitaine... Mais voici qui vous concerne... »

Et il lui tendit le papier.

En vérité, messire l'Ingéniour ne se croyait pas aussi prodigieusement naïf...

« Ce papier m'explique bien des choses. Cette dame se serait donc jouée de moi, car c'est elle dont il s'agit. Ce lévrier... Oh ! je comprends à présent. Et si le brave animal n'a pas rempli sa mission, c'est que je l'ai séquestré, sans intention du reste. Si vous le permettez, colonel général, je vais aller lui administrer une médecine. »

Messire de Beautru ne put s'empêcher de sourire et il se rendit au désir du capitaine.

Une laxatif énergique mit bientôt le lévrier en état de rendre ses comptes, et Martingale, appelé en toute hâte pour saisir le corps du délit, constata que la pauvre bête venait de déposer sur le parquet une boulette noyée dans les déjections. Il la prit et l'ouvrit, car elle était entourée d'une sorte de toile poisseuse.

« Encore un petit papier, messire... C'est le jour aux surprises.

Et messire l'Ingéniour parcourut le papier que lui avait tendu Martingale, puis il en fit la lecture à demi-voix, car le logis de la dame lui devenait singulièrement suspect.

« Très chère dame, vous êtes notre unique espérance. Envoyez-
« nous des nouvelles par pigeons et par lévrier. Messeigneurs les
« lansquenets, reitres et autres pandours n'ont cure des chiens et les
« pigeons défient leurs piques et leurs hallebardes. »

Le second billet n'était pas plus signé que le premier.

Martingale attacha solidement le lévrier qui ne comprenait rien à ces politesses dont il était l'objet, puis le capitaine des mineurs héla un des serviteurs de la dame et lui demanda à brûle-pourpoint :

« Où est ta maîtresse ? Qui est-elle ? Comment se trouve-t-elle ici, dans ce petit logis perdu dans la lande du plateau, à l'heure où la guerre est ouverte et le péril imminent ?

— Messire, Dieu me pardonne ! mais je ne suis, moi, qu'un pauvre diable et les grandes dames comme ma maîtresse ne daignent guère causer avec les gens de ma condition, » répondit le serviteur interloqué et tremblant.

« Écoute-moi bien. Si dans une heure au plus ta maîtresse n'est pas ici, je ferme toutes les issues de ce logis, j'entasse un cent de fagots dans la grande pièce du rez-de-chaussée et je vous fais cuire à petit feu, toi, la dame, ses valets des deux sexes et le lévrier... et pendant l'opération, mes Gascons joueront du violon, à distance, pour que rien ne manque à la cérémonie. Va... »

Et livide, cadavérique comme un hérétique qu'on mène au bûcher, le drôle sortit à reculons, en faisant force révérences, la face baignée de vraies larmes. S'il revint vite, on le devine. Il pleura, supplia, à genoux et mains jointes, et sa maîtresse attendrie le suivit chez le capitaine.

C'était une femme d'aspect distingué et qui pouvait avoir doublé le cap de la quarantaine. Elle avait le geste noble et mesuré, la main aristocratique, une chevelure abondante et lustrée, la bouche dédaigneuse, l'œil sec et noir. Le masque du visage d'un pur ovale était empreint de dureté. Elle se présenta fière et droite, l'air hautain, la démarche assurée, jeta sur le capitaine un regard plein de superbe défi et lui dit en jouant avec l'éventail de nacre qui pendait à sa ceinture :

« J'ai donc l'honneur de parler à mon hôte ? Et c'est un officier du roi de France qui se permet de questionner mes serviteurs ? Celle que vous demandez, messire, ne doit des comptes qu'à Dieu et à son seigneur et mattre. Quand on s'adresse à une femme, la courtoisie veut qu'un homme bien né le fasse avec les égards qui sont dus à mon sexe. Ah! cela vous amuse de mettre le feu à ce logis! Il vous plairait aussi de livrer la femme que voici et ses serviteurs aux flammes et aux risées de vos reîtres. Libre à vous de vous conduire en routier, messire. Je suis libre, moi, de mépriser vos menaces. »

Elle s'arrêta et attendit la réponse, en tourmentant fiévreusement son éventail.

Messire l'Ingéniour subissait la fascination de cette femme étrange et altière. Il pensa que c'était là le langage des antiques matrones de Rome. Il s'inclina profondément et dit :

« Il ne sera rien tenté, madame, contre votre sécurité. Mais ce lévrier que vous ne devez plus revoir, et ce vase qui a cessé d'être suspect me commandent une prudence qui ne saurait se concilier avec les ménagements que vous réclamez pour votre sexe. Votre logis va être gardé à vue, en attendant que le colonel général ait statué sur votre cas; et votre cas est grave, madame : car vous avez des intelligences avec la seigneurie. Jusqu'à nouvel ordre, vous êtes ma prisonnière de guerre, ce dont je vous exprime tous mes regrets. »

Messire l'Ingéniour s'attendait à une réplique. La dame se contenta de saluer avec dignité et ajouta :

« Je serai, si vous le voulez bien, votre prisonnière sur parole, messire. Ma parole vaut une bastille. »

Informé du résultat de l'interrogatoire, le colonel général jugea la situation de la dame assez compromise pour lui enlever désormais toute envie de mal faire. Il décida qu'on la garderait à vue. Évidemment, cette femme espionnait pour le compte des gens de la seigneurie. Les deux messages miraculeusement interceptés la désignaient clairement comme entretenant avec la défense des intelligences criminelles. L'importance de la capture justifiait amplement ces précautions.

Quant à Martingale, il reçut l'ordre de faire avaler au lévrier, séance tenante, une boulette à enveloppe poisseuse. La boulette contenait la réponse de messire de Beautru à monseigneur Le Lorrain de Jorat :

« Vos boulets de pierre sont en retard d'un siècle. Vos histoires confiées au vase de grès et au lévrier sont de charmantes inventions que Frontin eût signées, mais trop grossières pour abuser longtemps l'armée royale. La dame qui espionne pour votre compte est ma prisonnière de guerre. Il vous est accordé un délai de deux jours pour vous rendre avec la garnison et sans conditions.

« Colonel général DE BEAUTRU. »

Martingale exécuta l'ordre et lâcha le pauvre lévrier, qui s'enfuit de toute la vitesse de ses jambes dans la direction de Casteljaloux.

Arriva-t-il à destination? Nous l'ignorons. Mais le lendemain, au point du jour, les assiégés couvrirent la batterie des coulevrines et la tranchée d'une grêle de mitraille, ce que voyant messire Requiem, qui veillait sur sa belle batterie, fut d'avis qu'il convenait d'ouvrir dès la nuit suivante, vingt-sixième jour du mois d'avril, la tranchée de la deuxième parallèle [1] et d'y installer une batterie nouvelle de quatre coulevrines et deux bâtardes.

Le travail commença au moment où le bastion interrompit son tir et messire l'Ingéniour, mettant à profit l'obscurité profonde d'une nuit pluvieuse, stimula si bien le zèle de ses braves pionniers et de ses auxiliaires des bandes, que le matin se leva sur la seconde parallèle établie à deux cent soixante-trois toises de la première et par conséquent à deux cent trente-sept toises du bastion. (Voir le plan-perspective.)

---

1. La tranchée qu'on creuse au début du siège à une distance qui varie avec la nature du sol et l'énergie de la défense prend le nom de première parallèle. La tranchée qu'on ouvre plus près de la ville, prend le nom de deuxième parallèle. On arrive à la deuxième parallèle par des tranchées ou cheminements en zigzag. La troisième tranchée s'appelle la troisième parallèle. On la creuse non loin du fossé qui précède généralement le mur d'enceinte.

Une nuit lui avait donc suffi pour obtenir un développement de tranchée de quatre-vingt-quinze toises, sur une profondeur d'une toise et demie et une largeur de près de deux toises.

Il faut dire qu'il avait passé la nuit au milieu de ses pionniers, les encourageant, les exhortant, parlant aux soldats des bandes de France, du roi et de la patrie ; aux mercenaires, d'une augmentation

Se perdit bientôt dans les toits de la seigneurie...

de solde et des joies du pillage. Il faut dire que ses auxiliaires avaient été triés sur le volet, et qu'il les avait choisis dans les bandes de Picardie et de Champagne, qui n'avaient pas leurs pareilles pour les rudes travaux de la guerre de siège.

Au total, messire l'Ingéniour avait ajouté une belle page à l'histoire du corps des mineurs. Il n'en accueillit pas moins avec sa modestie habituelle les compliments de messire Requiem, lequel n'avait plus qu'à construire sa deuxième batterie.

La journée du 27 fut donc consacrée à planter la gabionnade, à amener dans la deuxième parallèle les coulevrines et les bâtardes de la batterie projetée et à creuser dans les talus les abris pour les poudres.

Messire Marolles, lui, pourvut aux charrois exigés pour le transport, réquisitionna à six lieues à la ronde et trouva le moyen de contenter tout le monde, les charretiers, les pionniers et les valets de train, et messire Requiem, et le colonel général, et le roi, sans compter les belles dames et les seigneurs de la cour, ce qui n'était pas toujours facile. Heureusement que le capitaine des charrois était par-dessus tout l'homme du devoir, et qu'il estimait en vrai sage que les triomphes de l'amour-propre ne valaient pas la paix de la conscience. Il accomplissait d'un cœur léger une besogne ingrate et sans gloire.

Quoi qu'il en soit, le trentième jour d'avril, la nouvelle batterie était prête à ouvrir le feu au premier signal.

Messire l'Ingéniour, qui se permettait des privautés dont le capitaine des charrois ne s'offensait jamais, lui demanda sans préambule :

« Voyons, messire Marolles, la main sur la conscience, vous semble-t-il que j'aie la figure d'un naïf ?

— Ventrebœuf ! mon camarade, je ne m'occupe que de mes charrois, répondit brusquement le capitaine Marolles.

— Eh bien, apprenez que je suis une merveille de naïveté..., quand je vous aurai dit que c'est l'opinion d'un assiégé qui ne signe pas ses lettres et d'une grande dame qui fait de l'espionnage à ma barbe..., et à la vôtre, vous serez édifié, n'est-ce pas ?

— Mille cornes du diable, nous pendrons le drôle à la tour du donjon et la grande dame au cou du drôle, s'il plaît à Dieu.

— C'est l'échevinage d'Ornans qui va trouver la chose plaisante !... Et madame l'échevine ! Et damoiselle Yseult ! Oui, mais ce n'est pas là un motif pour médire de la guerre... Et l'aventure ne modifiera pas mes idées sur la matière...

— Vive monseigneur saint Denis ! La guerre !... c'est ma vie et ma joie, ce branle-bas perpétuel, s'écria messire Marolles.

— A la bonne heure, messire. Nous sommes bien près de nous entendre, mais en ce moment, il y a autre chose à faire qu'à discuter ; il faut agir... »

Et les deux capitaines se séparèrent, après s'être donné une brave poignée de mains.

IX

ODYSSÉE DE QUATRE PIGEONS VOYAGEURS

Ainsi qu'on vient de le voir, la sommation du colonel général avait abouti à une canonnade furibonde et la canonnade de monseigneur Le Lorrain de Jorat avait décidé l'ouverture de la deuxième parallèle. Le bastion et les batteries de l'attaque avaient repris, dès le trentième jour d'avril, leur duel d'artillerie : duel, disons-le vite, où de part et d'autre on faisait plus de bruit que de besogne.

Pendant ce temps, monseigneur Le Lorrain de Jorat s'inquiétait fort du sort de la prisonnière de messire de Beautru. La perplexité du conseil de l'échevinage était grande. Le désarroi était complet, et, en vérité, la situation n'était pas facile à dénouer avec un homme comme le colonel général, qui soupçonnait peut-être l'importance de sa capture.

Or, le conseil avait raison d'être flottant, car cette dame qui avait en termes si hautains flétri les procédés de messire l'Ingéniour n'était autre que la très légitime épouse de monseigneur Le Lorrain de Jorat.

Au premier cri de guerre, elle avait embrassé dans une étreinte pleine de tendresse son seigneur et maître, avait dit un adieu suprême à tout ce qu'elle aimait, et, accompagnée de quelques serviteurs jaloux de partager sa fortune, était venue planter sa tente dans ce logis, où elle était désormais sous la garde des lansquenets de messire de Beautru.

C'était une âme trempée à la romaine que celle de cette femme illustre parmi les plus illustres, dont le courage avait grandi avec le péril. L'esprit de sacrifice était de tradition dans sa famille et l'on citait une de ses aïeules qui avait vu son mari succomber sous les murailles de Jérusalem et qui fit un jour à un bey désireux de la relever de son veuvage cette fière réponse : « Deux beys vivants ne valent pas un d'Arembert mort. » Et le bey se le tint pour dit.

Monseigneur Le Lorrain de Jorat estima donc qu'il n'y avait pas lieu de parlementer avec un ennemi qui lui proposait une capitulation honteuse et chargea les canons du bastion de le venger.

La canonnade recommença avec une sauvage énergie, mais sans résultat matériellement appréciable; car le canon ne produisait guère, aux grandes distances, qu'un effet moral. Par-ci par-là, le gémissement d'un blessé, le râle d'un mourant, la ruine d'une gabionnade ; et c'était tout; c'était peu vraiment. La belle humeur du soldat était inaltérable. La mitraille interrompait à peine les violons. On aurait pu se croire à quelque fête guerrière imaginée par un souverain bon enfant pour la distraction de ses bandes. Il ne fallait pas moins que la sérénité quasi-olympienne du grand maître de l'artillerie pour rappeler chacun à la réalité brutale des choses.

Martingale, en espion consciencieux, allait et venait dans le vacarme assourdissant des canons, avec cette crânerie de l'homme qui a vu de près les trois Parques. Or il s'était accroupi dans la tranchée, observant avec le sérieux d'un aruspice le vol bizarre et ennuyé de quatre volatiles qui planaient au-dessus de la parallèle, sans souci des boulets.

Martingale pensa qu'ils cherchaient à s'orienter et attendit. Tout à coup, les voilà qui décrivent des cercles désordonnés, refaisant en sens inverse le chemin déjà parcouru, zigzaguant à la façon de l'éclair, traçant dans l'espace des orbes capricieux, puis s'échappant d'un coup d'aile par la tangente, comme un train lancé sur la courbe d'un rail, dans la direction du nord-est.

Il quitte son abri, entend siffler un boulet dont le vent le couche sur le sol détrempé, se relève sans trop d'émoi et continue à suivre

« Holà! mes enfants, soufflez vos mèches! »

du regard les quatre volatiles, car il leur a découvert un air vague de famille avec les pigeons bataves qu'il a rapportés dans ses hauts-de-chausses.

Les pauvres petites bêtes, dont les battements d'ailes paresseux trahissaient la lassitude, se posèrent à terre, à quelques toises de la parallèle, ce qui permit à Martingale de se rapprocher et de les observer de plus près; puis, réparées par une courte halte, elles reprirent leur essor dans la direction primitive, à la grandissime joie de l'espion, qui les vit enfin s'arrêter sur la tourelle du logis de la dame et pénétrer dans le colombier. Il avait donc affaire à des familiers de l'endroit et alors, avec toutes sortes de savantes précautions, il s'en alla surprendre au gîte les quatre pigeons qui, dans leur effarement, se mirent à battre follement des ailes. Il s'en empara, les inventoria et poussa un cri... ! Ces pigeons innocents voyageaient pour le compte de messire Le Lorrain de Jorat.

En sa qualité d'espion, Martingale était curieux. Il prit quatre tuyaux de plumes qui étaient fixés sous les ailes au moyen de fils de soie, referma sur lui la porte du colombier et courut se présenter au logis du colonel général.

« Que m'annonces-tu ? lui cria messire de Beautru.

— L'arrivée au colombier de quatre pigeons voyageurs, colonel général, pour vous servir.

— Et cela vient ?...

— A l'estime, de Casteljaloux..., ajouta Martingale, et voici quatre plumes qui m'ont un petit air de mystère !... »

Martingale hocha la tête en homme qu'on ne trompe pas facilement.

« Donne-moi ça et va-t'en retrouver les estradiots de l'escorte, en attendant mes ordres. »

Martingale n'était pas plus tôt sorti que messire l'Ingéniour frappa à la porte du colonel général.

« Soyez le bienvenu, lui dit messire de Beautru. Vous ne pouviez arriver plus à propos... Grâce à Martingale, nous allons avoir des nouvelles de là-bas... Je le suppose du moins. Voyez... »

Messire l'Ingéniour déboucha les quatre tuyaux de plume et y trouva quatre billets absolument semblables. L'assiégé, car les pigeons venaient bien de Casteljaloux, avait prévu le cas où il arriverait malheur à l'un des quatre messagers.

Les billets étaient écrits en caractères microscopiques. L'écriture était fine et affreusement tourmentée. Pour la déchiffrer, il fallut au capitaine des mines un verre grossissant. Il lut ce qui suit :

« Six heures matin, trentième jour d'avril.

« Nous tenons un espion de messire de Beautru. Si la dame n'est « pas remise en liberté dans les vingt-quatre heures, le premier jour « de mai, à midi, votre espion sera pendu à la pointe nord du bastion. »

Le billet n'était pas signé.

« C'est une supercherie, fit le colonel. J'ai un espion : or Martingale sort d'ici. Voilà une prisonnière qui vaut les sentinelles. Ce n'est pas sans graves raisons qu'on me propose un échange. Mais chargeons ces mêmes pigeons de porter la réponse. Qu'en pensez-vous, messire ?

— Le cas est pressant, répondit messire l'Ingéniour.

— Alors, mettez-vous à table et écrivez sous ma dictée... »

Le capitaine obéit.

« Si le prétendu espion de messire de Beautru est pendu demain à « midi à la pointe nord du bastion, la dame sera demain à la même « heure attachée par représailles sur l'épaulement d'une batterie de « l'attaque. Dent pour dent.

                    « Colonel général DE BEAUTRU. »

« Et maintenant, ajouta le colonel, expédiez cela sans retard. »

Martingale attacha le billet sous l'aile d'un pigeon et laissa partir la pauvre bête, qui s'en alla comme une flèche dans la direction de Casteljaloux.

« Ce n'est pas tout, se dit Martingale. Il faut penser à ce brave ami qui m'a confié quatre de ses pigeons bataves. Qui sait ? C'est peut-être

l'espion que Monseigneur Le Lorrain de Jorat se propose d'accrocher
à son damné bastion!... Il aura, pour sûr, commis quelque imprudence... S'il est pris, mon avis arrivera trop tard, c'est clair... Mais
s'il n'est pas pris, un avertissement lui conseillera la plus stricte
réserve. Dans ce dernier cas, que risquerai-je à écrire? Si le colombier de mon pauvre ami est ruiné, le pigeon reviendra ici avec mon
billet; s'il a été épargné par la canonnade, mon billet arrivera à sa
destination, sans compter que je peux sauver le cher homme de la
potence. »

En conséquence de ce raisonnement, Martingale chiffra le billet
qu'on va lire :

« 13.15.14 — 2.18.1.22.5 — 1.13.9 — 9.12 — 16.1.18.1.9.20 — 17.
« 21.5 — 22.15.21.19 — 4.5.22.5.25 — 5.20.18.5 — 16.5.14.4.21 —
« 4.5.13.1.9.14 — 1 — 13.9.4.9 — 3.5.19.20 — 6.1.3.8.5.21.23 — 19.
« 9.12 — 5.14 — 5.19.20. — 20.5.13.16.19 — 5.14.3.15.18.5 — 13.5.
« 20.20.5.25 — 22.15.21.19 — 5.14 — 12.9.5.21 — 19.21.18 — 13.1.
« 18.20.9.14.7.1.12.5. »

Un pigeon emporta le message sous son aile, plana un moment au-
dessus de l'enceinte et se perdit bientôt dans les toits de la seigneurie.
Martingale enfin était rassuré.

Le pigeon arriva au colombier et fut presque au même instant
visité par son propriétaire, qui veillait sur ses bêtes avec un soin tout
particulier, depuis qu'il savait l'usage qu'on en pouvait faire. Le brave
homme ne put s'empêcher de rendre hommage aux bons sentiments
de Martingale. Pendu! lui!... Il devint livide, en pensant au sort qui
pouvait payer son attachement à la patrie! Grâce au ciel, il n'avait pas
été molesté; néanmoins il jugea prudent de quitter sa maison, endossa
une casaque grossière, ramena ses cheveux sur le front, et sans bruit,
à nuit close, déménagea. Cette fois, il devait un beau cierge à Martingale.

Un vent violent qui soufflait par rafales donnait la chasse aux lourds nuages suspendus au-dessus de la seigneurie et des batteries de messire Requiem.

Tout le jour, les canons avaient hurlé.

Impassibles et muets comme des sphinx de granit, les Picards et

Il s'en était allé à la rencontre de Margot la folle (p. 108).

les canonniers de messire Requiem envoyaient leurs boulets au bastion qui répondait avec vigueur.

Les coups succédaient aux coups, comme dans une gageure homérique.

Dans la deuxième parallèle, messire l'Ingéniour et le chirurgien devisaient sous les volées de mitraille *de omni re scibili et quibusdam aliis*. L'apothicaire écoutait d'une oreille distraite, car il ne voyait rien au delà de ses cornues, de ses alambics et de son herbier. La guerre avait désagréablement interrompu ces trois passions de sa vie.

Non loin des officiers, quelques soldats de corvée jouaient aux dés, au son d'un violon dont l'archet outrageait la gamme.

Soudain, un bruit formidable se fait entendre. Les officiers sortent précipitamment de la parallèle ; les soldats laissent là leurs dés et leur violon et entrent au pas de course dans la batterie où le tumulte est à son comble. Les gabions éventrés gisent sur le sol. L'épaulement est bouleversé. Les canonniers reculent épouvantés. Seul, messire Requiem conserve son calme et circule dans sa batterie, essayant de rendre un peu de cœur à ces pauvres enfants que la frayeur étrangle, eux qui vingt fois ont vu la *camarde* derrière leurs chausses, assisté à vingt assauts furieux, à vingt mêlées épiques, affronté les hallebardes et bravé les plus misérables *friquenelles*[1]! Mais on ne raisonne pas avec l'épouvante. On a beau leur crier que ce n'est après tout qu'une coulevrine qui vient d'éclater, faisant plus de bruit que de mal ; que l'aventure n'est pas nouvelle et qu'on en verra bien d'autres avant la fin du siège... Chansons que tout cela ! Les soldats se palpent, s'interrogent et consultent le chirurgien qui rit de leurs terreurs idiotes.

Sur le sol gît le cadavre de la coulevrine coupable de cette panique, le ventre déchiré, la gueule tordue, noire de poudre, à demi enfouie dans une ornière, avec son essieu rompu, ses roues broyées, entassement lamentable de fer et de bois étalant sous le chaos biblique des nuages roulants, ses larges plaies béantes, informes, hideuses, que scrutaient les regards de tous ces hommes confus vraiment d'avoir tremblé une fois.

Et de nouveau les voilà à leurs postes de combat qui sont des postes d'honneur, ripostant énergiquement au feu du bastion, railleurs, avec cette pointe de scepticisme qui est le ragoût du courage, adorables de

---

1. Friquenelles, terme de mépris familier à Bayard, quand il parlait des armes à feu dont l'invention récente avait bouleversé la vieille tactique de combat.

superbe insouciance sous l'œil de leur grand maître, qui sent la nuit venir et la tourmente enfler la voix.

«Ho ! mes enfants, soufflez vos mèches et à demain, car cette diablesse de coulevrine ne sortira pas toute seule de sa couche. »

Cela signifiait que ces enfants pouvaient se préparer à une rude journée pour le lendemain.

Messire l'Ingéniour excusait la peur stupide de ces braves gens sans cervelle et convenait que les coulevrines avaient parfois d'étranges fantaisies, ce qui n'était absolument ni une naïveté, ni une nouveauté, ni un paradoxe. En somme, la coulevrine était bonne à jeter à la ferraille, et ces canonniers, Picards ou autres, étaient des enfants un peu prompts peut-être à s'alarmer en face d'un de ces mystères connus où les vices de la métallurgie avaient tous les torts et l'enfer aucun : car il convient d'ajouter qu'on s'en prenait au diable dans les cas dont la solution échappait à la science.

Il se disait qu'après tout il n'avait pas souvent à Ornans le spectacle d'une coulevrine éclatant au nez des passants, spectacle dont il était redevable à l'obstination criminelle de monseigneur Le Lorrain de Jorat, mais qui n'eût que malaisément gagné dame Yolande à ses théories de la guerre divine.

X

MARGOT LA FOLLE

En résumé la maudite coulevrine avait procuré une nuit détestable à messire Requiem.

Sans doute l'accident était dans les choses possibles, mais il empruntait aux circonstances présentes un caractère exceptionnel de gravité. C'était un échec véritable. L'honneur de l'artillerie était engagé dans l'affaire ; la considération du corps tout entier était compromise. En sa qualité de grand maître, messire Requiem sentait doublement l'affront infligé à ses canonniers.

Le capitaine des charrois, lui, s'était comme Achille retiré sous sa tente et s'était refusé jusqu'au sommeil. L'aventure avait, il est vrai, des conséquences moindres pour messire Marolles : car, en définitive, le problème consistait à tirer de l'ornière huit mille livres de métal avec ses ressources en chevaux ; ce n'était pas une besogne au-dessus de ses forces.

Mais au moment même où il apprenait la catastrophe, le colonel général lui notifiait la très prochaine arrivée de Margot la Folle. Il resta pétrifié. Sans être artilleur, il savait à quoi s'en tenir sur Margot.

La nuit se passa donc à se livrer à des calculs où l'algèbre n'avait rien à voir, et pour cause, soit dit sans vouloir diminuer en quoi que ce soit le mérite du capitaine des charrois.

Margot arrive ! Margot est arrivée !

Grandissime nouvelle ! Presque un événement !... La couleuvrine est morte et enterrée ! Vive Margot la Folle ! On ignore au juste à quoi peut servir Margot ; qu'importe ! On ne sait pas ce que peut bien être cette Margot ; la bonne plaisanterie ! Mais enfin Margot, c'est le thème de toutes les conversations d'un bout du camp à l'autre, c'est l'entr'acte de la pièce qui se joue devant le bastion, c'est le répit, la trêve, le loisir, c'est la fatigue un moment oubliée, la monotonie rompue, c'est la nouveauté attrayante et charmante, c'est Margot, l'inconnu, l'imprévu !... Et d'ailleurs le capitaine des mineurs s'agite si bruyamment, le capitaine des charrois soupire d'une façon si significative, que tous ces braves soldats des bandes, encouragés par certains récits qui touchent à la légende, escomptent déjà les douceurs que leur réserve Margot la Folle.

Margot la Folle existait réellement, et la preuve, c'est qu'on l'attendait. C'était quelque chose comme les Douze pairs de France, comme les Douze apôtres de Charles-Quint, comme la Messe pourrie de Brunswick, comme le Sorcier du renégat Urbin. Cela remontait, historiquement parlant, à l'an 1400 de l'ère du Christ et cet échantillon stupéfiant des canons géants d'un autre âge avait coûté la vie à un fondeur de génie et à trente-cinq canonniers royaux. Le canon s'appelait Margot la Folle, par antiphrase, et était en grande vénération parmi les dévots de sainte Barbe. La légende avait divinisé le démon.

C'était un monstrueux assemblage de trente-deux barres en fer forgé, reliées par quarante et un cercles soudés étroitement ensemble.

Cette pesante machine mesurait trois toises de longueur, pesait dix mille livres, lançait un boulet en pierre de cinq cents livres à la charge de soixante-dix livres de poudre, à raison de deux coups par jour, et la détonation était si puissante, l'ébranlement causé à l'air ambiant si prodigieux, que les canonniers avaient la consigne de se tenir à dix toises au moins du canon, quand il tirait.

Et quant au tir, c'était une chose si bizarre, si incertaine, si capricieusement désordonnée, qu'on se contentait de pointer en l'air, au jugé, à l'aventure, sans rime ni raison, en priant sainte Barbe d'intervenir.

L'âme du canon avait dix-huit pouces de diamètre, ce qui permit un jour à un estradiot recherché pour une peccadille de s'y tenir caché pendant une semaine.

La mobilité du monstre devrait être et était en raison proportion-

Margot la Folle.

nellement inverse à la masse. Margot parcourait trente lieues en deux mois, soit une demi-lieue par jour.

Son transport et celui de ses agrès, poudres et engins divers, exigeait un train de vingt-cinq charrettes attelées de cinquante chevaux ou bœufs. Les bœufs étaient une réminiscence de l'artillerie italienne. En marche, cent cinquante pionniers, charpentiers, charrons, forgeurs et autres gens mécaniques consolidaient les ponts et aplanissaient les chemins sur le passage de Margot la Folle. Les bourgeois et les manants se découvraient devant Margot. Les cloches sonnaient. Les soldats blasphémaient. Tout le royaume était à l'envers.

Nous avions raison de dire que l'arrivée de Margot était un événement, et messire Marolles n'avait pas tout à fait tort de se mettre l'esprit à la torture : car il s'agissait de sortir de la difficulté à l'honneur du corps des charrois.

Au petit jour, il avait calculé au plus près que Margot exigerait cinquante bœufs, la poudre et les boulets soixante-seize chevaux, et les agrès et engins cent chevaux.

Notons que Margot avait un approvisionnement de quarante coups , représentant un total de deux mille huit cents livres de poudre et vingt mille livres de sphéroïdes en pierre, sans compter trente mille livres d'accessoires. Aux premières batteries des tambourins sonnant la diane dans le camp, messire Marolles avait quitté sa tente et s'était dirigé vers son cheval alezan brûlé.

« Ah! Beauséant, mon bon destrier, lui disait-il tout bas, si je pouvais mettre cette diablesse de Margot dans le voisinage de la parallèle de messire Requiem, de trois beaux mois vous ne porteriez selle ; vous ne boiriez que dans un seau argenté et n'auriez que des caparaçons de fine soie d'Orient, comme les palefrois des bandes de Piémont. »

Mais avant tout, il fallait s'occuper de la coulevrine. Le grand maître attendait dans la batterie avec ses pionniers.

Enfin des soldats attaquèrent la malencontreuse coulevrine.

Quand le capitaine des charrois arriva, suivi de soixante chevaux, il trouva la coulevrine couchée de tout son long sur une sorte de traineau ou fardier, massive charpente de bois grossièrement équarri posée sur des rouleaux de chêne. Il y attela trente chevaux.

Les trente chevaux donnèrent à plein collier, aspirant l'air bruyamment par leurs naseaux fumants. Le fardier ne bougea pas.

On ajouta dix chevaux à l'attelage. Les quarante animaux refusèrent d'avancer. La tranchée était étroite et paralysait leurs mouvements. Messire Marolles n'était pas content.

« Alors, à moi les pionniers, » s'écria messire Requiem, que l'impatience gagnait.

Et les hommes se mirent à la besogne, tirant sur les cordages, criant, pestant et mêlant aux rires sonores les jurons chers à la soldalesque. Le fardier céda et pendant quelques minutes on n'entendit plus que le bruit de cent poitrines humaines haletantes, le clapotage de l'eau des ornières, les gémissements du traîneau et les appels des chefs mêlés aux sifflements des fouets.

Une heure après, la coulevrine était remisée en arrière de la première parallèle.

Les quarante animaux refusaient d'avancer.

Messire l'Ingéniour avait suivi avec un intérêt croissant la difficile opération du sauvetage, si bien qu'il avait oublié d'observer la pointe du bastion où l'on devait pendre l'espion. Martingale lui rappela la menace de monseigneur Le Lorrain de Jorat.

Il était une heure après midi. Messire l'Ingéniour ne vit pas le moindre pendu à la pointe du bastion. Il en éprouva un vif soulagement en songeant aux représailles que le colonel général aurait peut-être exercées sur la dame.

« Enfin, se dit Martingale dont le cœur était allégé d'un grand
poids; enfin !... Ce n'est pas mon ami de là-bas ! »

Pour des raisons qu'il est à peine besoin d'indiquer, le bastion
n'avait pas repris son tir ce jour-là, circonstance favorable aux opérations de sauvetage dirigées par messire Requiem en personne.

L'assiégé avait, en vérité, plus d'un souci à la clef. Les boulets et
les vivres devenaient rares. On commençait à rationner les habitants.

La trêve s'était conclue par une sorte d'accord tacite des deux parties et, pour l'instant, ni messire de Beautru, ni messire Le Lorrain de
Jorat n'étaient pressés de la rompre. Ils en usaient, le premier pour
mettre en jeu tous ses moyens, le second pour prolonger la résistance.

En attendant, messire Marolles avait réuni cent cinquante pionniers, ramené au camp ses soixante chevaux et pris la tête d'un convoi
de cinquante bœufs de réquisition renforcés de cent soixante-seize
animaux de ses charrois. Puis il s'en était allé à la rencontre de Margot
la Folle, qui n'était plus qu'à une demi-lieue du camp.

Sans perdre un instant, il fit atteler, disposa ses pionniers sur les
flancs du convoi et donna le signal du départ. On reprit le chemin
du camp avec la lenteur sage que commandaient les ornières du plateau. Un moment même, il crut la partie perdue. Il n'y avait qu'un
pont de bois sur le ruisseau qui le séparait du campement, et ce
pont était en si piteux état, si délabré, si ruiné, qu'il fallut le consolider, l'étançonner et, pour ce, les pionniers, gens aux bras robustes et aux cœurs vaillants que ces viles besognes tentaient à l'égal
des plus glorieux périls, durent se mettre dans l'eau jusqu'à la ceinture. Or, messire Marolles les admirait et louait sans réserve, car il
savait que leur dévouement était coté 35 livres par mois.

Le lendemain, avant le coucher du soleil, Margot la Folle arrivait
au camp.

Le colonel-général était au milieu des capitaines de ses bandes.

Il remercia le capitaine des charrois, eut un mot d'éloge pour les pionniers, s'extasia devant le canon fabuleux, et dit :

« A présent, Messieurs, ce n'est pas tout que d'avoir la fille ; il faut encore lui trouver un lit. Messire Requiem, je vous la confie. L'enfant est absolument digne de tous vos soins. »

Et le grand maître salua, s'inclina, souffla deux mots à l'oreille de messire Marolles et s'éloigna.

Le capitaine des mineurs s'était rapproché de Margot et daigna lui trouver l'air un peu rustaud, un peu lourd, un peu bourru. Il estima que cette construction quasi-cyclopéenne était le triomphe de l'art du fondeur, mais en même temps la négation des lois les plus élémentaires de la balistique.

L'inventeur avait dû, pour obtenir de grandes portées, augmenter la charge de poudre, et l'exagération de la charge avait conduit fatalement à l'exagération des épaisseurs du métal, ce qui constituait un vice irrémédiable de fabrication et accentuait les chances d'accident : car sous ces volumes énormes, il ne fallait pas songer à obtenir un canon homogène et uniformément résistant dans toutes ses parties.

Malgré la balistique et en dépit des critiques de messire l'Ingéniour, le canon monstre était en batterie en arrière de la première parallèle, presque en face de la pointe du bastion, ce qui fit dire au capitaine des mineurs que l'amour de la patrie était plus fort que les meilleures raisons, les meilleurs chevaux et les meilleurs bœufs du monde.

Ce qu'il y a de certain, c'est que les trois jours qui suivirent cet événement, messire Marolles, exténué, brisé, rompu, s'avoua vaincu par la fatigue, par l'excessive tension de toutes ses facultés, et se coucha avec une grosse fièvre compliquée de délire, rêvant de bombardes colossales, de canons géants, de destruction, de ruines, de morts, de sang et de larmes. Et quand il recouvra la raison, il se moqua de ces visions absurdes d'opium et de haschich et demanda à déjeuner pour reprendre au plus vite sa besogne accoutumée.

XI

EFFET IRRÉSISTIBLE D'UN CASAQUIN DE VELOURS GRIS

Pendant que dans le camp royal éclataient les transports de la joie la plus franche, l'orage grondait sourdement dans la seigneurie de Casteljaloux. On gémissait déjà de l'aventure qu'avait précipitée la présomption de Monseigneur Le Lorrain de Jorat. Si l'on voulait combattre, on ne voulait point mourir. Passe encore pour la partie virile de la population! Mais des femmes faibles! Mais d'innocents enfants! Barbarie inutile! Et la lâcheté d'une poignée de bourgeois plaidait la raison d'humanité. L'argument dispensait les trembleurs de rougir de leur pusillanimité.

Le conseil de l'échevinage parlementait avec les mécontents, leur parlait d'honneur, de patriotisme, grands mots et grandes choses qui font toujours battre des poitrines d'hommes. Mais il prêchait dans le désert.

Notons que, pour mettre le comble à l'exaspération, Margot la Folle avait, dès le quinzième jour de mai, envoyé un boulet de 250 dans la seigneurie. Le bastion avait été respecté et la ville s'était fort émue de l'arrivée brutale de ce sphéroïde phénoménal qui avait éventré des murailles, écrasé des bourgeois et des soldats et semé partout l'épouvante. De mémoire d'homme, on n'avait jamais vu un semblable carnage, entendu un pareil vacarme. Il était vraiment temps d'aviser.

. Il est certain que Margot avait accompli là un bel exploit et n'avait pas jeté sa poudre aux passereaux. Messire Requiem avait lieu d'être fier.

La terreur était donc grande parmi les bourgeois, qui ne se gênaient plus pour prononcer le mot de capitulation. Mais ils n'ignoraient pas qu'il fallait compter avec Monseigneur Le Lorrain de Jorat et que celui-ci n'était pas homme à obéir à une menace. Du reste, où le saisir? Il ne quittait pas le bastion, et le bastion était balayé par la mitraille.

Ajoutons que les deux enceintes étaient entamées, les parapets démantelés, les tours sérieusement endommagées, les feux de la seigneurie éteints en plus d'un point et la tuerie énorme. Il est vrai que la nuit se passait à réparer les ruines de la veille et qu'au jour les canons et les arquebuses étaient prêts à répondre aux défis de l'attaque.

Mais tant d'héroïsme n'empêchait pas les maisons de se remplir de soldats mutilés, prétexte à une admirable charité qui fut inépuisable comme le cœur des femmes.

Monseigneur Le Lorrain de Jorat répondait aux canons de messire de Beautru, à Margot, aux bourgeois et répondait de tout. Son exemple imposait silence à ces tièdes qui promenaient à travers la ville leurs mines effarées et amaigries par les austérités d'un jeûne forcé. Mais, à ce double jeu, il usait sa robuste santé et ses munitions de guerre, si bien qu'après quatre jours d'une canonnade désespérée, il fallut renoncer momentanément à la partie.

Désormais rassurés sur la situation, messire Requiem et messire l'Ingéniour s'étaient décidés, sur l'avis conforme du colonel général, à ouvrir la troisième parallèle à cinq toises environ du ruisseau et à exécuter le couronnement [1] de la berge extérieure, pour y installer les batteries de brèche.

L'heure, en effet, semblait propice. L'enceinte était réduite au silence ; les soldats étaient pleins d'entrain et de belle humeur, et messire de Beautru, lequel se piquait d'exactitude à l'égal d'un roi, entendait être maître de la seigneurie le vingt-cinquième jour de juin au plus tard.

Or, on était au dix-neuvième jour du mois de mai.

Tous ces motifs réunis imprimèrent aux travaux de siège une telle impulsion que le vingt-huitième jour du même mois la troisième parallèle était livrée aux canonniers et garnie de trois batteries nouvelles

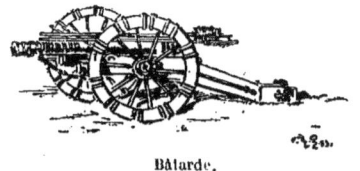

Bâtarde.

armées : la première de deux bâtardes et deux moyennes, la seconde de quatre faucons et la troisième de quatre fauconneaux.

Les vingt-quatre canons de l'attaque étaient en place.

L'ouverture de la troisième parallèle n'avait pas été gênée un seul instant par les canons de l'enceinte ; de cette façon le couronnement, la partie la plus délicate et la plus dangereuse des travaux de siège, put être achevé dans l'espace de huit jours.

« Enfin, se dit messire l'Ingéniour, voici qui marche à souhait. Si quelque misérable friquenelle ne s'y oppose pas, je serai de retour à

1. En terme d'artillerie, couronner signifie couvrir de talus en terre et de gabionnades la portion voisine de l'enceinte, pour y dresser les batteries qui doivent ouvrir la brèche. Le couronnement est le prélude de la brèche, comme la brèche est le prélude de l'assaut.

8

Ornans le mois prochain. Mais..., car il y a un mais, il convient de prévoir... l'imprévu. En attendant, nous allons appliquer les théories de Pierre de Navarre. »

Tandis que messire Marolles pourvoyait aux charrois considérables que nécessitait la mise en action d'une pareille artillerie, des arquebusiers taillaient des créneaux dans l'épaisseur du talus de la tranchée, plantaient leurs fourches dans le fond de la parallèle, disposaient leurs arquebuses et attendaient, la mèche allumée, la reprise des hostilités : car ils étaient là pour enlever aux assiégés toute velléité de se montrer sur les remparts.

Mais, on l'a dit, la défense avait de bien autres préoccupations pour l'instant.

La faim commençait à faire sentir son aiguillon. Le pain était rare. La poudre manquait. Les boulets s'épuisaient. Les maisons regorgeaient de blessés et, par surcroît, en ces conjonctures critiques, l'âme et l'inspirateur de la défense, monseigneur Le Lorrain de Jorat avait contracté une maladie qui le condamnait à garder le lit et à confier la direction des intérêts sacrés de la seigneurie au conseil de l'échevinage.

Les agitateurs, exploitant la situation, allaient disant partout que monseigneur Le Lorrain de Jorat avait été blessé pendant la dernière canonnade et que son état inspirait de vives inquiétudes à son entourage. Ce n'était qu'une légende, mais la légende n'avait pas moins fait son chemin : car elle avait la complicité de la misère et la misère est crédule, comme on sait.

Tant bien que mal le conseil de l'échevinage tenait tête à l'orage, vantant la puissance destructive de l'artillerie de la seigneurie, imaginant des succès dont la fantaisie le disputait à l'absurde, exaltant l'héroïsme des soldats, promettant l'arrivée prochaine de secours inespérés, essayant en un mot d'inspirer à ces égarés une confiance qu'il ne partageait pas : car la chute de Casteljaloux était chose certaine, imminente, mathématique, et l'on ne combattait, à vrai dire, que pour l'honneur des armes.

Margot la Folle se chargea de précipiter les événements.

Le trentième jour de mai, un boulet de 250 s'abattit au centre de la seigneurie avec un fracas épouvantable. Des bourgeois furent grièvement blessés par les éclats ; deux soldats furent relevés en piteux état et les curieux, la première émotion calmée, arrivèrent en foule sur le théâtre de la catastrophe, commentant le fait brutal, parlant haut, critiquant, récriminant.

Le conseil courut au château et exposa à monseigneur Le Lorrain de Jorat la gravité de la situation.

« Messieurs, leur dit le malade en se mettant sur son séant, il est

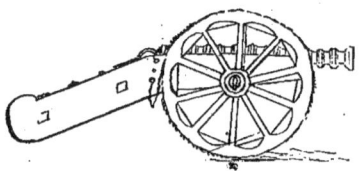

Fauconneau.

écrit qu'on ne me laissera pas même le loisir de suivre les prescriptions de mon apothicaire. Au surplus, je ne sache pas être mûr encore pour le suprême voyage et c'est heureux vraiment, car grâce à ma maladie la couardise de mes bourgeois se donne carrière. Il convient d'en finir une bonne fois avec ces bruits de capitulation qui énervent mes soldats. Allez donc, messieurs, contenir ces mécontents dont les cris parviennent jusqu'à mon oreille, et priez-les de m'accorder le temps de passer mes hauts-de-chausses, en les prévenant que monseigneur Le Lorrain de Jorat n'est ni mort ni mourant. »

Le conseil se retira respectueusement et monseigneur Le Lorrain de Jorat héla un de ses serviteurs.

Mazette, son fidèle, se présenta.

« Tu vas m'apporter mes chausses, mon pourpoint, mon casaquin de velours gris, mon chapeau à plumes et un flacon de vin grec, s'il en reste.....

— Monseigneur commettrait la folie de sortir? fit Mazette.

— Obéis, te dis-je. Je n'ai pas envie de discuter. »

Et, le serviteur parti, il se leva, prit une glace de Venise, se regarda, fit la moue et s'écria :

« Pour un revenant, je n'ai pas trop mauvaise mine. Et quand j'aurai fait toilette, il n'y paraîtra guère. »

L'esplanade du château était couverte de gens qui causaient avec vivacité et accueillaient par des huées les déclarations du conseil de l'échevinage.

« Pressons-nous. Vite ! mon brave Mazette. Tu entends cette tourbe lâche... Passe-moi mes vêtements de cérémonie et tiens-toi prêt.

— Mais monseigneur veut donc se tuer ? ajouta Mazette avec un affectueux intérêt.

— Toi aussi !... Tu es comme cette canaille !... La fin du monde t'effraye ; la contagion te gagne ! Allons ! il n'y a plus une minute à perdre.»

Et Mazette, la tête basse et l'air navré, confus de cette mercuriale du maître, se retira lentement.

Resté seul, monseigneur Le Lorrain de Jorat passa ses étonnantes chausses de velours cramoisi agrémentées de passementeries d'or et dessinant encore d'assez belles jambes. Puis il emprisonna sa taille dans un pourpoint de velours noir dont l'échancrure laissait voir une chemise de soie cramoisie rehaussée de filigranes d'argent, à large col rabattu.

Sur ses épaules il jeta un collet de buffle neuf relevé d'un hausse-col doré ; sur le pourpoint, diagonalement de droite à gauche, une mirifique écharpe gris-blanc, souvenir des couleurs qu'il avait aimées au temps de sa verdoyante jeunesse.

Il consulta sa glace.

« Et ce n'est pas plus difficile que ça... Et ces marauds-là voudraient me faire signer ma honte ! Par la mort-dieu ! »

Il endossa prestement et avec une furie toute juvénile son casaquin de velours gris. Il soupira. Ce casaquin lui rappelait la dernière passion de sa vie. Ces larges tresses d'argent avaient occupé les belles mains effilées de sa noble épouse, prisonnière aujourd'hui de messire de Beautru...

Charroi d'un canon.

« La saison des idylles est passée. Le devoir avant tout. Et Dieu fera le reste. »

Sur sa tête il plaça un chapeau de soie grise à l'allemande, avec cordelière d'argent et plumes d'aigrette argentée.

Il était superbe ainsi.

Il jeta sur sa glace un dernier coup d'œil.

« Maintenant, cet accoutrement demande un frais visage. Eh ! la vertubleu ! ce vin grec remplacera à merveille la poudre de Chypre et la civette. C'est prestigieux cela. Ah ! quel vin que c'est là ! »

Et après avoir ôté son chapeau à panache, il se frotta les mains et le visage avec le contenu du flacon. Le sang empourpra les joues.

« Et si j'ai la mine d'un ressuscité, je veux l'aller dire à Rome...
Décidément, je ne suis pas encore trop mal. Ce vin grec a créé la
mythologie. Je le crois bien, ma foi ! »

Il appela Mazette, qui arriva avec une figure longue d'une aune et
ne put s'empêcher de s'écrier avec une adorable conviction :

« Que vous voilà métamorphosé, Monseigneur !

— A présent, Mazette, tu vas me suivre, et je te ferai voir comment
je m'y prends pour apaiser les criailleries stupides de ces maroufles. »

D'un pied léger il franchit la porte du château et se dirigea, suivi
de Mazette, vers l'esplanade. Il y avait là des gens de toute condition,

Charroi des poudres.

bourgeois, hommes du peuple. Du reste, ni une femme, ni un vieillard : car si les femmes ont par instinct l'esprit de sacrifice, les vieux
se souviennent des prouesses de leurs aînés.

Tous ces bourgeois, gens de commerce interlope et de petit négoce,
âmes dégradées par l'égoïsme, que les malheurs publics laissaient
indifférents, étaient là dans un débraillé piteux, la face terreuse,
anxieuse, bouleversée, le ventre aplati par un jeûne obligatoire, le col
enfoui dans les vastes collets de leurs interminables casaques, les bras
ballants le long du corps, dans l'attitude morne et désolée de victimes
demandant la vie sauve.

Midi sonnait au beffroi.

Monseigneur Le Lorrain de Jorat, sans armes, calme et souriant, se présenta à cette cohue misérable suant la peur abjecte, et fit signe qu'il avait à parler.

Le silence se rétablit incontinent.

Il jeta un dernier coup d'œil
sur sa glace.

Ils tremblaient tous, frappés de stupeur, baissant la tête, le chapeau à la main, hideux de bassesse, vils, rampants, navrants à voir. Ils s'écartaient obséquieusement, subissant la fascination de ces éblouissements des étoffes d'or et d'argent.

Monseigneur Le Lorrain de Jorat s'arrêta.

« Me voici, leur cria-t-il. Vous m'avez demandé, je viens. Que vous faut-il? Du pain? Je n'en ai pas. La vie sauve? Cela regarde messire de Beautru. L'honneur sauf? Je m'en charge. Mais ne me conjurez ni de traiter avec mon ennemi, ni de pactiser avec les canons du roi, la misère et la faim. Êtes-vous des hommes? S'il en est temps encore, préparez-vous à remplir virilement le premier de vos devoirs. J'irai, moi, jusqu'au bout. Que ceux qui ne se sentent pas le cœur de me suivre dans l'œuvre de délivrance lèvent la main. Je demanderai à mon ennemi la sortie libre pour ceux qui refuseront de défendre leurs pénates. Au surplus, je ne suis ni malade, ni blessé, ni mourant. Vous suez la peur et pendant que nos femmes sont au péril, vous parlez de mettre bas les armes! Ma femme? Elle est prisonnière de messire de Beautru. Rentrez donc au plus vite dans vos maisons, si elles sont encore debout, et sachez bien que tant qu'il y aura dans la seigneurie une fouace[1] et un boulet, Le Lorrain de Jorat ne capitulera pas. »

Il salua d'un air grave et rentra au château avec le conseil de l'échevinage.

Les bourgeois atterrés se retirèrent en silence.

Et le lendemain, pour joindre l'effet à la parole, tous les canons vomirent une mitraille de fer et de pierres sur la troisième parallèle, ce qui procura à messire Requiem l'occasion de faire tonner les vingt-quatre canons de ses batteries.

Pendant quatre jours le feu dura, un feu sans trêve ni repos.

Le quatrième jour de juin, l'orillon droit du bastion était démoli et ses canons bouleversés.

La grosse tour circulaire était rasée au niveau du flanc du bastion.

En plusieurs points de la seigneurie, des bombes avaient mis l'incendie.

Le conseil de l'échevinage poursuivait imperturbablement son œuvre, au milieu des ruines et de la détresse.

1. Fouace, gâteau ou pain plat de farine grossière.

La sédition, du reste, n'osait plus lever la tête

Nous l'avons dit, les canons de messire de Beautru, aussi bien que ceux de la seigneurie, ne faisaient qu'une besogne relativement pauvre, y compris Margot la Folle. Mais les canonniers n'y pouvaient rien; l'outil était mauvais et, quant à sainte Barbe, leur illustre patronne, elle intervenait le moins possible.

Voilà pourquoi, malgré l'installation des batteries de la troisième parallèle, qui devaient faire la brèche, selon les principes reçus en matière de sièges, le colonel général avait décidé qu'on attaquerait la deuxième enceinte avec la mine, avant d'ouvrir la brèche.

C'était presque une expérience. L'art des mines était une récente nouveauté, une création ou, pour parler plus exactement, l'œuvre de Pierre de Navarre, l'ingéniour espagnol au service de la France : car il réalisa de notables progrès dans cette branche de la science de la guerre, qui était restée réfractaire à toutes les transformations accomplies depuis un demi-siècle.

Messire l'Ingéniour n'était pas absolument étranger au projet d'attaque par la mine. Il avait su gagner le colonel général à cette idée, et il était enchanté d'avoir enfin l'occasion de faire une application des théories nouvelles.

Nous allons bientôt le voir à l'œuvre.

XII

LES PATENOTRES DU GRAND PRÉVOT

« Voyez donc comme tout s'enchaîne dans les événements de ce monde, mon cher greffier !... La rébellion d'un seigneur engendre la guerre ; la guerre amène le siège de la seigneurie ; le siège exige des canons, et voilà cette peste de Margot la Folle arrivée, fêtée comme une souveraine, acclamée par les hurrahs de la soldatesque et révolutionnant à la fois la seigneurie et le camp. Le délire invite aux libations, et les libations, plus copieuses que de raison, provoquent nos gens à certains cas spéciaux d'ivrognerie et de maraudage que vise le code des armées en campagne...

— Les faits ont leur logique, » murmura le greffier, sans lever la tête, absorbé qu'il était dans la lecture des papiers qui couvraient sa table de travail.

Et la conversation en resta là.

Or, celui qui en voulait tant à Margot n'était autre que messire La Luzerne, le grand prévôt de l'armée, dont la charge était loin d'être une sinécure.

Messire La Luzerne avait une taille avantageuse et portait allègre-

ment ses cinquante-deux ans. Il avait le physique de l'emploi : dur
d'aspect et de parole brève, il n'était pas tendre à l'endroit des infrac-
tions aux ordonnances. On le redoutait pour ses sévérités.

L'austérité de ses mœurs se conciliait mal avec l'extrême licence des
camps. Il considérait sa charge comme un sacerdoce, et volontiers il
se signait pour envoyer un soldat à la potence. C'était sa manière à
lui de rendre la haute et la basse justice aux armées. Sans souci des
railleries, il se livrait aux petites pratiques extérieures de la religion
et rendait souvent ses arrêts entre deux patenôtres. On avait remar-
qué qu'il n'était jamais aussi sévère que lorsqu'il avait été obligé d'interrompre ses oraisons accoutumées, pour se prononcer sur quelque
cas urgent d'insubordination. Aussi disait-on plaisamment qu'il fallait
se méfier des patenôtres de messire La Luzerne.

Dans les relations ordinaires de la vie, c'était un fort aimable
homme, de commerce facile, cité pour son humour et pour ses mots
aigres-doux.

Mais sur son siège de justicier, l'aimable homme devenait intraitable. Son âme se fermait à la pitié. Les pillards, les maraudeurs, les
dévots de Bacchus, les têtes folles en savaient long sur le chapitre.

Avec ses théories sur l'effet et la cause, messire La Luzerne en était
venu à s'en prendre à Margot du désarroi qui depuis quelques jours
régnait dans le camp. Aussi la jugeait-il avec la dernière rigueur,
moins en canonnier qu'en justicier. La vérité vraie, c'est qu'il était littéralement sur les dents, et qu'il n'était pas absolument tranquille sur
cette discipline dont la garde était confiée à sa vigilance.

Au moment où nous l'avons surpris en intime conversation avec son
greffier, il était assis au fond d'une immense tente conique, derrière
une table en fer à cheval. Quatre archers montaient la faction à la
porte de la tente, la hallebarde au poing, le morion en tête et l'épée
au flanc. Messire La Luzerne allait rendre la justice, la justice sommaire, expéditive des camps, dépourvue de l'imposant appareil des
temples de Thémis, mais effroyable en son austère simplicité.

Le grand prévôt est enveloppé d'une ample et longue tunique de drap noir bordée de fourrures. Il porte un pourpoint sans basques sous la tunique, et ses jambes disparaissent dans une culotte de soie rouge à bouffettes et à taillades.

La robe de velours rouge relevé de blanche hermine est serrée à la taille par-dessus la tunique, qu'on aperçoit par l'échancrure du collet.

Il est coiffé d'un chapel de velours rouge à larges bords retroussés.

Le Picard poussa un cri de douleur.

Il regarde droit devant lui de l'air d'un homme qui en attend d'autres et que l'attente irrite.

Tout près de lui, le greffier de noir vêtu, à la façon des gens de loi, écrit lentement, le nez enfoui dans de volumineux grimoires qui donnent envie de frissonner, tant ils sont surchargés de timbres, de sceaux, d'armoiries de cire rouge et de signatures mystérieuses.

Enfin, un soldat est introduit par quatre piquiers en tenue de combat. Les piquiers se retirent.

Le soldat s'arrête devant messire La Luzerne, tête nue, le regard mal assuré, la mine effarée, avec la contenance gauche d'un pauvre diable qui vient répondre d'un méfait.

Le grand prévôt cligne de l'œil, comme un peintre qui veut donner du recul au tableau, baisse lentement le front, puis se redresse sur son siège, les deux mains étreignant nerveusement la table, et pointe sur le soldat ses deux pupilles dilatées.

Le greffier lit alors d'une voix traînante une sorte de réquisitoire substantiel, sobre et concis. L'interrogatoire commence.

« Ton nom ? dit messire La Luzerne, en s'adressant au soldat.

— Frigolet (Denis)...

— Surnommé ?....

— La Grive.

— Et tu as bu outre mesure, selon l'usage des Picards...

— Je l'avoue, messire.

— Ton cas se complique de récidive. Tu aimes trop le broc.

— Messire, je jure de ne plus boire...

— Serment d'ivrogne ! Tu as bu, puis tu as battu le vivandier. C'est une façon de payer la dépense. Au nom du roi, notre seigneur et maître, que Dieu conserve ! je te condamne à six heures de cheval de bois. »

Et le Picard tourne sur les talons et sort.

On introduit un autre soldat.

C'est un joueur d'épée d'origine suisse, qui pleure comme un enfant quand il entend résonner à son oreille le ranz des vaches, car il a la nostalgie du pays.

« Approche ! » fait le justicier.

Et le joueur d'épée obéit.

« Ton nom ?

— Hermann (Frédéric).

— Tu sais de quoi il s'agit ?

— Oui, messire.

— Et tu sais aussi qu'on ne refuse pas impunément d'exécuter un ordre donné ?

— Messire, je...

— Assez. Et le motif de ce refus ?

— C'est que les gens de ma nation ne travaillent pas le vendredi.

— Et la raison de cette bizarrerie ?

— Je ne sais pas, moi, messire...

— Je vais te l'apprendre. C'est que les Suisses se souviennent de Marignan, ce combat de Titans, comme disait Trivulce.

— Par le sang du Christ !

— Arrête. Ne blasphème pas. Je te condamne à être passé par les verges. Va. »

Et le pauvre joueur d'épée sort, la tête basse, en tordant sa moustache.

Les piquiers amènent un soldat des bandes de Navarre.

Il marche droit et fier, le regard ferme et la contenance assurée. Il est du pays du Cid. Il salue crânement le justicier et prend une attitude militaire.

« Tu t'appelles ?

— Rodriguez y Alvarez (Carlos).

— Du pays navarrais ?

— Pour vous servir, messire...

— Dieu me garde de tes services comme de la lèpre. Mauvaise tête...

— Et bon cœur, ajouta le Navarrais avec vivacité. Tout pour Dieu et pour le roi, messire. Cœur de lion, jambes d'acier, et toujours le premier à la brèche.

— Mais tu as maraudé...

— Oh! si peu!

— Conte-moi ça.

— Voici. Sur la route je rencontre quatre oisons sans feu ni lieu. Je leur dis en langue navarraise : Vous plairait-il de souper un tantinet avec el señor Rodriguez y Alvarez (Carlos), présentement au service de la France? Et les oisons de répondre en chœur : Oui! oui! oui! Et j'en pris deux seulement, sans penser à mal.

— Et tu les as croqués?

— C'était chose convenue, messire.

— Te voilà convaincu de maraudage. Retire-toi. Tu vas passer par les verges.

— Par saint Jacques de Compostelle! répliqua le Navarrais, c'est payer cher deux vagabonds d'oisons. »

Il sortit, après avoir salué de l'air superbe d'un hidalgo.

Notons que les arrêts du grand prévôt aux armées étaient sans appel et que la sentence était exécutoire dans les vingt-quatre heures.

En conséquence, le quatrième jour de juin 15.., dans la matinée, tous les hommes disponibles des bandes étaient réunis en armes sur le front de bandière du camp[1], les capitaines en écharpe et les enseignes au vent.

Les troupes étaient formées en carré.

---

1. On appelait et on appelle encore front de bandière le côté du camp qui regardait l'ennemi. Ce nom lui est venu de l'usage qu'on avait d'y mettre les drapeaux (*bandiera*, en italien) de l'armée.

Au centre de ce carré, on voyait un cheval de bois dont le dos était à arêtes vives et plus loin une double haie de soldats en chausses et pourpoint, sans casque, ni chapeau, les manches retroussées jusqu'aux coudes et la main droite armée d'une flexible baguette de coudrier.

Tout à coup, une escorte d'hommes armés pénètre dans le carré. Ils amènent les trois condamnés de la veille, le pourpoint retourné, la tête nue et les bras liés derrière le dos.

Au même instant les tambourins battent aux champs, les officiers tirent leurs épées et les soldats portent les armes.

Le greffier se découvre, fait signe aux tambourins de se taire, lit aux condamnés l'arrêt qui les frappe et prononce les quatre paroles sacramentelles : Que justice soit faite !

Les trois malheureux sont dépouillés de leurs pourpoints.

Quatre bras robustes saisissent le Picard, l'enlèvent et le placent à califourchon sur le cheval de bois.

Le Picard pousse un cri de douleur. On l'attache solidement, les jambes pendantes, de manière à rendre impossible tout mouvement. L'arête dorsale pénètre dans les chairs du patient, dont les traits du visage se contractent violemment. Pendant ces préparatifs, les tambourins exécutent une marche funèbre que les flûtes soulignent de sons aigus.

Un homme suit avec intérêt sur le pâle visage du Picard l'effet de cette torture. Il hoche la tête d'un air sceptique et se livre aux mille réflexions que lui suggère le spectacle. C'est messire l'Ingéniour.

« Ah ! que cela me gâte la guerre divine ! Si encore ce brave Picard, dans sa cruelle situation, pouvait calculer les conséquences du péché qu'il expie, il saurait que le cheval de bois a été imaginé précisément pour servir de correctif nécessaire à la passion pour le vin. Mais je gagerais que le pauvre diable s'en prend de son aventure à la guerre qui n'y peut rien. C'est là une calomnie imbécile, attendu que la guerre n'est point cause qu'il y a du vin et des ivrognes. »

9

Tandis qu'il développait mentalement son argumentation et que le patient se raidissait sous l'aiguillon de la douleur, le Navarrais et le joueur d'épée subissaient l'épreuve préliminaire de leur supplice. On les débarrassait de leur chemise et on leur attachait les bras en croix sur la poitrine.

La toilette est achevée.

Les soldats armés de la baguette de coudrier sont partagés en deux groupes de trente hommes chacun.

Dans chaque groupe, les hommes placés sur deux rangs et se faisant face sont à deux toises les uns des autres, alignés au cordeau et fouettant l'air de ces terribles verges, les yeux tournés vers le malheureux dont les épaules nues frissonnent sous la brise.

Le greffier ordonne au joueur d'épée de marcher.

Le premier groupe se prépare ; les soldats lèvent ensemble leur main droite, le bras tendu. Le joueur d'épée passe entre les deux rangs, au pas, implorant du regard ses compagnons d'armes.

Les verges des trente soldats sifflent dans l'air et s'abattent successivement et par intervalles isochrones sur le dos du condamné dont l'allure s'accélère insensiblement. La peau déchirée et meurtrie se tuméfie. Les chairs sont labourées de stries sanguinolentes. Au second tour, le sang jaillit. Le joueur d'épée pousse un cri déchirant et s'affaisse sur le sol.

Les trente hommes essuient leurs baguettes rougies et sortent du carré. Leur besogne est terminée.

Les tambourins battent toujours leur marche désespérante.

Les enseignes s'agitent sous la brise.

Les troupes sont immobiles et muettes.

Le greffier ordonne au Navarrais d'avancer.

Rodriguez y Alvarez hésite d'abord. Sa pensée chevauche au pays des Espagnes. Puis il passe d'un pas ferme au milieu des trente soldats qui l'attendent la main levée. Les verges sifflent sur son dos. Pas un muscle de son visage ne trahit la plus légère émotion.

« Vive l'Espagne ! » s'écrie-t-il, et au même moment trente verges tracent de larges sillons dans la chair gonflée. Le sang s'échappe par les déchirures de la peau. Le dos n'est plus qu'une plaie hideuse. Le Navarrais n'a pas poussé une plainte. Il reste debout, l'âme inébranlable, promenant stoïquement un œil tranquille sur ses compagnons devenus ses bourreaux de par la loi de guerre.

On l'emporte à moitié mort.

Quand les tambourins ont cessé de battre, il fait un effort suprême, salue les exécuteurs du grand prévôt, salue le greffier stupéfait de la politesse, envoie un souvenir à Saint-Jacques et à la belle Navarre et tombe épuisé.

Pendant que les bandes rompent les rangs, on l'emporte à moitié mort. A ses côtés est l'apothicaire, qui lui administre un cordial et lave ses blessures.

« Par la mort-dieu ! se dit messire l'Ingéniour frappé de tant de constance, voilà un Navarrais qu'il serait dommage de ne pas conserver à Sa Majesté le Roi. Jamais oisons n'ont eu affaire à un plus brave cœur. »

XIII

MINE ET CONTRE-MINE

On était au quatrième jour de juin, et la saison entrait franchement dans les beaux jours de l'année. Les travaux de mine allaient donc s'ouvrir dans des conditions exceptionnellement favorables. Ainsi du moins le pensait messire l'Ingéniour, qui avait trouvé moyen de s'offrir, après la sanglante parade d'exécution, un déjeuner frugal et le plaisir de haranguer ses mineurs, avant de les conduire dans la troisième parallèle.

Le déjeuner et la harangue avaient même distrait sa pensée (et il en avait grand besoin) de l'affreuse tragédie préparée par messire La Luzerne, ce qui lui avait permis de planter là pour un instant ses théories humanitaires et de donner tous ses soins aux dispositions préliminaires du départ.

Cinquante mineurs triés sur le volet et rompus à leur périlleuse besogne se trouvaient donc réunis, vers la fin du jour, sur le front de bandière. Ils portaient des robes de gros drap brun serrées à la taille par une ceinture de cuir fauve. Ils étaient coiffés du *cabasset* de métal bruni, et pour armure ils avaient la demi-cuirasse.

Ils se mirent en marche, suivis par quatre lourdes charrettes chargées de pics à roc, de pioches, de pelles, de sondes, de tarières, de louchets de Flandre, d'escoupes, de sacs à terre, de poudre de mine et de bois de charpente.

Ils atteignirent, sans dommage, la troisième parallèle, à la tombée de la nuit.

Cette parallèle était tracée à neuf toises environ de l'enceinte bastionnée.

Malgré notre horreur systématique pour les digressions techniques, nous devons dire qu'il y avait deux moyens d'attaquer le rempart par la mine : ou attacher le mineur[1] à l'escarpe[2] même du bastion, un peu au-dessus du niveau des grandes eaux, et faire sauter l'enceinte, ou bien cheminer sous le lit du ruisseau et se diriger ensuite en galerie de mine[3] entre les deux enceintes, pour arriver aux soubassements de la grosse tour ronde dont la chute devait coïncider avec l'ouverture de la brèche.

C'est à ce dernier parti qu'on s'était arrêté.

L'entreprise était longue et difficile. Mais ces considérations n'étaient pas de nature à arrêter messire l'Ingéniour.

Il se hâta donc d'organiser trente de ses mineurs en détachements de six hommes chacun, et chargea les autres de préparer les bois de charpente et les engins divers. Cela fait, il compléta ses instructions aux détachements, marqua d'un repère la place où devait être donné le premier coup de pioche et recommanda aux mineurs de garder le silence le plus absolu pendant la durée du travail.

Puis, à la faveur de l'obscurité profonde d'une nuit sans étoiles, il se glissa, de sa personne, jusqu'au bord du ruisseau qu'il sonda à l'aide d'une pique ferrée.

1. Attacher le mineur, installer le mineur à la partie du rempart qu'on veut miner.
2. Escarpe, mur d'enceinte d'une ville fortifiée. La contrescarpe est le mur ou talus en terre qui fait face à l'escarpe et qui n'en est séparé que par le fossé, tantôt sec, tantôt plein d'eau.
3. Galerie de mine, cheminement souterrain qui s'avance horizontalement ou suivant une pente calculée.

Le sondage lui révéla (ce qu'il désirait savoir) que le lit du ruis-. seau était composé de sable et de galets dont la présence s'expliquait d'ailleurs par le voisinage des montagnes. De plus, le fer de lance enfoncé jusqu'au refus et ramené à la surface de l'eau était recouvert d'une couche épaisse de terre visqueuse. Ces adhérences dénotaient un sol argileux.

Rien donc ne s'opposait plus à ce qu'on donnât suite au projet adopté en principe, d'autant mieux que des brumes opaques descendaient insensiblement sur la troisième parallèle.

Messire l'Ingéniour rejoignit alors ses mineurs, et le travail souterrain commença.

Six pionniers creusèrent un puits à quatre pans, d'une toise environ de diamètre, puis étançonnèrent les terres au fur et à mesure, au moyen des charpentes de bois préalablement assemblées.

La contrescarpe, ainsi que cela résultait des constatations de messire l'Ingéniour, n'ayant qu'un relief de trois toises environ au-dessus du lit du ruisseau, on s'enfonça de cinq toises.

A trois heures du matin, le puits était creusé et garni de son coffrage en bois. En ce moment, du reste, un incident prévu et sur la nature duquel ne pouvait pas se tromper un chef des mineurs, apprit à messire l'Ingéniour qu'il avait atteint la limite extrême de descente, car les lampes suspendues aux étrésillons [1] ne projetaient plus qu'une lueur faible et vacillante, et les mineurs respiraient bruyamment. L'air se raréfiait.

Par une circonstance particulièrement heureuse, la terre était humide, et cette humidité due au voisinage de l'eau du ruisseau atténuait, en partie du moins, le phénomène physique que messire l'Ingéniour voulut bien, entre temps, expliquer à ses gens.

Sans retard on attaqua la galerie perpendiculairement au puits.

---

1. Étrésillons, fortes pièces de bois placées dans un puits ou une galerie de mine pour résister à la poussée des terres.

L'opération était délicate. Un coup de pic maladroit et l'œuvre commencée était compromise. On allait passer sous le lit du ruisseau. Il convenait de procéder avec une extrême prudence. Le détachement de travail à la mine reçut des ordres en conséquence.

Alors commença un labeur inouï de patience, sous la direction de messire l'Ingéniour, qui ne quitta plus ses mineurs. Muets, à genoux, les pionniers avançaient lentement, s'arrêtant à chaque coup de l'outil, prêtant l'oreille au moindre bruit, aspirant avec effort l'air chaud de la galerie, la bouche ouverte, les poitrines haletantes, le front inondé de sueur, et disposant leurs charpentes de coffrage à la lueur tremblotante des lampes vingt fois éteintes et vingt fois rallumées. Et ce coffrage était la grosse affaire de la galerie, car il s'agissait, avec une épaisseur de voûte d'une toise environ, de supporter un poids net de trente-huit tonnes métriques.

En outre, il y avait à prévoir le cas (et la chose n'était pas improbable) où l'assiégé travaillerait à des contre-mines [1]. Une rencontre était possible. Il importait de se précautionner contre ce désagrément. Donc, il fallait prendre l'hypothèse en très sérieuse considération.

Et puis, on allait de l'avant un peu à l'aveuglette, et on pouvait se buter aux fondations de l'escarpe. Autre péril grave. Disons la vérité : messire l'Ingéniour n'avait pas prévu la chose dans ses calculs. L'homme n'est pas parfait,

Mais l'entrain de tous ces braves enfants de la Picardie et de la Champagne était admirable et semblait devoir défier les surprises. Messire l'Ingéniour voyait son œuvre progresser et distribuait des encouragements et des éloges. Cela entretenait la bonne humeur.

Tout à coup, le pic rencontre un corps dur. Le mineur de tête attaque encore. Le pic rend un son métallique. Dans la galerie, chacun écoutait anxieusement. Messire l'Ingéniour retenait sa respiration.

---

1. Contre-mines, nom donné aux mines de l'assiégé. Par opposition, les mines sont les travaux souterrains de l'assiégeant.

Le pic retombe de nouveau. Une étincelle jaillit. L'étincelle annonçait la présence d'une pierre.

« Par la corbleu ! murmura messire l'Ingéniour, où sommes-nous ? Que voilà une pierre malencontreuse ! Encore quelques minutes de retard et la galerie devient inhabitable… »

Puis, à la faveur de l'obscurité…

Était-ce un filon granitique ? La géologie du terrain permettait la supposition.

Était-ce simplement un bloc de pierre ?

Quelques coups de pic à roc ne tardèrent pas à démontrer qu'on avait eu tort de s'alarmer prématurément. Un bloc de forme cubique se détacha, roula aux pieds du mineur, et à l'instant il se produisit un éboulement de terres qui rassura messire l'Ingéniour. Tout péril immédiat était écarté. On étançonna les terres, on prolongea le coffre, et il ne fut plus question de l'incident. Mais l'alarme avait été chaude.

La vérité vraie, c'est qu'on venait de se heurter aux fondations de l'escarpe. Et, dès lors, le travail se poursuivit sans nouvel encombre jusqu'à une heure assez avancée de la journée.

On était au cinquième jour de juin.

« Mes amis, nous allons remonter à l'orifice du puits et regagner la parallèle, car l'air se raréfie de plus en plus. En silence donc, cessez le travail. »

Les mineurs obéirent.

Dans la parallèle, il y avait, indépendamment des personnages de marque que leur service y retenait, des gens dont les vœux accompagnaient les mineurs ; d'abord messire de Beautru, nerveux et frémissant d'impatience, puis messire Requiem, lequel couvait d'un regard attendri ses belles batteries de brèche, puis messire Marolles, qui jouissait de quelques loisirs chèrement achetés, puis des soldats intrigués des allures mystérieuses des mineurs. Et le capitaine des mines s'entendit dire des choses dont sa modestie dut bien souffrir, car on ne lui marchanda pas l'éloge, et c'était justice, certes !

Du reste, messire l'Ingéniour était absolument méconnaissable. Sa cuirasse, son casque, ses mains, ses chausses, se ressentaient d'un séjour prolongé dans le souterrain. Son visage était barbouillé de terre, hâve, amaigri, et les yeux étaient légèrement injectés de sang.

Il salua, s'approcha du colonel général et dit :

« A mon estime, je dois avoir atteint et même dépassé l'escarpe du bastion, et je vais, selon toute apparence, cheminer bientôt sous le passage de ronde, d'où je gagnerai la grosse tour ronde de la seconde enceinte. C'est là que j'établirai mon fourneau de mine [1].

1. Fourneau de mine, espace ménagé dans la galerie et qu'on remplit de poudre dont l'explosion doit amener la destruction de l'ouvrage miné. En général, la poudre est

— En attendant, mon cher capitaine, ajouta le colonel général avec bonté, songez à réparer vos forces et prévenez vos mineurs que je porte à trente écus leur salaire journalier. »

La nouvelle de cette largesse eut pour immédiate et inévitable conséquence d'inspirer aux Picards et aux Champenois une soif folle, qui se traduisit par des libations si copieuses qu'elles faillirent tailler de la besogne à messire La Luzerne. Mais ces braves enfants eurent l'esprit de rester sur la marge du code, à la joie sincère de leur capitaine qui aurait été navré d'avoir à se priver des services de ses incomparables auxiliaires.

Quoi qu'il en soit, à la tombée de la nuit, messire l'Ingéniour et ses mineurs se disposaient à reprendre la route de la parallèle, quand le camp fut mis en émoi par une nouvelle des plus graves.

Une mine venait de faire explosion dans l'enceinte !

Où ? en quel point de l'enceinte ? Les détails, apportés par un canonnier de garde aux batteries de brèche, manquaient de précision ; mais il était constant qu'il s'agissait d'une contre-mine de la seigneurie.

Comme un malheur n'arrive jamais seul, le bruit se répandit au même moment que Martingale était introuvable. Martingale ! La contre-mine ! Si étrange que puisse sembler cette association de nom et d'idée, on s'inquiétait fort de la disparition de l'espion, et les commentaires allaient leur train ; certains affirmaient, car il est des explications à toute chose, que Martingale avait depuis quelque temps perdu sa gaieté habituelle. Ce qu'il y a de sûr, c'est que le colonel général était extrêmement préoccupé de la coïncidence.

Où était Martingale ?

Qu'était devenu Martingale ?

placée dans une boîte cubique en bois ou sous un globe en verre ou en fonte. On communique le feu au fourneau au moyen d'une mèche à feu ou simplement d'une traînée de poudre renfermée dans un saucisson de toile forte. Le mineur allume le saucisson, et le coup part.

Et cette contre-mine, éclatant prématurément au nez des gens de la seigneurie, fortuitement peut-être...!

Et l'on ne disait pas tout. Il y avait des réticences.

Ce fut sous le poids de cette double émotion que messire l'Ingéniour ramena ses hommes dans la galerie, au pas de course.

Une brume épaisse enveloppait le plateau.

L'entrée en galerie s'opéra donc sans notable incident, et la besogne marcha si rapidement qu'à deux heures du matin, le sixième jour de juin, messire l'Ingéniour estima très approximativement qu'on devait se trouver au-dessous du massif du rempart et par conséquent à peu de distance du chemin de ronde[1].

Mais là on s'aperçut bien vite qu'il fallait redoubler de prudence, car il se dégageait de la galerie une forte odeur de soufre et de salpêtre. Cette odeur était sans aucun doute le résultat de l'explosion, et, dans ce cas, la contre-mine était proche. Il importait de vérifier le fait. On posa donc sur le sol de la galerie une caisse de tambourin, et sur la peau on plaça des grelots de cuivre. On sait que l'ingénieur Martinengue avait par ce procédé éventé les mines des Turcs devant Rhodes (1521).

Le travail fut interrompu.

Les mineurs prêtèrent l'oreille.

Les lampes n'envoyaient plus qu'une très faible lueur, et la galerie était plongée dans une sorte de pénombre qui permit à peine à messire l'Ingéniour d'observer ce qui se passait sur la peau tendue du tambourin. Il ne remarqua rien d'anormal. Ses yeux ne quittaient pas les grelots. Il retenait son souffle. Les mineurs accroupis sur le sol étaient muets comme la tombe.

L'ombre s'épaississait dans la galerie ; aux odeurs capiteuses du soufre et du salpêtre se mêlait l'asphyxiante senteur des lampes.

1. Chemin de ronde, chemin qui court le long d'une enceinte et qui est réservé aux soldats d'une place fortifiée pour les rassemblements, les rondes, corvées aux remparts, etc.

Soudain, des vibrations imperceptibles arrivent à l'oreille de l'observateur. Il écoute, bouche béante, la tête haute. Insensiblement les vibrations augmentent d'intensité ; puis, sans cause apparente, voilà que les grelots s'agitent, se mêlent, s'éloignent, se rapprochent et finalement dansent une ronde désordonnée sur la peau tendue, avec accompagnement de petits tintements métalliques.

Selon toute probabilité, l'assiégé contre-minait et marchait à la

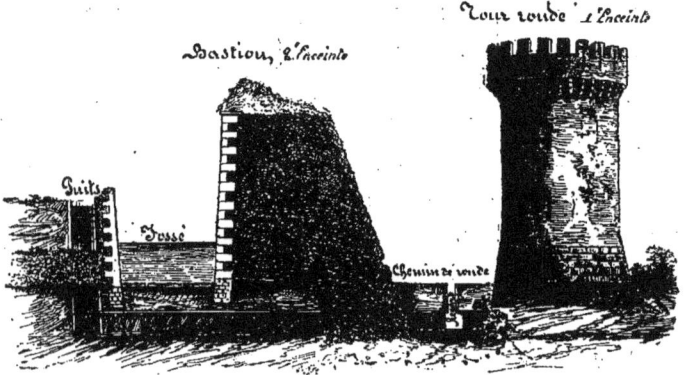

Détail de la mine.

rencontre des mineurs dont la mèche était éventée. Messire l'Ingéniour s'avouait vaincu !

Mais alors l'explosion était inexplicable, en ce point du moins... Et cependant l'odeur révélatrice persistait.

Messire l'Ingéniour se perdait en conjectures.

Déjà on percevait distinctement des coups de pic.

« On approche », murmura-t-il.

Le bruit d'une respiration humaine frappa sourdement son oreille. On entendait la terre s'effriter sous la poussée de l'outil. Bientôt il ne fut plus possible de douter... On allait se trouver en face des gens de la seigneurie dont, à l'estime, on n'était plus séparé que par une mince cloison de terre. Les grelots dansaient désespérément, et les lampes se reprenaient à brûler.

« Soufflez-moi ces lampes, fit messire l'Ingéniour à voix basse. Vite, des sacs à terre et, à tout événement, faisons-nous-en un rempart contre un envahisseur possible. A vos dagues, et préparez-vous à vendre chèrement votre vie. »

Pendant ce temps, le pic faisait rage. Les terres glissaient sous les coups répétés de l'outil.

Soudain, les sacs à terre sont ébranlés. L'outil a mordu dans le fragile rempart. L'air frais et vivifiant du dehors emplit la galerie, qui reste plongée dans l'obscurité. Les mineurs retiennent leur souffle.

Du côté de la seigneurie, au contraire, la contre-mine était en pleine lumière, et messire l'Ingéniour en profita pour jeter un regard furtif sur le pionnier qui poursuivait sa besogne, en exprimant tout haut sa surprise de trouver un sac à terre au bout de son pic.

Cet homme était seul.

Messire l'Ingéniour eut bientôt dévisagé le personnage, leva la tête vivement et dit à voix basse, mais de façon à être entendu du pionnier :

« Messire l'Ingéniour...

— Chut ! fit le pionnier qui regarda et laissa retomber son outil.

— Ne serais-tu pas Martingale ?

— Précisément. Mais par quel coup du sort êtes-vous ici, à six toises sous terre ?

— Et toi, mon brave Martingale ?

— Ah ! je n'y suis pas pour mon agrément, messire, ajouta Martingale qui renversa les sacs à terre et sauta dans les bras du capitaine. Mais je vous conterai cela quand j'en aurai le loisir, car pour le moment je suis surveillé. En deux mots, voici l'affaire. J'ai été pris et condamné à mort comme espion. Le jour même, une contre-mine a éclaté par l'imprudence d'un mineur et, comme il s'agissait de déblayer et de rendre praticable la galerie où l'odeur de l'huile à brûler se mêlait aux odeurs de la poudre et aux puanteurs délétères d'une fumée intense, on m'a proposé la chose, avec promesse de la vie sauve. Et j'ai accepté, n'ayant aucun goût pour la potence.

— Et tu es seul de ton espèce dans la contre-mine ?

— Absolument seul dans cet antre de mort.

— Alors, je te sauve. Laisse-moi là ton outil et suis cette galerie au bout de laquelle tu trouveras un puits. Le puits mène à la parallèle et je peux te certifier que le colonel général sera enchanté de te revoir. Je vais, moi, jeter quelques bombes incendiaires dans la contre-mine de manière à la rendre désormais impraticable. Tu passeras pour mort....

— Et l'on renoncera à poursuivre la besogne, du moins momentanément, reprit Martingale ravi de l'aventure.

— Oui, et, afin qu'on n'ait plus la tentation de revenir à la contre-mine, je vais en bouleverser les terres et en brûler les étançons, mais en ayant bien soin de boucher ma galerie du côté qui donne dans la contre-mine. Puis j'attendrai.

— C'est cela, messire.

— Et maintenant, gagne la parallèle. »

Et Martingale suivit l'itinéraire qu'on lui avait tracé.

A cinq heures du matin, la galerie était bouchée, la contre-mine détruite et Martingale respirait à pleins poumons.

« Ah ! justes dieux ! que le spectacle de ce firmament limpide est réconfortant ! Que la nature est belle à cette heure et cette brise bien-

faisante! Décidément l'état de condamné à mort est dépourvu de
poésie. »

Il en était là de sa contemplation, quand messire l'Ingéniour vint
brusquement mettre fin à ce monologue :

« Je pense bien que tu vas laisser là ces funèbres idées et me narrer
par le menu les choses intéressantes que tu as pu voir... Quelle vie
mènent-ils, ces hommes de la seigneurie ?

— Admirables, inouïs d'héroïque folie!.... Mais, la corbleu! quelle
maigre chère on y fait! On y vit... de faim, en attendant qu'on en
meure, et la chose est prochaine. Tenez, moi qui vous parle, messire,
je vis depuis quatre jours du seul souvenir d'un pain blanc et des
reliefs de la table du colonel général...

— Que ne le disais-tu plus tôt? Tourne sur tes talons et gagne le
camp, où tu trouveras de quoi apaiser la faim qui te travaille. »

Martingale ne se le fit pas répéter, et son premier soin, à son arrivée au camp, fut de rompre un jeûne forcé et le second de troquer
ses vêtements sordides contre une belle et proprette casaque de drap
brun.

L'appétit satisfait et la toilette achevée, il se présenta chez le colonel général, lequel l'accueillit avec tous les signes de la joie la plus
sincère.

Mais revenons à la mine.

Messire l'Ingéniour avait dès le soir même repris sa besogne inter-
rompue. Vers dix heures, les mineurs procédèrent aux travaux du
déblaiement de la contre-mine, et l'on constata avec satisfaction que
l'assiégé renonçait à son entreprise avortée.

En conséquence, on se mit en état de pousser la galerie, laquelle
se trouva le septième jour de juin, à trois heures du matin, au-
dessous du chemin de ronde, c'est-à-dire à treize toises de l'axe
du puits. Et ici se produisit l'incident que nous avons eu déjà l'oc-

casion de signaler : les lumières se prirent à vaciller ; l'air se faisait rare.

Messire l'Ingéniour calcula qu'étant au-dessous du chemin de ronde il lui suffisait de creuser un puits d'aérage pour rendre la galerie habitable et, pour cela, de gratter le sol sur une épaisseur d'une toise environ.

Effectivement il était si bien sous le chemin de ronde qu'en collant son oreille à la paroi supérieure de la galerie, il perçut fort distinctement des bruits de pas de gens armés allant et venant précipitamment. C'était fâcheux. Il hésita. Et cependant les minutes étaient comptées ; les mineurs ne respiraient qu'avec la plus grande difficulté.

Il se décida donc à attaquer la voûte avec la tarière. Du reste, on n'entendait plus aucun bruit de pas. L'opération du perçage commença timidement et avec la lenteur sage que comportait un travail de cette nature.

A cinq heures du matin, la gaine d'aérage était achevée et les mineurs étaient sauvés d'une asphyxie certaine.

Messire l'Ingéniour risqua la tête par le regard, examina rapidement le chemin de ronde, et fut émerveillé des ravages causés par les canons de messire Requiem. Les boulets avaient labouré le chemin de ronde qui était à peu près impraticable. Au surplus, il remarqua, non sans plaisir, que la grosse tour ronde, en partie démantelée, n'était qu'à trois toises à peine du regard, d'où il conclut que, les fondations de la tour devant être à une toise environ au-dessous du niveau du chemin de ronde, il avait beaucoup de chances pour que rien ne s'opposât plus désormais à l'achèvement de la galerie dont la grosse tour était l'objectif.

Il quitta donc son observatoire, se laissa glisser au fond de la galerie, qui fut prolongée d'une toise et demie, fit creuser un logement pour le fourneau de mine et atteignit les fondations de la tour. Il poussa un cri de joie.

« Mes enfants, dit-il à ses mineurs, au nom du roi, je vous remercie. Maintenant il nous reste à préparer le fourneau. »

Sur ses indications, on plaça dans le logement, convenablement étançonné, une boîte cubique en chêne remplie de poudre de mine, on amorça la boîte avec un saucisson de quatre toises de long garanti contre les accidents de l'humidité par un auget en bois léger, on disposa le saucisson ainsi préparé contre l'une des parois de la galerie, puis on procéda au bourrage du fourneau de mine en le bouchant avec des terres tassées contenues par des traverses en chêne.

Et à présent, les mineurs étaient à bout de leur pénible besogne. Il n'y avait plus qu'à attendre l'ordre du colonel général, pour faire sauter la grosse tour.

A ce moment, il pouvait être dix heures du matin.

Messire l'Ingéniour laissa dans la galerie six hommes chargés de surveiller le fourneau et remonta dans la parallèle.

Un beau soleil de juin se levait à l'orient. Le ciel n'avait pas un nuage, et les parfums des fleurs se mélangeaient dans l'air avec les caresses embaumées de la brise.

Sur les affûts dormaient les canons, pendant que les soldats goûtaient mollement les douceurs d'une trêve que personne, du reste, ne songeait à rompre.

D'un mot messire l'Ingéniour allait troubler la sérénité des canons et la quiétude des soldats.

Le colonel général était dans la parallèle. Il s'approcha respectueusement de lui et dit :

« Colonel général, ma mine est terminée. Je n'attends plus que vos ordres pour mettre le feu au fourneau. »

Des ordres ! cela était facile à dire. Mais il fallait se concerter, au préalable, avec messire Requiem ; et messire Requiem ne demandait pas moins de trois jours de cannonade pour livrer trois brèches aux colonnes d'assaut. Il y avait, on le voit, quelques précautions prélimi- naires à prendre. Mais le capitaine des mineurs avait pour son œuvre des tendresses aveugles et le propre des passions est de déraisonner. Il se rendit néanmoins aux justes observations du colonel général, mais en faisant des restrictions mentales :

« Je vois bien, se dit-il, que je ne serai pas de retour à Ornans fin juin, et cependant... »

Cependant !... Cela signifiait qu'il avait une ample moisson de nou- velles, et qu'il lui tardait de conter ses aventures à ses bons amis de l'échevinage.

Si nous avons dû achever la réflexion de messire l'Ingéniour, c'est qu'au moment même où il allait la compléter, un des mineurs de garde à la galerie était arrivé brusquement, avec une figure effarée. Essoufflé par une course plus rapide que de raison, il se livrait à une mimique aussi expressive que désordonnée. Le cas était grave. Le pauvre enfant devait avoir à faire quelque communication d'un caractère fort urgent, car son visage était d'une pâleur cadavérique.

Messire l'Ingéniour l'invita à se remettre de sa vive émotion et l'écouta avec intérêt. Soudain, il pâlit à son tour, se retourna vers le colonel général, qui avait du premier coup flairé là-dessous quelque aventure, et s'écria :

« Colonel, voici une fâcheuse nouvelle que m'apporte ce Picard. L'ennemi est dans ma galerie. La mèche est éventée. La vertubleu ! colonel... »

La communication avait un caractère exceptionnel de gravité.

Le colonel se dirigea rapidement vers la parallèle.

Les canonniers allumèrent leurs mèches.

Les arquebusiers pointèrent leurs armes et messire l'Ingéniour se hâta de descendre dans le puits, suivi de ses mineurs, la dague au poing.

L'alerte était vive. Dans la mine, les lampes étaient éteintes et la galerie était le théâtre d'une lutte homérique. Les cris, les appels se mêlaient au vacarme assourdissant des armes à feu. Parmi ces hommes qui combattaient dans l'obscurité, à tâtons, on sentait de formidables poussées. La vague humaine, oscillait du puits au fourneau, et messire l'Ingéniour criait de toute la force de ses poumons :

« France !... tue ! tue ! »

La confusion était au comble. C'était dans la nuit de la galerie une lutte corps à corps, un entassement d'hommes s'enlaçant, s'étreignant, se ruant en forcenés les uns sur les autres. On eût dit une légion de démons déchaînés dans ce souterrain.

La première stupeur passée, messire l'Ingéniour songea à faire rallumer une lampe qui pendait à l'étançon le plus voisin de sa main droite, et alors s'offrit à sa vue un spectacle peu rassurant.

La galerie était envahie par des inconnus porteurs d'une manière d'uniforme militaire et présentement tenus en respect par les mineurs.

La lampe éclairant subitement la mine avait rendu un peu de calme aux braves gens qui se débattaient en désespérés contre des ennemis d'abord invisibles. La vérité leur apparaissait enfin dans sa simplicité. Ces figures d'inconnus n'avaient rien d'effrayant, et les nouveaux venus s'excusaient presque du dérangement grand qu'ils avaient causé, bien involontairement.

Messire l'Ingéniour, non sans difficulté, était arrivé vers le milieu de la galerie. Il leva la tête et, par l'ouverture du regard, aperçut une étoile de jolie dimension.

« Voilà qui me console de l'aventure. Cette étoile me vient par le regard. Ces drôles-là ont dû suivre le chemin de l'étoile. »

Et il se remit aussitôt de son alarme.

Les cris avaient cessé. On n'entendait plus que le bruit de conversations fort animées entre les mineurs et les gens du dehors.

« Qu'est-ce là? Me direz-vous enfin comment et pourquoi vous

Le héraut déploya son drapeau. (P. 159.)

êtes ici? cria messire l'Ingéniour, en s'adressant à cinq pauvres diables, plus morts que vifs et que les mineurs serraient à la gorge.

— Voici, messire, fit l'un deux. Nous sommes de braves gens égarés dans le chemin de ronde et confus de l'ennui que nous vous avons donné, ce dont nous vous demandons pardon. En file nous marchions, au hasard, sous le ciel étoilé, quand celui qui était en tête a trébuché dans une ornière et disparu dans un trou que Dieu confonde !... Celui qui venait après a suivi la même route, puis un troisième, puis un quatrième et un cinquième... et sans le vouloir, messire, car nous regagnions paisiblement le corps de garde, et s'il vous plaisait de nous y renvoyer, messire...

— Plutôt mourir, mes camarades. Ça, c'est impossible. Je vous tiens et je vous garde. Du reste, il ne vous sera fait aucun mal, et vous n'aurez pas, que je sache, à regretter la seigneurie, car vos mines longues d'une aune indiquent assez qu'on y doit pratiquer le plus austère des jeûnes. Et vous, ajouta-t-il en s'adressant à ses mineurs, allez-moi de ce pas déposer en lieu sûr ces philosophes qui se sont laissés choir dans mon puits. Et voilà comme quoi il est dangereux parfois de regarder les étoiles. »

Pendant que les prisonniers suivaient leurs gardiens, messire l'Ingéniour s'assurait que le fourneau de sa mine était intact, et, afin de prévenir le retour de faits semblables, il fit recouvrir d'une claire-voie le regard qui se trouva ainsi en partie dissimulé. Puis il rentra dans la parallèle, expliqua au colonel général la capture des cinq soldats et demanda la permission d'aller prendre un peu de repos : ce qui lui fut accordé.

Vers deux heures du matin, le huitième jour de juin, le camp dormait paisiblement.

Un homme cependant veillait, oublieux du sommeil et des fatigues du jour.

C'était messire l'Ingéniour, lequel était fort soucieux de la perte d'un certain coffret de fer qu'il portait toujours sous son pourpoint. A son retour de la mine, il avait constaté la disparition du coffret et en avait été affligé, pour des raisons qu'on a indiquées.

Mais, la philosophie aidant, la nature reprit ses droits sur ce mortel agité qui s'endormit profondément.

Ne le plaignons pas trop.

Ce coffret perdu, c'est la seigneurie retrouvée, c'est une ville rendue à l'histoire.

XIV

LA CHAMADE

Pour utiliser les loisirs que lui avait créés la mémorable canonnade dont il a été question, Martingale, qui n'avait pas le mouvement en horreur, n'avait trouvé rien de mieux à faire que de se diriger vers la seigneurie, un peu à l'aventure et sans plan bien arrêté.

C'était sa manière à lui de couler les heures oisives, et son procédé ne variait jamais. Il se mettait d'abord en route ; ensuite, chemin faisant, il attendait ou une occasion propice ou une inspiration heureuse pour s'orienter et assigner un but au voyage. Pareille façon d'agir n'était pas sans inconvénient, et il était résulté de cette habitude bien des accrocs à sa personne, extraordinairement désagréables, qui, du reste, ne l'avaient guère corrigé, ainsi qu'on va pouvoir en juger.

Il s'était donc approché de l'enceinte sud qui, on ne l'a pas oublié, ne lui était pas inconnue, et s'était donné au guetteur du donjon pour un pauvre diable molesté outre mesure par les soudards de messire de Beautru et mourant de faim littéralement. Assurément, la chère n'était ni grasse ni copieuse dans la seigneurie, mais le moyen, je vous prie, de refuser un peu de nourriture à ce misérable persécuté qui se recommandait, et de quel ton dolent ! à l'humanité du guetteur... On par-

lementa bien un peu ; le guetteur avait sa consigne ; mais finalement
la poterne bascula, et Martingale entra avec un visage de circonstance
et l'indécise allure d'un homme qui a connu la faim cruelle. Sans
défiance on l'accueillit, et il eut ainsi un souper, un gîte... et le
reste.

Le reste... c'est-à-dire la liberté de se mouvoir, d'aller, de venir,
de voir, d'observer, et il en usa comme on use des bonnes choses,
jusqu'à l'abus. La vigilance, il est vrai, se relâchait un peu dans la seigneurie, pour des causes qu'on devine aisément. Martingale, négligeant
les précautions élémentaires qui sont la qualité maîtresse d'un espion,
s'engagea dans un dédale de petites rues, avec l'intention formelle de
se renseigner sur le sort de l'ami aux pigeons bataves.

La maison où il avait tant de fois trouvé une si aimable hospitalité
occupait l'îlot central.

L'îlot n'était plus qu'un amas de cendres et de décombres. La ruine
avait passé par là. Ah ! Margot la Folle et ses cadettes en importance
avaient fait une hideuse besogne ! Et notez que si la maison était rasée,
l'ami de Martingale était mort, non pas de sa paisible mort, mais de
la peur bleue que lui avait causée certain billet daté du camp devant
Casteljaloux. Du moins, c'était la chronique.

Ainsi le même vent de malheur avait soufflé sur la volière et sur
l'oiseau. Cher ami ! Tendre ami ! Et quel noble cœur !

« Va ! que la terre te soit légère ! »

Et Martingale se mit à sangloter. Il n'était pas seul devant cette
maison ravagée. Il avait beaucoup connu le mort. Il conta la chose à
des bourgeois, passants comme lui, et alors les bourgeois regardèrent
sournoisement le conteur, questionnèrent, et les questions se greffèrent
si joliment les unes sur les autres que Martingale jugea prudent de se
dérober à cet interrogatoire compromettant. Il quitta l'îlot, sans motif
avouable, et il fut dénoncé comme suspect.

Les désenchantements patriotiques développent chez les hommes la tendance naturelle à la suspicion. Sous les coups de malheurs répétés, l'esprit en vient à voir partout des ennemis. La suspicion est le sentiment de la conservation poussé aux limites extrêmes. C'est un fait, discutable sans doute, mais un fait. Nous constatons. Voilà la vérité ; elle est de tous les sièges fameux dans l'histoire des peuples.

Le lendemain donc, en vertu de ce principe qu'en temps de guerre le plus sage est de ne se permettre aucune imprudence et par consé-

Margot la Folle en batterie. (P. 163.)

quent de se méfier de tout le monde, Martingale, qui avait eu la faiblesse excusable et le tort impardonnable de gémir devant témoins sur le trépas prématuré de son ami, était arrêté malgré ses protestations d'innocence, jeté dans un cul-de-basse-fosse, traduit devant la justice prévôtale de la seigneurie et condamné à être pendu.

On sait le reste : l'éclatement hâtif de la contre-mine, le déblaiement, la rencontre de Martingale et de messire l'Ingéniour et le salut inespéré.

L'aventure avait donc failli tourner au tragique ; mais aussi Martingale avait eu le loisir de constater que, sous une apparence de crâ-

nerie sublime, les gens de la seigneurie cachaient le profond découragement de leurs âmes.

La crise de la faim était à l'état aigu. La fièvre obsidionale était
intense et la chute de Casteljaloux était fatalement, mathématiquement très prochaine.

Voilà ce qu'il avait appris à messire de Beautru. Le renseigne-
ment n'était pas une trouvaille ; le colonel général savait à quoi s'en
tenir sur l'article. Mais enfin l'impatience de l'assiégeant s'accom-
modait à merveille de la nouvelle. Martingale ne regrettait donc pas
le voyage, et il avait raison. Du moins tel était l'avis du colonel de
Beautru.

Une fois la chose dénoncée, messire de Beautru s'était tenu le petit
raisonnement suivant :

« Monseigneur Le Lorrain de Jorat est aux prises avec son plus
terrible ennemi, un ennemi qui ne fait quartier à personne, la faim
inexorable. Son supplice peut encore durer jusqu'au quinzième jour
de juin, jour fixé pour la chute de la seigneurie. Pourquoi ne l'aiderais-
je pas à passer ces quelques jours, en lui évitant d'avoir sous les yeux
le spectre blême de la famine ! »

Le raisonnement partait d'un bon cœur, accessible aux vieilles idées
chevaleresques.

« En réalité, se dit-il, je ne m'engage pas beaucoup. Si je lui
envoyais un panier de provisions de bouche, en témoignage d'intérêt
et de courtoisie ! Ce sont là politesses permises entre ennemis.

« Monseigneur le Lorrain de Jorat sert la cause de ses ancêtres. Il
est dans l'erreur, sans aucun doute, quand il se flatte d'échapper à
l'autorité du Roi, mais une erreur sincère, pour être regrettable, n'en
est pas moins respectable.

« Il se défend pour l'honneur de son nom. Je l'attaque pour l'honneur du roi.

« En partageant avec lui mes provisions, je lui prouve en quelle haute estime je tiens ses susceptibilités et son courage.

« D'ailleurs, mes vins ne sont-ils pas authentiques et dignes de lui, mes perdrix grasses, ma venaison exquise, et mes pains ne sont-ils pas de farine deux fois blutée ?

« Qu'ai-je à craindre ? Un refus ? Mais je m'adresse à l'homme qui sait vivre... »

Et le raisonnement était inattaquable.

Il donna donc suite à son projet, héla son mestre-de-camp, le mestre-de-camp héla un héraut et un trompette, et leur enjoignit de se préparer sans retard pour aller parler aux gens de la seigneurie.

Et pendant ce temps on garnissait un panier d'osier d'un demi-cerf convenablement faisandé, de six chapons dodus, de six perdrix, de six flacons de vin de Chio et de six pains blancs dorés.

« Ce n'est pas tout, fit messire de Beautru. Ma prisonnière est une grande dame de la seigneurie. Suivant Martingale, Mme Le Lorrain de Jorat est prisonnière. De qui ? Ne serait-ce pas par hasard la prisonnière qui a si fort émerveillé mon capitaine des mineurs ? Évidemment j'en suis réduit aux hypothèses, car il n'y a pas à essayer de faire parler la dame.... Messire, vous plairait-il d'aller rendre à ma prisonnière une visite de pure courtoisie et de lui annoncer que mes gens devant parler à ceux de la seigneurie se chargeraient, par la même occasion et si elle le désirait, de ses lettres pour les amis qu'elle pourrait avoir là-bas ? Il est entendu qu'on pousserait la courtoisie jusqu'à respecter le mystère de ses lettres et que ce léger, très léger service lui serait rendu sans conditions d'aucune sorte. »

Le mestre-de-camp se dirigea vivement vers le logis de la dame, laquelle était gardée à vue, on s'en souvient, et se fit annoncer :

« De la part du colonel général, Madame...

— Que me veut le colonel général, Messire ! » répondit froidement

la dame qui, depuis sa mésaventure, ne parlait plus que par mono-
syllabes aux rares serviteurs qu'on avait laissés auprès de sa personne.

— Un héraut va partir vers la place avec un billet à l'adresse de
monseigneur Le Lorrain de Jorat. Le colonel général ne s'opposerait
pas à ce que le héraut se chargeât, si tel était votre bon plaisir, Madame, de vos lettres pour ceux de vos amis de la seigneurie, si vous
y en avez. Il ne mettrait, du reste, aucun prix à cette faveur excep-
tionnelle.

— Messire, je n'ai ni à accepter, ni à refuser l'offre, n'ayant
jamais rien demandé de semblable.

— En vous faisant cette offre, le colonel général a simplement
obéi, Madame, à un sentiment de haute convenance à l'égard d'une
noble femme dont il admire le courage et dont il entend respecter le
mystère.

— N'insistons pas, Messire... »

Et le mestre-de-camp salua cette femme insondable comme la mer
et prit la porte qu'elle lui indiquait d'un geste hautain et sans réplique.

Le résultat de la démarche n'étonna pas messire de Beautru. Il s'attendait vaguement à un échec.

« Dans ce cas, Messire, dit-il au mestre-de-camp, complétez vos
instructions à notre monde, et bornons-nous à ne faire qu'une demi-
bonne action. »

Le héraut et le trompette attendaient dans la cour du logis, sans
armes, le trompette avec son cuivre reluisant, le héraut avec le drapeau blanc des parlementaires.

Le trompette prit le panier d'osier, le héraut le billet chargé d'annoncer les provisions, et l'un et l'autre se dirigèrent vers la partie est
de l'enceinte.

Sans encombre ils arrivèrent à cent cinquante toises de la muraille et s'arrêtèrent sur la lisière d'un petit bois. Là, le héraut déploya son drapeau, le trompette sonna trois appels.

Un casque se montra bientôt à la tour du guet la plus voisine des parlementaires.

De nouveau le trompette sonna la chamade [1] et le héraut agita son drapeau.

On répondit à la chamade par une sonnerie.

Alors, le héraut s'avança seul jusqu'au bord du ruisseau, salua du drapeau et cria par deux fois :

« Les gens de messire de Beautru, colonel général, commandant en chef les troupes de siège, demandent à parler aux gens de la seigneurie.

— Quand il vous conviendra, fit un officier qu'on distinguait à son écharpe de commandement et qui se montra dans un créneau.

— Voici un billet et un panier destinés à monseigneur Le Lorrain de Jorat. »

L'officier quitta son créneau, fit prestement lever la herse [2], baisser le pont-levis [3], et se présenta à la porte de l'avancée [4], suivi d'un soldat qui prit le billet et le panier.

Puis il tourna sur les talons, sans dire une parole, et referma la porte de l'avancée, pendant que les gens de messire de Beautru, reprenaient la route du camp, avec la gravité un peu solennelle de per-

1. Chamade, appel du tambourin ou de la trompette. Vient de l'italien *chiamare*, qui signifie : *appeler*.
2. Herse, solide grille en fer disposée contre le pont-levis et constituant une défense pour le cas où le pont-levis céderait à une attaque du dehors.
3. Pont-levis, tablier en bois, avec armatures de fer, servant de pont quand il est baissé et de porte quand il est levé. Il se manœuvre de l'intérieur, au moyen de chaînes et de poulies.
4. Avancée, ouvrage fermé qui est en avant d'une porte ou d'un autre ouvrage et qui sert à les protéger contre une surprise.

sonnages qui viennent de remplir une mission de quelque importance.

La vérité vraie, c'est que monseigneur Le Lorrain de Jorat se
montra fort sensible à la courtoisie de messire de Beautru.

« Allons, merci au colonel général ! Grâce à lui, mes pauvres
blessés auront une petite heure de joie. »

XV

L'acte de courtoisie de messire de Beautru avait la banalité un peu vulgaire du salut qu'échangeaient, avant de descendre en champ clos, deux preux décidés à s'égorger. Cela n'engageait personne.

Le colonel général s'était bien gardé de perdre de vue qu'il était devant la seigneurie pour réduire un rebelle à l'obéissance. D'ailleurs les canons étaient prêts à tonner au premier signal, les troupes trouvaient que le siège traînait en longueur, et il importait de ne pas laisser se refroidir ce beau zèle dont il attendait les plus merveilleux effets.

Ajoutons, pour ne rien omettre, que le soleil et le genièvre combinés mettaient la discipline en grand péril.

C'est pour ces raisons réunies, et dont la dernière était probante et décisive, que messire de Beautru convoqua sans plus tarder tous ses capitaines en conseil de guerre et leur demanda leur avis touchant l'opportunité d'un assaut à courte échéance.

A l'unanimité, les capitaines déclarèrent qu'il y avait lieu de conduire les bandes à la brèche, et promptement.

11

« Messieurs, repartit le colonel général, j'entends donner satisfaction pleine et entière à votre légitime impatience, et j'enjoins au grand maître de mon artillerie d'ouvrir la brèche dès demain dixième jour de juin. Après quoi, mes bien-aimés capitaines, il ne vous restera plus qu'à faire votre devoir et à vous montrer gentils compagnons. Chacun de vous tiendra à honneur de monter le premier à la brèche et d'y planter son enseigne. Messieurs, au revoir et n'oubliez pas la devise de France : Vaincre ou mourir. »

Un immense hurrah accueillit ces paroles. C'était de bon augure. Le colonel général remercia ses capitaines.

Il resta seul avec son mestre-de-camp pour régler avec lui, sans désemparer, le nombre et la force des colonnes d'attaque, les détails de l'assaut et arrêter la formule de l'ordre qui devait être envoyé sous pli scellé à chacun des capitaines et chefs de service.

Le mestre-de-camp proposa la formation de trois colonnes d'assaut, rédigea des instructions dans ce sens, les présenta à la signature du colonel général et les expédia par des cavaliers de l'escorte qui reçurent, en outre, l'ordre de ne pas ménager l'éperon à leurs montures, ce qui fut ponctuellement exécuté.

La composition des colonnes faillit occasionner un véritable conflit, que la gravité des circonstances empêcha seule de dégénérer en émeute. Au nom de ses gendarmes, le sire d'Anclade refusait de combattre à pied. C'était un préjugé de l'époque. Un gentilhomme ne voulait pas se séparer de son courtaud. C'était se dégrader que de se mêler, un jour de bataille, à la cohue des *gens mécaniques* qui n'entendaient pas l'honneur à la façon des gentilshommes. Et puis, il y avait dans la colonne de certains compagnons que le sire d'Anclade tenait en fort piètre estime, c'est-à-dire messieurs les lansquenets ! L'émoi était vif dans le corps privilégié des hommes d'armes qui tous portaient les plus beaux noms de l'armorial du royaume. Monterait-on à la brèche en *eschampins de chausses*, ainsi que l'avait fait le duc de Nemours à l'assaut de Brescia en 1512 ? Cela constituait une lamentable dérogation aux traditions séculaires de la gendarmerie de France !

Le colonel général, informé de l'incident, menaça de casser de son grade le sire d'Anclade, l'inspirateur malencontreux de ce tapage, et le sire d'Anclade consentit à se mêler aux *gens mécaniques* et à monter à la brèche en *eschampins de chausses* à l'imitation du duc de Nemours, lequel était de sang royal. L'affaire n'eut pas d'autres suites.

Tandis que le sire d'Anclade recevait de façon maîtresse une leçon méritée, messire Requiem allumait ses mèches, pointait ses canons sur le bastion et, le matin du dixième jour de juin, ouvrait un feu terrible sur l'enceinte.

Ce fut une journée mémorable.

La batterie de coulevrines couvrait de projectiles le terre-plein du bastion, dont il réduisit bientôt les canons au silence.

Celle de la deuxième parallèle tirait à toute volée sur les maisons de la seigneurie.

Et les trois batteries de brèche avaient pour objectif respectif : celle de droite, l'orillon et la partie voisine de la deuxième enceinte ; celle de gauche, l'angle sud-est du flanc attaqué, et celle du centre la partie moyenne du rempart, ainsi que la grosse tour ronde, qui ne tonnait qu'à de rares intervalles.

Entre temps, Margot la Folle accomplissait sa sournoise besogne avec la majestueuse lenteur qu'on lui connaît.

La canonnade, une canonnade sans trêve ni merci, dura trois jours pleins, si bien que le soir du treizième jour de juin, la seigneurie avait reçu près de quinze cents projectiles et en avait envoyé neuf cents sur les travaux de l'attaque. C'était donc un total de deux mille quatre cents coups tirés, et une dépense approximative de trois cent mille écus d'or, s'il faut en croire le journal de messire Sbrigati.

Le quatorzième jour de juin au matin, l'enceinte avait trois brèches ;

les gens de la seigneurie étaient délogés de presque toutes leurs positions, et la résistance se concentrait sur les tours et les courtines de la vieille enceinte, fort maltraitée aussi, mais protégée, en partie du moins, contre les feux directs des batteries de brèche.

Ce même jour, dès l'aube, les trois colonnes d'assaut occupaient les trois parallèles : dans la troisième, se trouvaient les gendarmes de France, les Picards et les lansquenets, qui ne s'étonnaient de rien, pas même du voisinage des gentilshommes auxquels ils rendaient leurs dédains avec usure, et enfin les porteurs d'échelles et les pionniers sous les ordres de messire l'Ingéniour, chargé de guider la colonne d'assaut ; les Gascons, les joueurs d'épée, les Navarrais et les Champenois étaient dans la seconde parallèle ; les Piémontais, les Suisses et les reîtres, à pied, dans la première.

Le soleil se levait à l'horizon.

De chaudes buées flottaient au-dessus des parallèles dans la moite atmosphère du matin.

Un silence redoutable planait sur tous ces hommes entassés dans les tranchées.

La seigneurie et le camp semblaient se reposer de la lutte des trois jours. En réalité, ce calme apparent n'était que le précurseur de la tempête de fer et de plomb qui allait bientôt se déchaîner.

Soudain retentit une formidable détonation. Margot la Folle annonce l'ouverture du feu.

Aussitôt les vingt-quatre canons de l'attaque vomissent sur les deux enceintes une grêle compacte de mitraille et de boulets, élargissant les brèches et soulevant des nuages de poussière, au bruit sec des remparts qui s'émiettent et retombent en pluie dans le ruisseau dont les gerbes d'eau se dorent des rayons du soleil levant.

Et quand la fumée des canons est dissipée et l'air saturé des odeurs grisantes de la poudre, messire l'Ingéniour sort au pas de course de la parallèle avec ses pionniers, relie les brèches à la rive par des passerelles volantes et revient annoncer au colonel général que les brèches sont praticables.

Alors, le colonel général, qui se tient à cheval dans la première parallèle, grave et muet en cette minute vraiment solennelle, lève son épée, et les vingt-quatre canons tirent une salve.

« En avant, mes enfants, s'écria-t-il, en se dressant sur ses étriers. En avant ! vive la France et monseigneur saint Denis ! »

Les tambourins et les trompettes sonnent l'assaut. L'air se remplit de hurrahs. Les crêtes des talus de tranchée se garnissent de soldats. Les enseignes flottent au vent. Les piques et les hallebardes se dressent, et messire l'Ingéniour s'élance avec ses pionniers sur la passerelle du centre, escalade la brèche, et la couronne sans perdre de temps [1].

Pendant qu'il travaille au *nid de pie,* la colonne s'engage au pas de charge sur la passerelle, aux cris de « En avant » répétés par mille bouches.

Ce sont les deux cents gendarmes qui montent à la brèche en *eschampins*. En tête, le sire d'Anclade, droit et fier, à la figure martiale, jaloux de racheter sa faute de la veille. Il porte l'écu de fer ciselé, orné de ses armoiries, l'épée courte sortie des fabriques déjà célèbres de Tolède et l'écharpe de soie blanche rayant diagonalement le sayon de soie bleue brodé en chiffres inconnus. Sur ses pas se presse l'élite de la noblesse de France, précédée de la cornette blanche, avec ses armures légères fouillées et tailladées, avec ses casques d'acier surmontés de plumes de héron.

Puis, viennent deux cents fils de cette Picardie qui s'est acquis dans la guerre de siège un renom si incontesté de bravoure, armés d'arquebuses de dix livres [2], coiffés du morion ogival à longue crête dorée, et

---

1. Couronner la brèche, c'est l'organiser à l'aide de défenses provisoires, afin de résister à un retour offensif de l'assiégé. Ce couronnement constitue ce qu'on nomme le *nid de pie.*
2. Arquebuse à feu, de 10 livres, sorte de fusil court qu'un seul homme pouvait manier.

derrière eux, cent cinquante piquiers à bourguignottes et à piques de Biscaye, sous les ordres du capitaine Serpolette, reconnaissable à son écharpe rouge, à sa rondache d'acier à franges de soie et montrant aux siens le chemin du devoir ; enfin cent lansquenets n'ayant pour armure que le simple justaucorps de buffle noir, autant par insouciance du danger que par amour du débraillé, l'épée courte dans la main droite et le pistolet dans la main gauche, et s'enivrant du cliquetis des armes et des cris de guerre.

Les voilà au sommet de la brèche, qui se couvre bientôt de la cornette blanche des gendarmes, de l'enseigne à croix blanche et à cravate rouge des Picards et du guidon blanc des *Cottes noires*, qui fourmille de dessins allégoriques.

L'assaut est protégé par l'artillerie de messire Requiem.

Le tonnerre des canons se mêle aux clameurs confuses des soldats.

La vieille enceinte s'est garnie d'arquebusiers qui ripostent avec vigueur aux arquebusiers de la brèche.

Le château fait feu de tous ses canons.

Les cloches du beffroi sonnent à toute volée.

Les chaînes de fer sont tendues en travers des rues.

Partout s'organise la résistance, dans les carrefours, sur les places, sur l'esplanade du château, dans les maisons ; car monseigneur le Lorrain de Jorat chauffe le zèle de ses gens et prêche la croisade, pendant que les bandes de femmes enlèvent les blessés.

Le courage semble grandir avec le péril.

« *Pics et patacs* [1]. »

C'est de Frontignac qui s'élance, l'épée haute et le chapeau à la main, à l'assaut de la brèche de gauche, suivi de deux cents Gascons que le tumulte électrise.

---

1. *Pics et patacs,* expression du patois gascon, signifie : *plaies et bosses.*

Sur la brèche flotte bientôt le drapeau noir à croix blanche, autour duquel on fait cercle. Les piques s'agitent dans le vide. Le rempart se hérisse d'épées nues demandant l'ennemi, et la turbulence des soldats se traduit en jurons capiteux.

La colonne s'engagea au pas de charge.

Derrière les Gascons arrivent les joueurs d'épée, que nous avons déjà salués à Ornans, et qui n'ont rien perdu de leur stoïque impassibilité. Les lances nues étincellent au clair soleil.

Puis, ce sont les Navarrais, cent soldats choisis qui se grisent de tapage et de soleil, et se rallient autour de leur enseigne mi-partie rouge et blanche ; puis les cent Champenois, calmes, allant à l'assaut du même pas qu'à la parade, sans bravade, sans forfanterie, simplement, et tenant d'une main ferme l'enseigne bleue à croix blanche.

A droite, la brèche est enfin couronnée. Dix pionniers dorment sur le terre-plein du sommeil éternel. Ils ne verront plus le soleil. Ils ont été à la peine ; ils ne seront pas à l'honneur. Aussi l'alarme est sérieuse. Il faut culbuter les défenseurs qui débouchent à chaque instant du bastion, où un homme mis hors de combat est immédiatement remplacé par un soldat disposé à vendre chèrement sa vie. Enfin le terre-plein est balayé par les arquebusiers suisses, dont l'enseigne noire s'agite aux mains d'un hallebardier.

« Granson et Morat ! »

Voici cent piquiers et cent hallebardiers, les survivants des bandes que deux mois de tranchée ont décimées sans entamer leur superbe ardeur, fermes, de haute mine, étreignant de leurs doigts crispés la hampe de leurs hallebardes et de leurs piques, et se rangeant bravement, en dépit de la mitraille et des arquebusades, autour de leurs chefs, prêts à venger leur capitaine Schufter qu'un coup d'arquebuse vient de coucher sur le rempart.

Et, derrière les Suisses, accourent les capitaines Lecca et Trombetta, portant devant eux l'enseigne noire à croix blanche et à cravate rouge, et suivis de deux cents soldats du Piémont, les officiers avec les épées dorées et les fourreaux de velours, leurs casaques agrémentées de passementeries d'or et d'argent, leurs bonnets à plumes et leurs escarpes à fers d'or ; les soldats avec leurs fourniments dorés et leurs morions de clair acier.

Cent reîtres à pied, lourds, pesants, gênés dans leurs grosses bottes de cuir, suant sang et eau, montent à leur suite, haletants, la bouche vomissant des menaces et des blasphèmes, serrant du poing leur pistolet d'arçon et tourmentant l'épée qui pend à leur ceinture, en attendant les joies promises du pillage.

Voilà les trois brèches couronnées et occupées.

Aux canons de messire Requiem répondent éperdument les canons de la seigneurie.

Le crépitement des arquebuses se confond avec les roulements du feu des pistolets.

Les lamentations du beffroi soulignent sinistrement les appels des tambourins battant la charge désespérée.

Le colonel général est descendu de cheval et, à son tour, escalade la brèche centrale. Les soldats se serrent pour lui livrer passage. Il domine du haut de sa grande taille tous ces braves gens que l'impatience dévore.

Il élève en l'air son épée et commande :

« France ! France ! Tue ! Tue ! »

Alors, les trois colonnes s'élancent ensemble, envahissent les terrepleins et les rampes d'accès qui mènent au chemin de ronde.

Soudain, les colonnes s'arêtent, hésitent et reculent. Le bastion a démasqué au dernier moment un canon qui prend en flanc le chemin de ronde.

« A moi, mes Picards ! » s'écrie le colonel général.

Mais les Picards sont trop loin du bastion.

Décimés par la mitraille, les Gascons de Frontignac dressent les échelles contre le mur du bastion et montent à l'assaut. Les piques et les arquebuses des défenseurs les culbutent. Les échelles sont renversées. Alors, de Frontignac renouvelle la tentative. Le mur du bastion est escaladé, le parapet envahi, le canon encloué. Les canonniers du bastion luttent corps à corps avec les Gascons. La mêlée est effroyable.

Les colonnes atteignent le chemin de ronde.

Devant elles se dresse la vieille enceinte avec sa grosse tour, qui fait feu sur les assaillants par toutes ses meurtrières.

L'entassement est fabuleux dans ce chemin de ronde. C'est une cohue invraisemblable. On se pousse, on se heurte. Les enseignes en loques s'accrochent aux fers des hallebardes. Les troupes sont sourdes à la voix des chefs. Mille cris confus s'échappent de toutes les poitrines. Qu'attend-on?... Les meurtrières vomissent un feu d'enfer.

Le colonel général fait un signe de l'épée. Le silence se rétablit. Les soldats se massent à droite et à gauche de la tour.

Une explosion épouvantable se fait entendre.

Parmi ces hommes, entassés les uns sur les autres, il se produit instinctivement une poussée énorme. Les piques heurtent les piques. Les armures se choquent, et les jurons ne cessent qu'au moment où la tour chancelle sur ses bases et s'entr'ouvre, montrant aux yeux une large trouée.

Le chemin de ronde qui touche à la tour est bouleversé.

La mine vient de sauter.

« En avant! »

Et le chemin de ronde écoule ses trois colonnes par la trouée.

La seconde enceinte est violée comme la première

Des flots humains pénètrent dans la seigneurie.

En un clin d'œil, les rues sont envahies, les maisons occupées, les carrefours balayés, après vingt assauts furieux que l'opiniâtreté des défenseurs transforme en tueries véritables.

Point de quartier! Tue! Tue!

Le vide se fait devant les attaquants.

La nuit survient sans calmer l'ardeur de la bataille. Les uniformes se confondent dans l'éclat blafard de la lune.

Les Piémontais, les Suisses et les reîtres s'emparent des tours et des courtines de l'est. Dix pétardiers font sauter le pont-levis et la

herse. Tout ce qui résiste est livré à la hache et massacré sans miséricorde.

« Au château, mes enfants ! » s'écrie le colonel général qui marche
au milieu des gendarmes.

Et la colonne, électrisée par son exemple, presse le pas, croise les
épées et les piques, et donne tête baissée sur les gens de la seigneurie,
qui se retirent lentement, en incendiant les maisons.

La tour oscilla...

Mais c'est à la colonne de droite que se joue la grosse partie, avec
les Gascons, les Navarrais et les intrépides soldats de la Champagne.

De Frontignac marche en avant, enflammant les siens de sa parole
ardente et vibrante, frappant d'estoc et de taille, à la manière des
joueurs d'épée, et criant :

« A qui lous Gascouns. Sarraïs a ellos ! [1] »

Et alors la course devient du vertige. Les Navarrais serrent ; les

1. Traduction : Ici sont les Gascons. Serrez sur eux !

joueurs d'épée serrent. Seuls, les Champenois, calmes et disciplinés, protègent les derrières de cette colonne qui s'en va à l'aventure avec une insouciance magnifique. L'enceinte ouest est occupée, ainsi que la partie intacte du bastion.

La lune s'efface par degrés et l'aube se lève...

La seigneurie tout entière appartient aux gens de messire Claude-Absalon de Beautru.

Tout ce qui n'est pas prisonnier, mort ou blessé, s'est réfugié dans le château, cette dernière citadelle. Le colonel général, qui a couché dans son armure, est au centre de la seigneurie, entouré de son mestre-de-camp, du capitaine des mineurs et de quelques officiers auxquels il dicte ses ordres suprêmes.

Puis il envoie un héraut au château.

Le parlementaire heurte à la porte.

« Qui va là? fait une voix du dedans.

— Messire de Beautru, colonel général du roi, demande à parler aux gens du château.

— Attendez. »

L'œil et l'oreille au guet, le parlementaire attend la réponse.·

Le château est silencieux.

Le conseil de l'échevinage est réuni dans la salle basse du donjon. Un morne abattement se lit sur tous les visages.

Monseigneur Le Lorrain de Jorat se tient debout, dans ses armes de combat. Il se découvre d'un geste de résignation sublime, et, s'adressant au conseil, qui est là, tête nue et la mort dans l'âme : « Messieurs, l'honneur est sauf. Dieu l'a permis. L'ennemi, témoin de votre courage, voudra honorer sa victoire en vous faisant grâce de la vie. Quant à moi, je ne sortirai pas d'ici. Allez dire au parlementaire que son maître peut achever son œuvre. »

L'arrêt était irrévocable et fut notifié au parlementaire, qui le porta à la connaissance du colonel général.

« Mon cher capitaine, dit ce dernier en se tournant vers messire l'Ingéniour, rendez-moi le service de faire sauter la porte du château. »

Bientôt la porte volait en éclats.

Or, pendant que messire l'Ingéniour se disposait à exécuter l'ordre du colonel général, le conseil de l'échevinage s'était groupé autour de monseigneur Le Lorrain de Jorat.

« Messieurs, plutôt la mort que la honte! Je vous dis adieu, ou mieux au revoir dans un monde meilleur. »

Le préau du donjon était envahi. On entendait les soldats du roi rendus furieux par cette résistance endiablée.

Monseigneur Le Lorrain de Jorat s'approcha d'un coffret de fer scellé au mur de la salle basse. Il en souleva le couvercle, alluma tranquillement une mèche et dit simplement :

« Réfugions-nous dans la mort, puisque vous ne voulez pas survivre à votre seigneur. C'est le port le plus sûr, après l'orage. Messieurs, permettez-moi d'adresser ma dernière pensée à la prisonnière de messire de Beautru. Adieu, noble épouse! Messieurs, encore adieu! »

Il leur tendit alors sa main loyale comme une épée, présenta la mèche au coffret de fer et s'écria :

« Vive la seigneurie de Jorat! »

La tour du donjon, bouleversée jusque dans ses assises, oscilla un moment et s'abîma dans un nuage de poussière, avec un fracas épouvantable.

Quand le colonel général apprit l'héroïque folie du chef de la seigneurie, il fronça le sourcil, ôta son chapeau et dit à son entourage :

« Messieurs, voilà un grand exemple. On vous a tracé le chemin

du devoir. A l'occasion, vous saurez y marcher d'un pas ferme. Mais
ce rare courage nous commande la générosité envers les vaincus.
Allez, et qu'on cesse le pillage. Vive le roi ! Vive la France ! Messieurs,
nous voici au quinzième jour de juin. Nous faisons honneur à notre
promesse. »

XVI

.

Ouvrons le journal de messire Sbrigati.

Nous y trouverons, au dernier feuillet, le mot de la fin de ce siège oublié.

« La seigneurie tombe le quinzième jour de juin 15.. et rentre définitivement sous la juridiction royale.

« Le camp est levé le septième jour de juillet de la même année 15...

« La prisonnière de messire de Beautru ne peut pas survivre à son seigneur et maître Le Lorrain de Jorat, et se poignarde le jour même où elle apprend la fin tragique de son époux.

« Dieu ait son âme !

« Messire Marolles se lamente de n'être qu'un simple capitaine des charrois.

« Messire Requiem quitte l'intérim et rentre dans la vie privée.

« Martingale s'enfonce plus que jamais dans la lecture des *Stratagèmes*.

« Je rentre à Ornans le huitième jour de juillet de l'an 15...

« Ainsi soit-il !

« Sont morts à la tranchée et à l'assaut :

« Les capitaines Serpolette, Trombetta, Lecca, Arcizac, Mendoza y Guevera y Avilar, et Schufter ; plus de deux mille quatre cents soldats.

« Que la terre leur soit légère !

« Ne parlons pas des blessés. Ils guériront, s'il platt à Dieu !

« On ne rit guère à l'échevinage d'Ornans.

« Oui, la guerre est divine ! »

FIN

LE SECRET DU FER

LE SECRET DU FER

I

Il y a deux ou trois milliers d'années, on aurait vainement cherché dans l'île que nous appelons aujourd'hui la Cité les monuments qui lui donnent maintenant un aspect à la fois si riant et si grandiose.

Comme de nos jours l'île était circonscrite par les deux bras de la Seine, la Séquana, ainsi que l'on disait alors, et affectait déjà cette forme allongée dans le sens du courant qu'elle a toujours conservée depuis. Seulement, dans ces temps reculés, les flots coulaient librement sur leur lit de vase et d'herbes marécageuses, sans que personne ait jamais eu la pensée de les emprisonner entre deux hautes murailles destinées à en réfréner les sinistres fantaisies. Aussi, comme ils s'en donnaient par moments ! A la moindre crue, ils franchissaient leurs rives et s'en allaient au loin inonder les forêts qui s'étendaient sur une grande profondeur à droite et à gauche de leur cours habituel.

Il eût, d'ailleurs, été bien difficile, sinon impossible, de construire des digues et des quais, à une époque où les Parisii, ne connaissant pas le fer, ne possédaient aucun des outils ni des ustensiles nécessaires pour l'exécution de semblables travaux.

Tout, du reste, était à l'avenant. Pour demeures, les heureux habitants de ces riches contrées se contentaient de simples enveloppes de branchages entrelacées, clayonnées, comme on dirait aujourd'hui, autour de longs et forts piquets, profondément enfoncés dans le sol à des distances assez rapprochées pour en assurer la solidité. Toutes se ressemblaient par la forme et ne différaient que par la grandeur.

De semblables murailles, on s'en doute, ne garantissaient pas grandement leurs propriétaires ni du vent, ni de la pluie, ni du froid ; aussi, pour les rendre imperméables, remplissaient-ils les vides avec de la mousse, et enduisaient-ils ensuite les surfaces d'argile convenablement délayée dans de l'eau. Au centre, un piquet, plus élevé que ceux du pourtour, soutenait une toiture en chaume qui, s'appuyant sur quelques branches transversales, allait, en s'inclinant, rejoindre le mur extérieur qu'elle dépassait d'une longueur uniforme.

Les Parisii, depuis peu de temps seulement établis sur les eaux de la Seine, avaient déjà l'esprit vif et le parler facile ; ils étaient hardis, entreprenants, aimaient avec passion la liberté, et auraient défendu jusqu'à la mort leurs tours d'osier. Mais personne ne songeait à leur faire la guerre ; leur cité était trop bien gardée par la Séquana et par les marais qui en bordaient les deux rives.

Cette situation au milieu des eaux lui avait fait donner le nom de Lutèce, de Leuth ou Luik, qui, en celte, veut dire eau et marais.

Peuple essentiellement chasseur, pêcheur et pasteur, les Parisii n'avaient aucune notion d'agriculture. Ils combattaient les animaux féroces, réfugiés en nombre considérable dans les vastes forêts qu'arrosait la Séquana, avec des pieux, des masses de pierre, des flèches armées de silex aigus, et n'en possédaient pas d'autres pour attaquer les tribus voisines, lorsqu'elles leur portaient ombrage.

« Il y a quelque chose de noir au centre. »

Quand une querelle survenait, tous les hommes valides de la cité marchaient sous les ordres du chef qu'ils s'étaient donné, et les plus vaillants se reconnaissaient au nombre de têtes ennemies suspendues, comme trophée, autour de leur demeure.

De toutes les tours d'osier, il n'en était pas, au moment où commence ce récit, de plus surchargée de ce sinistre ornement que celle de Rémos, le vaillant chef des Parisii ; des crânes à demi desséchés, enfilés dans des cordages de plantes aquatiques, formaient de hideuses guirlandes qui étalaient leurs funèbres festons tout autour de la porte de sa demeure.

Ces emblèmes de mort, malgré leur lugubre caractère, ne semblaient, cependant, produire aucune impression sur deux jeunes gens, un garçon et une fille, qui riaient à gorge déployée en se lutinant. Ils étaient frère et sœur, et, contre l'ordinaire, bien que jumeaux, il n'existait entre eux aucun point de ressemblance. Autant Mélys, la jeune fille, était grande, forte et belle de cette beauté plantureuse qui annonce la pureté de race, autant son frère Taskos était pâle, délicat et frêle.

Il avait en hauteur la tête de moins que sa sœur, semblait plus jeune qu'elle de trois ou quatre années ; et cependant c'était lui qui la taquinait : il lui avait, en plaisantant, arraché des mains un sagum qu'elle s'occupait à décrasser dans de l'eau de saponaire et s'enfuyait en la narguant.

« Sois donc raisonnable, Taskos, lui criait la fillette, en cessant de le poursuivre ; tu sais bien que c'est le sagum de notre père : il est tout couvert de taches, et si je ne le lui rends pas propre ce soir, il sera tellement irrité que je n'oserai jamais affronter sa colère. »

Mélys avait pris un air tellement sérieux en prononçant ces dernières paroles que Taskos, suspendant sa course folle, rendit aussitôt à sa sœur le vêtement qu'il lui avait dérobé. C'était une longue blouse de toile, en tout semblable à celles que portent encore aujourd'hui nos paysans et nos ouvriers.

« C'est bien réellement le sagum de notre père ? interrogea le jeune homme, dès que Mélys eut repris son travail. Alors pardonne-moi, petite sœur, j'aurais été, tu le sais bien, au désespoir si je t'avais fait gronder... Je croyais que c'était pour ce méchant Bélawy que tu te donnais tant de peine.

— Et quand même c'eût été le sagum de notre frère aîné, riposta la chère enfant, était-ce donc une raison pour m'empêcher de le lui nettoyer?

— Non, sans doute; mais il est si orgueilleux, si brutal, il se moque si souvent de ma petite taille et de mon peu de force, que je n'aurais pas été fâché de lui voir porter un vêtement souillé.

— Oh ! que c'est mal ! Taskos ; le méchant, c'est toi ; si Bélawy m'avait battue, c'est toi qui en aurais été cause.

— Le fait est qu'il ne se prive pas de te maltraiter, et presque toujours sans motif. Ah ! si j'étais le plus fort...

— Assez sur ce sujet, mon ami. Tu sais bien qu'il ne fait pas bon parler mal de notre grand frère... Ah ! malheureuse que je suis, j'oubliais qu'il m'avait ordonné de lui préparer du sébum. S'il ne le trouve pas fait à son retour... je suis sûre d'être fortement rudoyée par lui.

— Il a donc une raison pour se faire beau, ricana Taskos, puisqu'il veut rougir sa chevelure. Sans doute, ajouta-t-il, en prenant d'un air moqueur une pose inspirée, il va aller réciter une triade sur la montagne, et désire se présenter à nos druides sous son plus bel aspect.

— Que tu es donc mauvais ! petit garnement ; tu sais, tout comme moi, que Bélawy ne fréquente guère les écoles et qu'il est loin d'avoir pour l'étude autant d'amour que tu en as. »

L'enfant rougit de bonheur en entendant sa sœur bien-aimée lui

adresser ce compliment ; sa modestie s'en effaroucha, et il se hâta de
changer le sujet de la conversation.

« Où sont donc, demanda-t-il, tous les amis de notre frère ?

— Pendant que tu étais ces jours derniers sur la montagne, ils
ont eu une longue conférence avec lui, puis tous se sont armés et
ils ont remonté le cours du fleuve pour gagner la Matrona (la
Marne) et pouvoir tomber à l'improviste, pendant la nuit, sur Meldi
(Meaux).

— Encore une expédition ! murmura le jeune Gaulois à voix
basse ; du sang ! toujours du sang ! Quand donc cesserons-nous d'en
teindre la terre de nos douces contrées ?

— Encore ton rêve d'enfant, mon doux ami, lui dit Mélys en souriant. Je doute fort, hélas ! qu'il puisse jamais se réaliser. En attendant des jours plus heureux, viens m'aider à passer de la cendre à· la
claie, afin que je puisse confectionner mon sébum.

— Volontiers, mais à une condition : tu ne le diras pas à Bélawy.
Il serait trop fier de savoir que je me suis occupé de lui.

— Tu es vraiment incorrigible, Taskos, et je ne sais réellement
pas pourquoi je t'aime autant que je le fais.

— Essaye de ne pas m'aimer... je te mets au défi.

— Vaniteux ! »

Et Mélys, tout en continuant à causer et à plaisanter, avait étendu
sur un buisson, pour le faire sécher, le sagum de son père. On
y voyait bien encore quelques taches, mais à l'impossible nul
n'est tenu, et la pauvre enfant avait fait de son mieux pour les
enlever.

Pendant que Taskos soutenait horizontalement la claie, sa sœur
répandit sur ce tamis primitif une partie du contenu de son baquet,
puis, à eux deux, ils l'agitèrent vivement en tous sens. Une poussière
fine les entoura bientôt ; Mélys la recueillit dans un vase de terre, et

on continua l'opération jusqu'au moment où toute la cendre fut passée.

Taskos, toujours curieux, examinait un à un tous les objets demeurés sur le tamis, puis s'amusait à les lancer au loin, quand il s'était aperçu qu'ils ne présentaient aucun caractère particulier.

Tout à coup l'enfant suspendit son jeu, et sa physionomie devint sérieuse.

« Vois donc! Mélys, dit-il d'un air surpris à sa sœur, un morceau de terre desséchée qui est plus lourd que de la pierre !... Pèse un peu.

— C'est en effet bien extraordinaire, » répondit la jeune fille.

Puis, considérant ce fragment de plus près :

« Ne dirait-on pas ajouta-t-elle, qu'il y a quelque chose de noir au centre ?... Casse donc la terre avec un caillou et regarde toi-même. »

La terre brisée s'émietta, mais le noyau résista et ce fut la pierre qui se laissa entamer.

« Qu'est-ce que ce peut bien être ! dit Taskos tout rêveur; il me semble n'avoir jamais rien vu de pareil. »

Et, comme sa sœur l'appelait dans l'intérieur de la maison, il déposa l'objet à la porte d'entrée, afin de pouvoir le retrouver au besoin.

C'était un singulier appartement que celui que contenait le panier d'osier de nos pères. L'intérieur n'en était pas précisément des plus élégants.

Pour parquet, de la terre battue ; pour sièges, de grosses pierres plus ou moins mal équarries ; pour lits, des peaux de bêtes sauvages roulées dans un coin. Point de meubles, point d'armoires, peu ou

presque point d'ustensiles de cuisine ; mais, en revanche, des pierres
plus élevées que les autres pour remplacer les crédences, et de longs

« Le sagum de notre père que la tempête emporte ! »

tibias de bœufs ou de chevaux fichés dans la muraille pour y suspendre
les armes, les vêtements et aussi les viandes salées ou fumées, mises
en réserve pour la mauvaise saison.

Au centre de la tour, à peu près au-dessous de l'endroit où la toiture formait le sommet du cône, se trouvait le foyer. Cette cheminée primitive était garnie, sur trois de ses quatre côtés, de hautes pierres destinées non seulement à maintenir la flamme et à diriger la fumée vers le trou pratiqué à la partie supérieure du toit, mais encore à supporter les marmites.

Ce fut dans un superbe vase de bronze à demi rempli d'eau que Mélys jeta ses cendres. Elle activa le feu et le liquide ne tarda pas à bouillir. La jeune fille obtint ainsi un bain de potasse dont elle augmenta la force en renouvelant à plusieurs reprises la même opération avec la même eau versée, chaque fois, sur des cendres nouvelles. Elle prépara ensuite un lait de chaux qu'elle ajouta à sa lessive et replaça le mélange sur les pierres du foyer pour le maintenir chaud.

Bélawy pouvait maintenant arriver et se teindre les cheveux : son sébum était prêt.

Tous ces préparatifs avaient demandé du temps; il se faisait tard et il fallait songer au repas. C'était encore Mélys qui était chargée de l'apprêter. Dans un bassin elle mit de la graisse de porc et l'approcha de la flamme pour la faire fondre, puis elle s'en alla vaquer à d'autres travaux.

Taskos, de son côté, ne demeurait pas oisif : assis sur un bloc de pierre, il s'occupait à affiler des morceaux de silex pour en faire des haches, des couteaux et des fers de lance.

Les deux enfants étaient tellement absorbés par leur travail que ni l'un ni l'autre ne s'étaient aperçus que le temps venait tout à coup de changer.

Le radieux soleil qui, durant une grande partie de la matinée, avait échauffé l'île de la Seine, s'était couvert d'un voile épais ; et les nuages qui accouraient de tous les points de l'horizon s'amassaient, profonds et noirs, au-dessus des tours d'osier de l'*oppidum*.

Bientôt le tonnerre gronda, un vent impétueux s'éleva, et de larges gouttes de pluie tombèrent si serrées qu'en moins d'un instant la ville fut inondée.

« Le sagum de notre père que la tempête emporte !... » cria tout à coup la voix désespérée de Mélys. Et la jeune fille s'élança à la recherche du malheureux vêtement.

II

BÉLAWY. — KATH; SES EXPLOITS. — SAGUM ET SÉBUM. — ENCORE LE SAGUM. — HEUREUSE INVENTION. — LES SULFIS ET LES SULEVAES. — L'APPARITION. — BELIZA; ÉTENDUE DE SES CONNAISSANCES; DEUX EXEMPLES A L'APPUI. — LE TÉLÉGRAPHE NATUREL JUGÉ PAR SES APPLICATIONS. — LA COQUETTÈRIE FÉMININE NE PERD JAMAIS SES DROITS.

Il était temps de s'en occuper. Roulé par l'ouragan comme un navire en détresse, l'infortuné sagum courait les plus incroyables bordées : tantôt s'élevant dans les airs, semblable à un oiseau capricieux, il voltigeait à droite, voltigeait à gauche, allait du nord au midi, pour revenir au nord, en passant par l'orient ; tantôt rasant le sol, il léchait les pierres et s'accrochait aux épines des buissons, au risque d'y laisser la meilleure partie de lui-même. De guerre lasse, et comme fatigué de tant d'activité, il finit, à la grande satisfaction de la pauvre Mélys, par échouer au milieu d'une flaque d'eau bourbeuse, dans laquelle il disparut à moitié.

Malgré la pluie qui continuait à tomber à torrents, les éclairs et les éclats de la foudre qui lui causaient une frayeur indicible, la courageuse enfant fut assez maîtresse d'elle-même pour courir après lui, le saisir et, une fois reconquis, pour le rincer dans les eaux de la Seine.

C'était merveille ! Il n'avait aucune déchirure.

Tremblante et aussi mouillée que le sagum, Mélys revint à la tour d'osier et l'étendit devant le foyer. Bientôt une vapeur blanche s'élevant de toute la surface de la toile annonça qu'elle commençait à sécher.

L'accident était réparé, mais il était sans doute écrit que, dans le cours de cette néfaste journée, le sagum subirait tous les outrages. Encore quelques instants, et il ne resterait plus trace de son vagabondage, quand une meute glapissante, hurlante, aboyante fit irruption dans la demeure du noble Rémos.

C'était Bélawy qui revenait victorieux de son expédition guerrière. Nos pères s'étaient, pour les combats, créé, dans les énormes chiens de la Gaule, de redoutables auxiliaires. Ils les lançaient contre l'ennemi au moment de la mêlée ; et il était bien rare que ces terribles animaux ne portassent pas avec eux le carnage, la terreur et un irrémédiable désordre.

Bélawy (en celte, envahisseur, dévastateur) avait un nom bien approprié à son caractère. Le fils aîné de Rémos était le fléau de toutes les tribus voisines, et ne les laissait jamais en repos.

Convoitait-il un sagum nouveau, un vase d'airain, une arme : il convoquait ses amis, rassemblait ses chiens, et l'expédition n'était jamais différée. C'était surtout aux Meldes qu'il s'en prenait, et Meldi (Meaux), leur capitale, avait plus souvent qu'elle ne l'aurait voulu l'honneur de sa visite.

De tous ses chiens, Kath, le chef de la bande, était à coup sûr le plus intraitable ; né d'un loup et d'une chienne, il avait le pelage de son père, comme il en avait aussi l'œil sanglant, les crocs pointus et les instincts carnassiers. Bélawy adorait Kath, mais le terrible animal inspirait à Mélys la plus incorrigible des terreurs.

En le voyant entrer, elle poussa un cri de détresse, qui se transforma en un cri de désespoir quand elle entendit son pot de sébum, poussé irrévérencieusement par le turbulent métis, tomber avec fracas dans la graisse de porc en fusion. Mais là ne devait pas s'arrêter le désastre : les pieds de Kath s'embarrassèrent dans les plis du sagum, et le vase de graisse, déjà si maltraité, fut à son tour culbuté, arrosant de son contenu la toile du précieux vêtement.

C'en était fait ! Comment jamais oser le présenter à Rémos, lui qui tenait à son sagum comme à un objet encore peu répandu et que les chefs seuls possédaient ?

Mélys était immobile, pleurant et se désespérant.

Bélawy riait de sa déconvenue et caressait le chien, qui semblait tout fier de son exploit.

Quant à Taskos, au premier cri de douleur, il était accouru près de sa sœur et s'efforçait de la consoler.

« Cours vite le remettre à l'eau, chère amie, disait-il en relevant le sagum... peut-être ce nouveau malheur peut-il être encore réparé. »

Mélys suivit le conseil de son frère ; mais il était facile de voir qu'elle n'avait pas confiance dans ce nouveau lavage pour faire disparaître les énormes taches faites par ce mélange de graisse, de potasse et de chaux qui souillaient si complètement le vêtement de son père.

Taskos, lui non plus, n'en avait guère. Il fallait cependant tout tenter pour sortir d'embarras, et le rinçage était le procédé le plus simple à essayer.

L'indifférence de Bélawy pour le chagrin de sa sœur prouvait une fois de plus combien son cœur était égoïste et méchant ; car il ne pouvait pas ignorer les dangers auxquels la mauvaise humeur de Rémos allait exposer la malheureuse enfant.

13

Chez les Parisii, le père de famille avait droit de vie et de mort sur sa femme, ses fils et ses filles. Or un sagum était un objet de grand prix et qu'il n'était pas facile de remplacer. Dans ces temps où l'industrie de nos pères était à peine dans son enfance, la conquête d'un semblable vêtement ou d'un simple ustensile d'airain se faisait au prix du sang. Un pauvre sagum tout usé avait son histoire, sans cependant qu'on pût jamais savoir au juste sur quel point du monde il avait été confectionné. Celui que l'infortunée Mélys frottait avec acharnement dans les eaux de la Seine était un présent d'un druide, qui le tenait d'un voyageur étranger venu du pays où le soleil avait plus de force et d'ardeur que dans le nord de la Gaule.

L'enfant savait combien son père y tenait ; aussi ses alarmes étaient-elles des plus grandes.

Tout à coup elle s'arrêta étonnée, puis poussa une joyeuse exclamation.

« Taskos !... Taskos... viens donc voir.

— Qu'y a-t-il, petite sœur ?

— Regarde ! »

Taskos, qui n'avait fait qu'un bond pour rejoindre sa sœur, se pencha vers elle.

Les mains de Mélys étaient plongées dans une mousse blanche, si légère et si douce que les plis de l'étoffe glissaient mollement les uns sur les autres sans raideur ni difficulté.

« Quelle ravissante mousse ! s'écria Taskos saisi d'admiration, en soulevant, dans ses deux mains unies, un peu de l'eau savonneuse. C'est aussi blanc que de la neige et moins lourd encore que de la fumée ? »

Puis, ramené à la réalité par un geste de sa sœur :

« Le sagum a-t-il beaucoup souffert ? »

Melys rinça le vêtement, le tordit et l'étendit sur la grève.

O merveille ! toutes les taches avaient disparu, même celles qui

Mélys était immobile, pleurant et se désespérant.

avaient résisté aux précédents lavages : on eût dit que le sagum était neuf.

L'enfant ne pouvait en croire ses yeux.

« Les Sulevaes n'auraient pas mieux fait, » dit-elle. Et elle s'arrêta en contemplation devant son œuvre.

Les Sulfis, au masculin, les Sulevaes, au féminin, étaient, pour nos superstitieux ancêtres, des génies gais, aimables, familiers ; gardiens du foyer domestique, ils poussaient la complaisance jusqu'à faire, pendant la nuit, le service de la propreté des maisons dont ils étaient les protecteurs, et y rétablir l'ordre.

Mélys avait une grande affection pour les Sulevaes ; mais, il faut le dire à sa louange, elle ne leur laissait rien à faire, si bien que celles qui gardaient les tours de Rémos pouvaient, à bon droit, se vanter de jouir d'une véritable sinécure.

Le frère et la sœur ne se lassaient pas d'admirer la blancheur du grossier tissu de chanvre ; mais bientôt leur attention fut attirée vers le milieu du fleuve.

Un gracieux et léger radeau flottait sur les eaux de la Seine redevenue tranquille, portant une jeune femme vêtue de blanc et dont les longs cheveux surmontés d'une couronne de verdure ondulaient en boucles soyeuses jusqu'au-dessous de la ceinture.

Rien de plus suave et de plus poétique que cette apparition. Ce radeau était un ravissant assemblage de feuillages tendres et délicats parsemés de fleurs champêtres ; des outres de peau gonflées d'air le soutenaient à la surface des flots, qu'il semblait à peine effleurer. Sa marche n'était pas rapide, mais elle était sûre. Pour naviguer, la jeune femme n'employait ni rame ni gaffe ; un long rameau d'arbre vert était le seul engin dont elle faisait usage. Elle rebattait l'eau alternativement à droite et à gauche avec des inflexions de corps si peu sensibles qu'on eût pu croire que le radeau s'avançait animé par la seule volonté de son pilote.

« Ma tante Béliza ! dit tout à coup Mélys radieuse.

— Notre tante Béliza ! » répéta Taskos non moins rayonnant que sa sœur.

Béliza, sœur de Rémos, appartenait à l'ordre des druidesses. Toute jeune encore, elle s'était vouée aux dieux et à l'étude ; mieux que personne, elle connaissait la vertu des simples ; mieux que personne, elle découvrait et récoltait sur les montagnes aussi bien que dans les parties les plus sauvages de la forêt l'halus qui guérit les blessures, l'exacuon qui purifie le corps, la vela qui endort les douleurs.

Presque aussi savante qu'un ovate, druide médecin, professeur et astronome, comme eux, elle connaissait les formules qu'il fallait prononcer pour soulager les malades.

Une personne était-elle affligée de maux d'yeux, Béliza arrachait en entier une touffe de mille-feuilles, la faisait tourner en cercle devant le patient en lui disant :

« Regarde au travers de ce cercle mobile et répète par trois fois : Ext-ci-cu-ma-crio-sos. »

S'il n'était pas aussitôt guéri, c'est qu'il y mettait de la mauvaise volonté.

Pour un orgelet, elle couvrait l'œil malade avec trois doigts de la main gauche, crachait trois fois en répétant trois fois aussi : Rica-rica-soro. »

Qu'on ose prétendre maintenant que le nombre trois n'est pas béni des dieux.

Si ce moyen ne réussissait pas, elle en tenait un autre en réserve, plus infaillible encore ; elle prononçait les mots : Kuria-kuria-kar-saria-sou-ror-bi.

Et tout était dit.

C'était donc une femme précieuse que Béliza ; aussi chacun l'aimait et la vénérait. Mais personne ne lui était plus attaché que sa nièce Mélys et son neveu Taskos.

Après la mort de leur mère, événement qui remontait déjà à une époque éloignée, elle avait pris soin de leur enfance et les avait ensuite élevés, leur donnant cette instruction et cette éducation qui les avaient faits meilleurs et plus humains que les autres enfants de leur âge, auxquels ils étaient supérieurs en toutes choses.

Les deux jeunes gens firent à leur tante, dès qu'elle fut à même de les apercevoir, une foule de signes plus expressifs les uns que les autres.

Ils voulaient dire :

« Tante, réjouis-toi ; nous venons de faire une heureuse découverte. »

Béliza les comprit si bien qu'elle répondit aussitôt dans le même langage, et qu'ils devinèrent parfaitement qu'elle leur disait :

« Tout à l'heure, mes enfants, vous me conterez l'affaire. »

Dès qu'elle eut touché le rivage, ils lui montraient le sagum éclatant de propreté, l'eau blanchâtre dans laquelle il avait été lavé et que le sable retenait encore prisonnière, et la jolie mousse blanche qui était demeurée à sa surface ; puis ils lui expliquèrent la manière dont les choses s'étaient passées.

Taskos alla chercher le reste du sébum mélangé à la graisse entièrement refroidie ; Béliza en enduisit ses mains, les baigna dans l'eau, puis les frotta l'une contre l'autre.

La mousse apparut bientôt et la sœur de Rémos sentit tout à coup la surface de ses mains devenir si douce, si douce... qu'elle en demeura toute surprise.

Pour être druidesse, on n'en est pas moins femme et la coquetterie ne perd jamais ses droits.

Non seulement la peau était douce, mais elle était devenue blanche, blanche comme la peau d'un enfant.

« Vous aviez raison, mes enfants ; c'est une découverte que vous venez de faire là... il ne faut pas qu'elle soit perdue ! Taskos, tu porteras ce mélange à Séronydd, ton savant professeur, et tu lui diras ce qu'il peut entendre. Qui sait le parti qu'il en tirera ! »

Ils discouraient encore sur les phénomènes obtenus avec ce nouveau sébum, quand leurs méditations furent tout à coup troublées par le bruit d'un rassemblement qui se faisait sur la place.

III

Devant l'habitation de Rémos, s'étendait un vaste espace libre
ombragé par des ormes centenaires. C'était la place, lieu habituel des
réunions de toute nature. Elle était entourée de demeures semblables
à celle du chef des Lutéciens, et formait un précieux appendice à ces
étroites habitations.

En ce moment, sous celui des ormes dont le feuillage était le plus
épais, des hommes de tous les âges étaient réunis ; ils discutaient
bruyamment et se passaient de main en main un objet qui semblait
leur causer un grand étonnement. Ils n'en avaient jamais vu de semblable.

C'était une longue et forte cheville à tête ronde, une sorte de bou-
lon, qui avait dû servir à rassembler et à unir étroitement entre elles
deux poutres de bois. Elle était lourde, plus lourde que la pierre,
dure, froide au toucher et d'une couleur brun foncé tirant, en quelques endroits, sur le rouge sombre.

Chacun l'avait examinée avec le plus grand soin sans cependant que personne ait osé se prononcer.

« Ce doit être une pierre, dit enfin un des plus âgés de la bande, autrement que voudriez-vous que ce fût? »

Mais il était facile de comprendre, rien qu'à la façon dont ces paroles étaient dites, que le vieillard avait parlé plutôt pour forcer la discussion à s'engager que pour affirmer une opinion personnelle.

« Une pierre! s'écria tout aussitôt un autre, celui qui tenait la cheville dans sa main, une pierre! mais tu n'y as donc pas touché?... rien qu'à son poids tu ne t'y serais pas mépris.

— Et sa dureté! tu ne l'as pas remarquée non plus? interrompit un troisième personnage, elle raie la pierre et... tiens! elle la brise aussi, ajouta-t-il, en frappant avec la cheville un morceau de grès qui vola aussitôt en éclats.

— Ce n'est pourtant pas du bois, reprit le premier interlocuteur; le bois ne laisserait pas dans la main ce sentiment de fraîcheur que j'éprouve en la touchant.

— Du bois! compère, du bois! tu n'y crois pas plus qu'à la pierre! Où penses-tu donc que puisse pousser l'arbre qui produit de telles branches!... Du bois! »

Et de l'extrémité de la cheville il frappa légèrement l'omoplate du malheureux qui recula de quelques pas en se frottant l'épaule.

« Eh bien! qu'en dis-tu, firent les plaisants en riant aux éclats, penses-tu encore que c'est du bois?

— Pierre ou bois... je ne sais pas; mais ce que je sais, c'est que si j'avais le bonheur d'en posséder quelques morceaux tels que celui-ci, personne ne pourrait se vanter d'avoir des armes comparables à celles que je me fabriquerais. »

C'était l'opinion générale.

Taskos s'était approché des causeurs, pendant que sa tante et sa sœur étaient respectueusement demeurées à l'écart, l'usage chez les Gaulois ne permettant pas aux femmes de se mêler à la société des hommes.

En voyant son frère s'avancer, Bélawy toujours narquois, mais qui connaissait assez la supériorité d'instruction de l'enfant pour la redouter, ne manqua pas de chercher à le déconcerter par une apostrophe railleuse.

« Ah! voilà le savant Taskos, le favori des druides, le phénomène des écoles!... Daignera-t-il au moins nous éclairer de ses lumières, et nous dire quelle est la substance de cette cheville? Est-ce dans les hauteurs du ciel, sur la surface de la terre ou dans la profondeur des eaux que nous pourrons la trouver? Place à Taskos!... Place à l'envoyé des dieux! »

Cependant Taskos ainsi interpellé ne se troubla pas; toute la tribu le connaissait et rendait justice à son savoir; le bonhomme ne l'ignorait pas... Que lui importait alors la sotte plaisanterie de son aîné?

On lui passa la cheville, il l'examina d'abord avec surprise et curiosité, la tourna et la retourna en tout sens, la pesa et la soupesa, écorna son ongle contre les aspérités de sa surface... puis, la rendant à Bélawy :

« Si je [ne me trompe pas, affirma-t-il, c'est dans les entrailles de la terre qu'il faut chercher.

— Oh! oh! cria-t-on de toutes parts, où as-tu jamais rencontré pierre pareille? »

Bélawy criait plus haut que les autres; il aurait été si heureux de pouvoir humilier son frère.

L'enfant s'éloigna de quelques pas, ramassa au pied de la porte de la hutte de son père le détritus qu'il y avait déposé quelques heures auparavant.

« Voilà, dit-il, un objet que nous avons trouvé ce matin, ma sœur

et moi, dans les cendres de notre foyer. Il est lourd, il est dur et son
contact est froid. Voyez vous-mêmes s'il ne présente pas les mêmes
propriétés que la substance dont est faite cette cheville. »

Chacun se précipita vers Taskos. Tous voulaient examiner à la fois.
Seul Bélawy demeura à l'écart. Il se contenta d'envoyer à son frère un
sourire hautain et dédaigneux, accompagné d'un regard qui ne pro-
mettait rien de bon.

Bélawy était un vaillant guerrier, toujours à la tête de la jeunesse
lutécienne ; jusqu'à ce jour son influence n'avait jamais été ni con-
testée, ni contre-balancée par aucun autre ; et certes il ne s'attendait
pas à ce que l'objet qu'il avait si laborieusement conquis et dont il
était si fier serait pour son frère l'occasion d'un triomphe. Aussi
éprouva-t-il une violente colère, quand il entendit tout à coup les jeunes
et les vieux s'écrier avec enthousiasme !

« L'enfant a raison ! L'enfant a raison !... c'est bien la même substance !... Vive Taskos ! longue vie à notre jeune savant !

— Hurt ! (bûches stupides), vociféra l'envieux en s'emparant de la
cheville, hurt ! » et, arrivé au paroxysme de la fureur, il courut à sa
demeure où il lança au loin l'objet du litige. Gagnant alors la partie
la plus obscure de la tour, il s'assit sur une pierre ; et, le visage caché
dans ses mains, se mit à songer aux vicissitudes de la grandeur
humaine et aux soudaines variations de la faveur populaire.

Des larmes de rage emplissaient ses yeux, mais il était trop orgueilleux pour les laisser voir ; aussi fut-ce d'un mouvement brusque qu'il
écarta la main qui venait de s'appuyer doucement sur son épaule.

C'était sa tante Béliza, dont la tendresse s'était effrayée de la con-
traction des traits de son neveu, et qui tentait de le consoler.

« Qu'as-tu donc, mon ami, pour te montrer aussi courroucé et fuir
ainsi la société de tous tes compagnons ? »

Au son de cette douce voix, Bélawy leva la tête et, honteux de sa
faiblesse, il détourna les yeux.

Rien de plus poétique que cette apparition.

« Les ingrats! je leur apporte un trésor et c'est à... à... à ce stupide enfant qu'ils en rapportent toute la gloire!

— Pourquoi parler ainsi, Bélawy? ne serais-tu pas le premier satisfait, si, grâce au savoir de ton frère, vous pouviez, dans quelques mois, avoir tous des armes supérieures à celles que vous possédez en ce moment?

— Mon frère!... c'est pour m'enlever tout l'honneur de ma conquête qu'il a parlé... Mon frère! Il sait bien que, pas plus que moi, pas plus que les autres, il ne connaît la clef de ce mystère.

— Ton frère t'aime, Bélawy; s'il a parlé, c'est dans un intérêt général, et tu dois lui en savoir gré... Tu n'en demeureras pas moins le promoteur de la découverte.

— Promoteur!... Ce n'est pas assez pour moi! Vous savez, ma tante, si jamais j'ai marchandé mes services, si jamais je me suis refusé à être utile à qui m'en priait, si jamais je me suis épargné... Quelqu'un des nôtres désirait-il un androméda (habit de peau), un sagum, une lance; je m'armais aussitôt pour aller le conquérir chez nos voisins, et il ne m'est pas arrivé une seule fois de revenir sans l'avoir rapporté. Que de fois j'ai exposé ma vie pour conquérir des bascaudas (vases) d'airain et même de pauvres bascaudas de bois à ceux qui en manquaient..... Hier encore, ne les ai-je pas conduits à Meldi (Meaux), où chacun d'eux a fait main basse sur tout ce qui lui a plu, pendant que moi, moi leur chef, je me contentais pour ma part du butin d'un objet curieux que possédait le roi Lino..... Et voilà qu'aujourd'hui ces gurdi (hommes sans esprit et sans cœur) au lieu de me savoir gré de ma modération, s'empressent d'acclamer un Taskos, parce que cet avorton s'est imaginé que cette chose inconnue se trouve dans la terre..... En attendant qu'ils soient parvenus à fabriquer de semblables chevilles, que ceux qui en veulent aillent les chercher là où j'ai pris celle-ci, ce n'est pas moi qui les guiderai... Gurdi! Gurdi!! Gurdi!!!

« — Calme-toi, mon enfant ; un jour viendra où ils te rendront justice... n'ont-ils pas besoin de toi ?

— S'ils ont besoin de quelqu'un... qu'ils s'adressent à Taskos.....
qu'ils le prennent pour chef... Les imbéciles ! Je saurai bien, moi, me
passer d'eux.

— Voyons ! mon Bélawy, sois bon et montre-moi l'objet qui a
causé tout cet émoi, que je l'examine à mon tour..... Qu'en as-tu
fait ?

— Dans ma colère, je l'ai en rentrant ici lancé je ne sais où ; il
doit être quelque part sur le sol. »

En se levant, le jeune guerrier promena nonchalamment son
regard autour de lui.

« Ah ! il est tombé dans le feu ! Tant pis pour lui s'il s'y con-
sume..... Qu'il demeure intact ou se détruise... que m'importe ? Je
n'en ai plus cure maintenant. »

Cependant, en présence de l'ardent désir que témoignait la druidesse de voir de plus près sa conquête, il se reprit à l'aimer et, s'approchant du foyer, il la considéra avec attention. La partie plongée
dans la flamme était d'un rouge aussi vif que celui des troncs d'arbres
qui se consumaient, tandis que l'autre extrémité avait conservé sa
couleur naturelle.

« Mais..... c'est du bois ! s'écria la prêtresse.

— Si c'était du bois ! ma tante, il y a longtemps qu'il serait con-
sumé, » répondit Bélawy.

Et pour mieux constater la vérité de son assertion, il saisit la cheville à pleine main, par sa partie noire..... La douleur qu'il ressentit
aussitôt lui arracha un hurlement et, pour se venger, il frappa la cheville à coups redoublés avec une masse de granit que Taskos avait
laissée près de la cheminée.

O surprise ! Chaque coup donnait une forme nouvelle à la partie

incandescente ; elle s'aplatissait, s'allongeait, se courbait suivant la
direction des coups, puis elle la conservait en se refroidissant.

Ce phénomène était si nouveau pour le jeune homme qu'il en
oublia sa blessure. De son côté, Béliza ne perdit rien de ce travail ;
et, bien qu'elle fût instruite, elle ne put en tirer aucune conséquence.

« Il faut, mon ami, aller trouver Séronydd, le plus savant de nos
eubages, lui seul pourra te renseigner sur la découverte. »

IV

A cette époque reculée, les deux rives de la Seine n'étaient pas
encore défrichées : les Parisiens ne se doutaient pas de ce que c'était
que cultiver la terre, et, ignorant complètement les ressources qu'ils
en pouvaient tirer, laissaient à la nature son entière liberté. L'eau
s'amassait péniblement dans les marais situés à droite et à gauche
du lit du fleuve, et les arbres les plus vigoureux, mais aussi les plus
inutiles, empiétaient, de jour en jour, sur les étroites prairies qui nour-
rissaient les troupeaux.

C'était surtout sur les sommets que se trouvaient les forêts les plus
épaisses, et les beaux jardins du Luxembourg aussi bien que la montagne Sainte-Geneviève formaient la ceinture d'un immense bois
sacré, qui, tout autour de la ville, couvrait la plus grande partie du
territoire.

Sur le versant occidental de la montagne, à peu près à l'emplacement où se trouve aujourd'hui le milieu de la rue Soufflot, on avait
creusé quelques cavernes qui servaient de demeure à trois prêtres

d'Ésus, de Teutatès, de Tanaris et du fameux Dis Pater, ce dieu inconnu, immortel et immatériel, créateur de tous les êtres animés.

Ces quatre divinités principales n'étaient pas les seules auxquelles nos pères adressaient leurs hommages. Ils en adoraient une infinité d'autres d'un rang moins élevé, et dont ils imploraient l'intervention spéciale, suivant les divers besoins qu'ils ressentaient. Ils honoraient, en outre, les forces de la nature, les fleuves, les montagnes, les forêts..... Les grands hommes qui leur avaient rendu d'éminents services étaient rangés parmi les divinités subalternes. Au nombre de ces derniers, celui qu'ils tenaient le plus en honneur était un certain Ogmios, fondateur d'un grand nombre de villes et guerrier redouté. Il avait, par son courage, anéanti les plus terribles ennemis, qui, de par la légende, étaient devenus des monstres mythiques : c'était l'Hercule gaulois. Mais, comme on lui devait aussi l'invention de l'Ogham, sorte d'alphabet gaélique formé de brindilles, de branches d'arbres et de plantes entrelacées de manière à représenter des caractères, il était devenu le dieu du génie, de l'intelligence et de l'étude chez les Gaulois, qui, suivant Caton, savaient parler aussi finement que se battre avec vaillance.

S'il est vrai qu'il y ait sur terre des lieux prédestinés, notre montagne Sainte-Geneviève en est, à coup sûr, un des plus caractérisés. Déjà, à cette époque, elle était le sanctuaire de la science. La forêt qui la recouvrait était consacrée à Ogmios. C'est sous ses voûtes de verdure que le barde Talieusin chantait aux enfants de Lutèce les chroniques de leur histoire ; que l'eubage Séronydd leur enseignait les premiers éléments des sciences naturelles, pendant que le vieux Chydonax initiait l'élite de ces jeunes intelligences aux mystères profonds de la sagesse, de la haute morale et des conceptions les plus élevées de la philosophie druidique.

Le clergé gaulois était divisé en trois classes : les druides proprement dits en formaient la caste supérieure ; réputés pour leur science et leur vertu, ils gouvernaient la Gaule, dirigeaient les affaires religieuses, accomplissaient les sacrifices et donnaient à la jeunesse la partie la plus savante de son instruction. Ils décidaient, en outre, de toutes les contestations publiques ou privées, jugeaient les crimes, tranchaient les procès et décernaient souverainement les peines aussi bien que les récompenses.

A ces prêtres professeurs, juges et censeurs, se joignaient les eubages ou ovates, qui, astronomes, physiciens, géomètres, devins et médecins, enseignaient aux enfants les premiers principes de la science.

Venaient en dernier lieu les bardes, chantres et historiens, qui entretenaient dans le cœur de nos pères l'héroïsme et l'amour de l'indépendance.

La main de ces prêtres avait pétri l'âme et l'esprit de nos ancêtres; ces bouillants courages, ces superbes orgueils se fondaient comme cire molle sous les doigts sacrés qui les maniaient, et, grâce à l'omnipotence sacerdotale, toutes les fractions des tribus éparpillées sur le vaste territoire formaient une unité politique, lorsqu'il s'agissait de défendre le pays contre un ennemi commun.

En ce moment, Chydonax, Séronydd et Talieusin n'étaient pas entourés de leurs élèves; l'heure des classes et des études était passée, et libres de leur temps, les professeurs se délassaient en se livrant à de profondes méditations et à de savantes discussions.

. Le druide Chydonax, un beau vieillard à barbe blanche, dont l'œil n'avait rien perdu de sa vivacité, tenait à la main la cheville qui avait si cruellement échaudé les doigts de Bélawy et l'examinait attentivement en la comparant au détritus que lui avait remis Taskos, pendant que le barde Talieusin allumait un grand feu et que l'eubage Séronydd se perdait dans ses réflexions.

« Eh bien! Séronydd, dit enfin le druide, vous pour qui la nature n'a pas de secrets, vous semble-t-il comme à Taskos qu'une semblable substance puisse se trouver dans la terre?

— C'est ma conviction, répondit modestement l'eubage; mais je puis d'autant mieux me tromper que l'action du feu a tellement altéré la nature primitive de cet objet qu'il serait difficile de le reconnaître, si on le trouvait dans le sol.

— Parfaitement raisonné... ce doit être un métal, un métal inconnu parmi nous, mais que d'autres peuples plus heureux ont pu se procurer. J'ai un vague souvenir que les hommes qui habitent le pays du soleil, et chez lesquels on arrive en marchant toujours vers la direction qu'indique l'astre bienfaisant au milieu du jour, ont fabriqué des objets semblables à celui-ci.

— Il doit en effet venir de chez eux, puisque, suivant le dire de Talieusin, on l'a trouvé sur les bords du grand fleuve qui coule vers le pays du soleil. N'est-il pas vrai? mon frère, ajouta l'eubage en s'adressant au barde. »

Talieusin, après avoir jeté sur le feu qui commençait à flamber une brassée de branchages, s'approcha timidement de ses supérieurs.

« C'est des bords de l'Arar (la Saône) que Lino l'a rapporté.

— Fort bien, » dit Chydonax, en faisant de la tête un signe presque imperceptible et plein de majesté, que le barde considéra comme un congé.

Retournant à son foyer, il en activa la combustion.

« S'il en est ainsi, reprit le druide, il serait utile d'envoyer un des nôtres vers ces contrées éloignées, afin qu'il pût y surprendre et en rapporter le secret de cette découverte. Avez-vous, mon fils, parmi vos disciples un sujet auquel on puisse confier une mission aussi délicate ?

— Taskos est mon meilleur élève, répondit Séronydd.

— Le second fils de Rémos ! Je le connais ; il me semble d'une bien faible constitution pour pouvoir entreprendre un tel voyage.

— Il est faible, c'est vrai, mais il est plein d'énergie et de courage.

D'un autre côté, sa petite taille et sa constitution délicate seraient peut-être un gage de succès. Personne ne se méfiera de lui.

— C'est la vérité, » repartit le druide.

Puis, après quelques instants de silence :

« C'est demain, ajouta-t-il, que les jeunes gens de la tribu doivent venir essayer la ceinture. Quand Taskos paraîtra, recommande-lui de venir me parler. »

V

LA CEINTURE SACRÉE. — LES SOUCIS DE TUCÉTA. — L'ÉPREUVE.
— TOR! — L'ESPRIT DOMINE LA MATIÈRE

Belliqueux par goût, au moins autant que par nécessité, le peuple
gaulois faisait de la guerre sa profession privilégiée et du maniement
des armes, tout imparfaites qu'elles fussent alors, son occupation
favorite.

Avoir une belle attitude guerrière, se conserver longtemps valide et
dispos, n'était pas seulement un point d'honneur pour nos ancêtres;
c'était encore une nécessité. Sans cesse contraints de lutter contre les
fauves habitants des forêts, aussi bien que contre des voisins avides et
rapaces, qui, dans l'impossibilité de se procurer par le commerce ou
l'industrie certains objets nécessaires, se les adjugeaient au nom du
droit du plus fort, ils devaient toujours être prêts à combattre.

Il n'est donc pas surprenant que l'agilité, la force et la souplesse
fussent placées sous la protection de la foi religieuse, puisque conserver ces précieuses qualités constituait un devoir sacré. Aussi, à certains intervalles de temps réglés par les druides, les hommes jeunes
d'une cité venaient-ils mesurer le tour de leur taille sous l'œil vigilant et impartial de ces chefs à la fois politiques, militaires et reli-

gieux ; et malheur aux oisifs ou aux intempérants qui dépassaient la limite de la corpulence officielle !

Le soleil venait à peine de se lever, que déjà la bruyante jeunesse de Lutèce se trouvait rassemblée sous les ormeaux.

Quelques-uns, les plus vaillants, étaient vêtus de sagums enlevés à des vaincus ; d'autres portaient le béart, cape épaisse semblable à celles dont s'enveloppent encore aujourd'hui les pâtres des Pyrénées ; mais la plus grande partie n'avaient pour se couvrir que de simples bénos, vêtements faits avec des peaux d'animaux tués à la chasse. Les coiffures étaient, pour le moins, aussi variées que les costumes ; cependant le kweh, sorte de calotte en forme de couronne, dominait.

Toute cette jeunesse était belle à voir et les vieillards avaient bien le droit d'être fiers de leur descendance ; aussi, avec quelle joyeuse complaisance ils se montraient les uns aux autres ces tailles souples et élevées, ces larges épaules, ces poitrines profondes, ces muscles saillants, et comme ils se plaisaient à admirer ces physionomies gaies, ouvertes, spirituelles et malignes ! car la malice était déjà, à cette époque, un des traits caractéristiques de la race de laquelle nous descendons.

Un seul, parmi tous ces beaux jeunes gens, semblait singulièrement agité. C'était un grand diable de vingt-cinq à trente ans. Il dépassait de la longueur de la tête tous ses compagnons, et augmentait encore la hauteur de sa taille par l'élévation de sa coiffure. Il ne portait cependant ni kweh ni kallaïd, autre façon de bonnet, mais bien sa propre chevelure teinte du plus beau rouge et ramenée en masse épaisse sur le sommet de la tête.

Animé par la colère, ce colosse devait avoir l'air terrible ; en ce moment où il semblait, au contraire, atteint d'un profond découragement, il n'était que grotesque.

« Eh bien, mon pauvre Tucéta, lui cria d'aussi loin qu'il l'aperçut le malicieux Bélawy, es-tu enfin parvenu à te dégonfler ? »

Tucéta, qui signifiait « viande de porc farcie », était un surnom
que ses camarades avaient donné au géant, en raison de son robuste
appétit ; et, comme, au demeurant, c'était bien l'homme le plus doux
et le moins susceptible de la tribu, il n'avait pas songé à s'en for-
maliser, si bien que le nom lui en était resté.

A l'apostrophe de Bélawy, Tucéta leva tristement les yeux vers le

« Ce doit être une pierre, » dit le plus âgé de la bande.

ciel, comme pour le prendre à témoin de son malheur et sa physionomie devint encore plus chagrine.

« Hélas ! non, répondit-il d'une voix rogue... Depuis plus de huit
jours, je jeûne sans pouvoir m'amincir... je ne puis cependant pas me
laisser mourir de faim !

— Et... si tu ne peux pas mettre la ceinture ?... » En ce moment, le
son retentissant du karnon, trompette de corne, donna le signal du départ.

Les jeunes gens, rangés, deux par deux et formant une longue file, traversèrent sur des radeaux le bras gauche de la Seine, gagnèrent la rive, et, par un étroit sentier, se dirigèrent vers l'emplacement sur lequel est aujourd'hui construit le palais du Luxembourg. Un espace découvert assez étendu y avait été ménagé. C'était là qu'aux jours de fête on se réunissait pour les sacrifices ; c'était également là que Séronydd et Talieusin instruisaient leurs disciples.

Taskos s'était, par modestie, placé au dernier rang, et Tucéta qui, ne pouvant pas se soustraire à l'épreuve, cherchait, du moins, à en retarder le moment, s'était posté à côté de lui, sans s'inquiéter du contraste qu'allait produire sa haute taille mise en parallèle avec l'exiguïté de celle du second fils de Rémos.

Ils furent cependant bientôt, l'un et l'autre, en butte aux plaisanteries de tous leurs compagnons... Les lazzis tombèrent sur leurs épaules dru comme grêle au printemps, et pas un quolibet ne leur fut épargné... Ils sortaient de toutes les bouches avec une telle vivacité et un tel entrain qu'un étudiant de nos jours eût pu se croire, sans trop d'imagination, en plein quartier latin.

Taskos en riait, mais le pauvre grand Tucéta en souffrait plus qu'il ne voulait le laisser paraître.

Séronydd et Talieusin étaient depuis longtemps à leur poste, assis sur un fagot de branchages, le seul siège portatif que connussent les Gaulois de cette époque. Près d'eux, étaient étendues sur le gazon ou suspendues aux rameaux d'un jeune arbre plusieurs ceintures dont la longueur était proportionnée à la hauteur de taille de ceux qui devaient les ceindre, les plus courtes étaient pour les plus petits.

Le défilé commença, et chacun reprit autant de gravité que le comportait cette importante cérémonie.

Tous les impétrants, après avoir été mesurés, reçurent leur certificat de sobriété : car pas un n'avait atteint la grosseur réglementaire au delà de laquelle il devait être refusé.

Le tour de Taskos arriva. Le frère de Mélys ne redoutait pas l'épreuve, et il avait raison ; la ceinture adaptée à sa taille était trop large d'au moins un bon tiers. Il pouvait encore grossir impunément. Mais le pauvre Tucéta n'eut pas le même bonheur : il eut beau s'étendre, s'allonger, retenir son souffle, prendre toutes les poses imaginables, faire toutes les contorsions possibles, le barde et l'eubage, malgré toute la bonne volonté qu'ils y mirent, furent bien loin de pouvoir joindre les deux bouts de l'étroite lanière de cuir.

« Tor ! » (ventru), lui dit avec colère Séronydd indigné.

« Tor ! Tor ! » vociférèrent en chœur les camarades, malgré tout le respect que leur inspirait la présence de leurs maîtres vénérés, « Tor ! » et ils accompagnèrent ces clameurs de gestes et de grimaces que n'aurait certes pas dédaignés la moderne gaminerie parisienne.

Tucéta, irrité et incapable de se modérer plus longtemps, leva et abaissa soudain si rapidement ses énormes sourcils que toute sa rouge crinière en fut agitée. En même temps son honnête physionomie prenait un caractère de sauvage férocité qui ne lui était pas habituel... Tout le monde se recula... et le cercle s'agrandit encore quand on vit la main robuste du géant s'abattre sur le petit arbre aux branches duquel étaient suspendues les ceintures, l'arracher sans effort, puis le brandir en guise de massue ; mais à cette simple démonstration devait se borner la fureur du malheureux ; Taskos s'approcha de lui, le saisit par le bras et, l'entraînant en dehors de la foule silencieuse, le calma par quelques affectueuses paroles.

C'était vraiment merveille de voir l'influence qu'exerçait le pygmée sur le géant. En ce temps-là l'esprit dominait déjà la matière.

VI

RENTRÉE A LUTÈCE. — TASKOS DEMEURE AVEC L'EUBAGE. — TUCÉTA LUI TIENT COMPAGNIE. — EN ROUTE POUR LA MONTAGNE. — CHYDONAX DANS SA DEMEURE. — LE CORBEAU AUGURE.

Quand il comprit que personne n'avait plus rien à redouter de la colère de Tucéta, Taskos se disposa à reprendre son rang, pour retourner en compagnie de ses camarades à Lutèce, où la journée devait se terminer par des jeux et un festin. Déjà il s'était éloigné de quelques pas quand Séronydd l'interpella.

« Ne te hâte pas ainsi de nous quitter, mon fils, lui dit-il ; j'ai besoin de m'entretenir pendant quelques instants avec toi.

— Si tu ne rentres pas avec moi, interrompit le géant tout ému... Je ne rentre pas non plus. Je n'ai pas envie de m'exposer de nouveau aux quolibets de ces vermisseaux, ajouta-t-il d'un air de mépris ; il pourrait m'arriver d'en écraser quelques-uns sans le vouloir, et peut-être le regretterais-je après. »

« Tor ! » cria un des jeunes gens les plus éloignés du colosse, et qui savait bien que Tucéta ne s'en prendrait pas à lui... « Tor ! »

« Tor ! Tor ! » hurlèrent tous les autres.

« Tu vois ! » dit l'hercule, en brandissant, mais cette fois avec plus de découragement que de colère, son arme primitive.

« Reste alors et attends-nous ici, lui répondit l'eubage, dans l'esprit duquel venait de surgir une idée. Peut-être aurais-je aussi à te parler. »

C'était le commencement d'une belle journée d'automne ; le soleil s'était levé radieux, et ses premiers rayons, traversant la brume du matin, donnaient à la légère vapeur des tons irisés et chatoyants ; le feuillage des hêtres et des noisetiers commençait à jaunir ; seules, quelques feuilles roussies et d'autres qui semblaient rougir de vieillesse se détachaient sur le fond encore vert des chênes et des sapins. Au pied des arbres, la violette et la fraise, cachées à demi sous de longues traînées de mûriers sauvages, de lierre et de pervenche, essayaient de fleurir.

Séronydd et Taskos écrasaient sans pitié ces courageuses enfants des bois qui, trompées par la douceur du soleil d'octobre, se croyaient arrivées au printemps. Ils gagnaient par le chemin le plus court la demeure de Chydonax.

Jamais l'élève de l'eubage ne s'était approché du sanctuaire dans lequel se retirait le druide quand il voulait être seul. Être admis dans cette demeure était une si grande faveur que, depuis qu'il avait l'âge de raison, Taskos n'avait jamais entendu dire qu'elle eût été accordée.

Quand il fut arrivé au milieu de la montée, il fut saisi d'un tremblement craintif ; ses yeux étaient baissés et ses jambes le portaient à peine. Il s'attendait à l'apparition de quelque mythe monstrueux propre à le glacer d'effroi. On ne pouvait entrer dans la demeure d'un druide comme sous la tour d'un simple guerrier.

Quelle ne fut donc pas la surprise de l'enfant, quand il aperçut Chydonax simplement assis sur un quartier de rocher, près de l'entrée de la grotte qu'il habitait.

Le vieillard était vêtu d'une longue robe blanche ; à sa ceinture pendait un lourd chapelet d'ambre. Devant lui, dans un vase profond rempli d'eau, flottait, à la surface du liquide, un objet singulier que Taskos ne put d'abord parvenir à distinguer. Il avait la forme d'une pomme de moyenne grosseur ; sa substance était dure et blanchâtre ; des fibres et des excroissances semblables à des tentacules le recouvraient.

Emboîté dans un mince cercle d'or garni d'un petit anneau par lequel il pouvait être suspendu, cet objet bizarre était le fameux œuf de serpent, tout à la fois symbole mystérieux et talisman sacré.

Un jeune corbeau apprivoisé était perché sur une branche, tout à côté du vieillard. La peau d'une anguille fraîchement dépouillée entourait le corps de l'oiseau, de manière à empêcher ses ailes de se déployer. Le prisonnier, rendu furieux par la pression de cette entrave, cherchait à s'en débarrasser ; ses coups de bec avaient déjà entamé assez profondément le lien ; encore quelques efforts et la peau de l'anguille allait être déchirée.

Séronydd plaça Taskos de telle façon que le corbeau se trouva précisément au-dessus de la tête de l'enfant. Effrayé par la vue d'un étranger, l'oiseau livra une dernière et vigoureuse attaque à la peau qui tomba aux pieds de l'élève de l'eubage, tandis que lui, désormais libre de ses mouvements, s'envolait dans les airs en faisant entendre un cri de joie et de délivrance.

VII

À LA CONQUÊTE DU GRAND SECRET. — L'ITINÉRAIRE. — LE
COLLIER D'AMBRE. — ANNWIN. — ABRED. — GWYNFYD. —
CEUGANT. — L'ŒUF DE SERPENT.

L'oiseau tourna longtemps, en traçant des cercles et des spirales,
puis finit par s'élancer vers le midi. C'était, sans doute, un pronostic
de bonheur, car les visages des deux prêtres s'épanouirent aussitôt.

« Le ciel est avec nous ! s'écria Chydonax radieux. Viens, mon fils ;
tu es l'élu des Dieux. Écoute ce que je vais t'ordonner en leur nom.

Taskos s'agenouilla à demi aux pieds du vieillard, dans l'attitude
de l'obéissance.

« Mon fils, dit le druide, d'une voix qui sembla au frère de Mélys
plus douce que le plus mélodieux concert, de tous les enfants de Lutèce
tu es celui qui a été le plus assidu à nos leçons et qui les a le mieux
comprises ; tu sais tout ce qu'on peut savoir à ton âge, et, profitant
de nos conseils, tu as forcé ton intelligence et ta sagesse à devancer
le nombre de tes années. »

Taskos, confus de tant d'éloges, ignorant complètement ce qu'on
attendait de lui, inclinait son front jusque dans la poussière.

« Aussi, continua le vieillard, Séronydd et moi avons pensé à te confier une mission aussi délicate qu'elle est importante et pour l'accomplissement de laquelle il te faudra développer autant de savoir que de ruse et d'audace.

« Des deux objets qui nous sont venus hier de la tour de Rémos, l'un est la conquête de ton frère ; l'autre, c'est toi qui l'as découvert. Nous les avons l'un et l'autre consciencieusement examinés et nous avons reconnu qu'ils ont une origine commune ; c'est la même matière sous deux formes différentes. Cette matière nous est malheureusement inconnue, et c'est le hasard qui l'a fait tomber entre tes mains, tandis que d'autres peuples savent la trouver et la travailler.

« Après avoir recueilli nos souvenirs et nous être mutuellement éclairés, Séronydd et moi, nous avons interrogé les Dieux, et tout nous fait en ce moment supposer que ce sont les habitants du pays du soleil qui sont les heureux possesseurs du grand secret. Va donc vers eux, mon fils, étudie leur science, leur art, leurs procédés, et lorsque tu n'auras plus rien à apprendre, reviens parmi nous pour nous enseigner ce que tu auras vu, entendu ou surpris. Si tu réussis, et tout nous dit que tu réussiras, tu seras le bienfaiteur de notre contrée.

— Mon père, vous n'avez pas d'enfant plus dévoué que moi. Ordonnez, je suis prêt à vous obéir.

— Bien ! mon fils, te voilà tel que je te souhaitais... Tu iras donc au pays du soleil.

— J'irai ; mais qui m'en indiquera le chemin ?

— Au milieu du jour tu observeras de quel côté vient la lumière, et tu marcheras constamment dans cette direction.

— Et si le soleil est caché par des nuages ?

— Si le soleil est caché par des nuages, tu briseras une branche d'arbre et tu examineras de quelle manière le bois s'est développé

Tucéta.

autour de la moelle ; du côté du soleil du milieu du jour, il sera plus épais que de celui des vents froids. Au reste, les oiseaux voyageurs te serviront de guides. Nous sommes arrivés aux jours où ils émigrent, et comme ils fuient le froid, le sens de leur vol indiquera où se trouve le pays fortuné vers lequel je t'envoie. Et maintenant, mon enfant, pour que tu sois certain de pouvoir mener à bonne fin une aussi longue entreprise, il te faut une protection spéciale des Dieux. Je vais donc te remettre en leur nom deux talismans dont la vertu est infaillible. Prends d'abord ce collier d'ambre, ajouta le vieux druide en détachant de sa ceinture celui qu'il portait, et le remettant à Taskos, dont les mains tremblantes avaient peine à le saisir ; il éloignera de toi les maladies, la mort, te fera surmonter tous les dangers du voyage et te tirera des mauvais pas dans lesquels tu pourrais te trouver engagé. »

Et comme le jeune Gaulois s'inclinait pour le remercier :

« Attends, mon fils, et écoute-moi encore pendant quelques instants. »

Saisissant alors l'œuf de serpent :

« Passe à ton cou ce gage symbolique de l'éternelle rénovation de tout ici-bas ; il te rappellera nos mystères. En le contemplant, tu te souviendras d'Annwin, d'Abred, de Gwynfyd et de Ceugant. Répète-moi, mon enfant, l'explication de ces termes, afin que je m'assure une dernière fois que tu as bien compris notre doctrine. »

Taskos rougit visiblement ; était-ce par embarras, timidité, ou bien était-il humilié qu'on mît en doute son savoir ?.... Dès qu'il eut repris son assurance :

« Ces mots, dit-il, désignent des cercles concentriques. Dans Annwin qui occupe le centre et par conséquent est le plus petit, errent pendant un certain temps les germes de tous les êtres animés, âme et matière. Ces germes passent ensuite dans Abred qui est le monde où nous vivons et y sont livrés à la lutte engagée entre le bien et le mal. Quand le courage et la vertu triomphent, l'âme immortelle passe dans Gwynfyd, cercle du bonheur, et ne perd ni les connaissances acquises, ni la mémoire du passé. Si, au contraire, l'âme s'est abandonnée aux vices et aux instincts bas, elle perd la mémoire pour retomber dans Annwin, et recommencer une nouvelle existence. Quand au grand cercle Ceugant, il n'est accessible à aucun être humain et est réservé, dans son étendue infinie, à la puissance divine, à l'immatériel et immortel créateur de l'univers.

— Très bien! mon fils, très bien! dirent simultanément les deux prêtres, ravis du savoir du jeune homme.

— Tu es digne de posséder l'œuf de serpent, ajouta Chydonax d'une voix émue, et je suis heureux de m'en être défait en ta faveur. Jamais jusqu'à présent je n'avais consenti à m'en séparer : car il me sera probablement impossible de m'en procurer un autre, mais aussi jamais semblable occasion ne s'était encore présentée. Je ne le regrette donc pas. »

Et comme la physionomie de Taskos manifestait une violente curiosité, le druide s'empressa de continuer :

« Durant l'été, poursuivit-il, on voit se rassembler, dans certaines cavernes, des serpents en si grande quantité qu'on ne saurait en supputer le nombre. Ils se mêlent, se tordent, s'entrelacent et, de leur salive jointe à l'écume que suinte leur peau, ils produisent cette espèce d'œuf. Lorsqu'il est parfait, ils l'élèvent et le soutiennent en l'air avec leur haleine. C'est le moment de s'en emparer ; il faut le saisir au vol avant qu'il ait touché la terre. Celui que je viens de te remettre a été pris par un des nôtres. Plein de foi et de courage, il ne craignit pas de se dissimuler dans l'anfractuosité du rocher ; il attendit longtemps. Dès que l'œuf fut terminé, il le recueillit sur un linge d'une blancheur de neige, sauta à cheval et s'enfuit à toute bride, poursuivi par toute la phalange des serpents. Heureusement, une rivière coulait non loin de là, il la traversa et fut sauvé. L'œuf était parfait ; tu as vu, Taskos, comme il surnage au-dessus de l'eau malgré le cercle d'or massif dont il est entouré. Porte-le donc avec confiance, mon fils, il te facilitera la réussite de toutes les entreprises et t'ouvrira un libre accès auprès des rois et des chefs de toutes les tribus.

« Et maintenant, pars, mon enfant, que les Dieux te soient favorables, le vieux Chydonax pensera souvent à toi. »

VIII

LA RÉSOLUTION DE TUCÉTA. — DÉPART. — DÉSESPOIR DE MÉLYS.

Pendant que Taskos et l'eubage reprenaient le chemin qu'ils avaient suivi pour se rendre chez Chydonax, Séronydd s'efforçait de donner quelques derniers conseils à son élève de prédilection.

« Ne parle à personne, mon ami, de la mission que nous venons de te confier ; père, frère, sœur, tous doivent l'ignorer. Pars donc tout de suite sans les revoir, pars sans rentrer dans Lutèce.

— M'éloigner sans prendre congé d'eux... Est-ce d'un bon fils ? est-ce d'un bon frère ? et les Dieux ne m'en voudront-ils pas d'une telle ingratitude ? De grâce, que je puisse seulement les rassurer sur mon absence !

— Les Dieux dont la volonté nous est connue, en ont ordonné autrement, repartit laconiquement l'eubage, sois prêt à leur commandement, aujourd'hui comme toujours, si tu tiens, après la mort, à passer dans le glorieux Gwynfyd. »

Cet argument était sans réplique ; le pieux enfant se soumit sans murmurer, mais son cœur était gros : il avait peine à contenir ses larmes. Le sacrifice dut plaire aux divinités, car c'en était réellement un terrible.

Dès que le maître et le disciple eurent gagné le pied de la montagne, ils aperçurent Talieusin tenant attachés à une longue corde deux vigoureux chevaux près desquels étaient couchés un couple de chiens de race bretonne ; Tucéta, debout et immobile, considérait d'un œil mélancolique ces superbes animaux. Le colosse tenait encore à la main l'arbre dont il s'était armé dans un moment de colère. On eût dit qu'il conservait une prudence défensive.

« Tucéta, dit Séronydd, en lui prenant la main, crois-tu sérieusement pouvoir désormais vivre heureux parmi les Parisiens qui t'ont si maltraité ce matin? Ne seras-tu pas toujours pour eux Tor, Tor le Ventru? Si tu en assommes quelques-uns, et tu en assommeras, sois-en certain, ils t'appelleront Hurt (bûche, stupide), Gardas (sot, nigaud) ou Gurt (homme sans esprit, sans cœur et d'humeur chagrine). Dis, es-tu d'humeur à supporter ces injures, et ne penses-tu pas qu'un jour il te faudra t'éloigner ? »

Tucéta ne répondit que par un gémissement ; il comprenait bien que Séronydd avait raison ; mais partir, partir seul, abandonner sa famille, quitter les lieux dans lesquels son enfance s'était passée lui semblait au-dessus de ses forces.

L'eubage devina facilement le combat qui se livrait dans le cœur du pauvre géant.

« Suis mon conseil, lui dit-il, avec insistance ; pars, mon ami, pars le plus tôt possible. Ton bonheur est à ce prix.

— Pars, lui cria Taskos ravi, pars et viens avec moi. Qui sait combien de lunes durera mon absence... tu seras mon compagnon, mon ami... tu m'aideras à remplir la pénible mission qui m'est imposée... ; quand nous reviendrons, la fatigue t'aura maigri et tout le monde ici aura oublié ta mésaventure. »

Et en même temps le brave enfant lui tendait la main.

Tucéta avait pour Taskos cet attachement naturel que ressentent toujours les colosses pour les pygmées, et son affection s'était encore accrue par l'admiration sincère qu'il éprouvait pour la science et l'intelligence du petit bonhomme, lui qui n'avait jamais pu retenir deux vers de l'enseignement oral des druides. Il ne fut donc pas long à se décider.

Laissant tomber sa main dans celle de Taskos.

« Partons, dit-il, en agitant sa massue. Partons et partout où tu iras, j'irai.

— Partons, » répéta mélancoliquement le frère de Mélys, en pensant aux pleurs que la pauvre enfant allait verser quand elle ne le verrait pas revenir, et en envoyant un regard désespéré dans la direction de l'île de la Seine.

Ils se disposaient à prendre congé de Séronydd, quand l'eubage leur montrant une mule, dont chacun des deux bâts était rempli d'objets soigneusement enveloppés dans des herbes sèches :

« Pour un si long voyage, leur dit-il, il vous faut des armes, des engins de défense, des vivres. Le druide Chydonax et moi avons songé à tout ; car nous pensions bien, ce matin, que Tucéta ne te laisserait pas partir seul : vous trouverez là tout ce qui vous est nécessaire. Les chevaux vous serviront de montures, et dans ces deux chiens vous aurez en cas d'attaque de précieux auxiliaires. Chacun d'eux vaut un homme pour la force et pour le courage.

Après quelques nouvelles instructions, Séronydd embrassa Taskos, fit un signe d'amitié à Tucéta, et les deux jeunes gens s'éloignèrent en se dirigeant vers le midi.

« Souviens-toi de gagner au plus tôt les bords de l'Arar, lui cria encore l'eubage. Une fois là, tu n'aurais plus qu'à descendre les cours d'eau. »

Taskos fit un signe d'acquiescement ; puis le groupe se perdit sous l'ombrage des hautes futaies.

Longtemps encore Séronydd regarda dans la direction du midi, et il y avait déjà plus d'une heure que les voyageurs avaient disparu que l'excellent homme regardait encore.

« Qu'Ésus, Teutatès et Tanaris les protègent ! » dit-il enfin en soupirant.

Et descendant la montagne, il marcha à pas lents vers la Seine.

Le radeau était encore amarré aux deux rives. L'eubage n'avait qu'à le franchir pour entrer dans la cité. Il se garda bien de le faire ; ce jour-là, c'était jour de fête pour la jeunesse ; et le vieillard aurait craint de compromettre sa dignité en se mêlant à la foule joyeuse.

Cependant, à l'extrémité du radeau, une jeune fille se tenait pensive, éloignée des plaisirs de son âge. Inquiète, elle attendait, et les yeux fixés sur le bois sacré, elle interrogeait l'espace.

C'était Mélys, la pauvre Mélys qui de longtemps ne devait plus recevoir son bien-aimé frère Taskos.

IX

LE RHONE. — UN MONDE IGNORÉ. — A LA RECHERCHE D'UN
OPPIDUM. — LA MER INTÉRIEURE. — ARLATE, SES ENVIRONS.
— LE DÉBARQUEMENT.

La contrée vers laquelle le druide Chydonax avait envoyé Taskos ne
devait en aucune façon rappeler au cher enfant les rives de la Seine.
C'était un pays d'un aspect tout différent et dont les productions
étaient loin d'être les mêmes que celles auxquelles il était habitué ;
son maître le lui avait dit, et la curiosité bien naturelle qu'il éprouvait
à le visiter aurait seule soutenu son esprit et ses forces, si le sentiment
du devoir n'y avait pas suffi. Suivant les conseils de Séronydd, le frère
de Bélawy avait entraîné son compagnon vers les bords de la Saône ;
la route était facile et aucun incident particulier ne vint troubler la
tranquillité des voyageurs. Dès qu'ils eurent gagné le Rhône, ils
n'eurent qu'à s'abandonner au cours du fleuve moins impétueux à
cette époque qu'il ne l'est aujourd'hui, aucune digue ne contrariant sa
marche et ne l'empêchant, lorsque ses eaux étaient gonflées, de
s'étendre paisiblement dans les plaines voisines qui lui servaient de
déversoir.

Le radeau qui les portait, eux, leurs chiens et leurs précieux
outils, n'avait été ni long ni embarrassant à construire, et les chevaux

aussi bien que la mule qui les accompagnaient ne s'étaient pas fait prier pour reprendre leur liberté. Que leur importait de paître l'herbe fleurie sur les bords du Rhône ou sur ceux de la Seine? Là, pour eux, était le meilleur pays où croissaient les pâturages les plus parfumés.

A l'aube de la société naissante, les relations commerciales n'existaient pas encore; on voyageait peu. Taskos et Tucéta naviguèrent donc pendant plusieurs jours sans apercevoir d'autres créatures vivantes que les oiseaux du ciel qui battaient l'eau de leurs ailes, ou les poissons curieux qui, étonnés de la hardiesse des hommes, venaient regarder le radeau sur lequel les deux jeunes gens étaient montés.

Déjà le soleil devenait plus chaud et les arbres riverains des fleuves n'étaient plus les mêmes. Tout leur semblait nouveau dans ce monde inconnu dont la luxuriante végétation ne rappelait en rien la sévère austérité des contrées septentrionales.

Ils venaient de quitter la vallée étroite et resserrée qui, un peu au-dessus de Valence, enserre le lit du Rhône; les roches avaient fui derrière eux comme par enchantement, et le sol du rivage n'accusait plus que quelques ondulations couvertes de cultures auxquelles ils ne comprenaient rien. L'atmosphère jusqu'alors humide et nuageuse était devenue d'une clarté et d'une transparence si parfaites, que l'horizon semblait plongé dans une poussière lumineuse et rayonnante.

« Comme l'air est doux à respirer! disait le gros Tucéta en dilatant avec bonheur ses vastes poumons.

— Si je ne me sentais pas en vie, répondait Taskos, je me croirais transporté dans Gwynfyd, le cercle du bonheur, où les hommes qui ont été vertueux doivent vivre éternellement.

— Si nous nous arrêtions ici? proposa le Gaulois sensuel.

— Y songes-tu, Tucéta? L'eubage Séronydd nous a ordonné de marcher jusqu'au moment où nous rencontrerons le pays dans lequel

se fabrique l'objet que lui a apporté Bélawy. Ici, on n'aperçoit pas le
moindre oppidum. »

Ils se remirent à naviguer.

« Passe à ton cou ce gage... »

Bientôt leur radeau flotta sur une véritable mer intérieure dans
laquelle se trouvait un archipel formé de petites îles plantées de
vignes et d'oliviers, récemment importés par les Grecs. Leurs falaises
calcaires et nues couronnées de myrtes verts, de genévriers et de

16

houx sauvages étaient, de tous côtés, battues par les petites vagues du
Rhône, de la Durance et des étangs. Dans le lointain, sur un sommet
plus élevé et plus étendu, un oppidum entouré de hautes murailles se
détachait sur le ciel bleu.

C'était Arlate, aujourd'hui Arles.

Il est difficile, sinon impossible, de se former une idée exacte de la
physionomie d'une ville ancienne, si on n'étudie pas d'abord son
territoire.

Le territoire d'Arles est, à coup sûr, un de ceux qui ont le plus
varié depuis les temps historiques. La campagne d'Arles n'existait
pas alors, et la grande plaine triangulaire dont Beaucaire au nord,
Cette à l'ouest et Fos à l'est forment les sommets, était une dépen-
dance de la mer. Là où se trouvent les bouches du Rhône existait un
immense enfoncement dans lequel les vagues déferlaient contre les
falaises abruptes de Lunel, de Nîmes et de Beaucaire, contre les
chaînes rocheuses des Alpines et de la Montagnette, situées à l'est et
au nord de Tarascon.

Ce golfe avait ses îles, et à peine si le plateau d'Arles s'élevait de
quelques hauteurs d'homme au-dessus de cette zone inondée. Le
Rhône et la Durance entraient en mer au point le plus profond de la
grande courbe du rivage ; le premier un peu au-dessus de la plaine
humide qui vit tour à tour se développer les premières cabanes de
l'Aven celtique, les constructions élégantes de la colonie grecque
d'Avenis, les tours crénelées de la future Avignon des papes.

Les Lutéciens continuaient à laisser glisser leur radeau sur les
ondes de la mer intérieure.

« Quel point choisir pour débarquer? demanda Tucéta. Si nous
accostions cette île ? »

Et, d'un bras vigoureux, il enfonça sa perche pour se rapprocher
d'une verdoyante prairie dont le sol était presque au niveau des eaux.

« Pas là ! s'écria Taskos, en lui saisissant la main. Pas là ! cette terre est vaseuse, nous n'y pourrions pas prendre pied... marchons plutôt vers une côte rocheuse. »

C'était bien raisonné. Bientôt, ils aperçurent un relief plus accentué que les autres. La montagne était d'un accès difficile ; presque sur tout son pourtour elle était bordée de ravins et de précipices. Taskos et Tucéta côtoyèrent longtemps ces falaises à pic sans pouvoir trouver un lieu favorable à leur débarquement. Enfin, à la partie méridionale, ils découvrirent une petite anse dans laquelle il leur fut facile d'aborder.

« Ami, dit alors le jeune favori des druides, il faut, plus que jamais, user de prudence. N'abandonnons ni notre radeau ni nos outils ; qui sait si ces lieux ne sont pas habités et si les habitants voudront nous accueillir? Peut-être serons-nous obligés de fuir. Disposons tout pour pouvoir le faire au plus vite. »

Le radeau, solidement amarré à un tronc d'arbre par une forte corde faite de lianes tressées, fut caché sous une épaisse couche de feuillage, et les deux amis accompagnés de leurs chiens se mirent à gravir les escarpements de l'îlot.

X

KOBH ET SKO. — LE PREMIER MORCEAU DE PAIN. — RENCON-
TRE INATTENDUE. — OU IL EST QUESTION DE MASSALIA. —
PAUVRE PETITE !

La montagne était d'un accès difficile et son altitude de plus de
soixante mètres, mais la végétation s'y développait si vigoureuse et si
dense qu'il était facile de se dissimuler sous les taillis. Kobh et Sko in-
terrogeaient tous les buissons avec le flair infaillible de leur race.
Cependant rien n'annonçait que l'île fût habitée, et les deux compagnons étaient arrivés sur le plateau supérieur sans avoir rencontré la
trace d'un pied humain.

« Nous serons bien ici, dit Taskos, pour nous reposer de la fatigue
du voyage et guetter une occasion d'entrer en relations avec les habitants du pays, sans exciter leur susceptibilité ; la pêche et la chasse
suffiront amplement à nous fournir de la nourriture et bientôt,
espérons-le, Ogmios, notre protecteur, favorisera nos projets. »

Pendant que Taskos et Tucéta se rendaient compte de la configura-
tion du terrain, Kobh et Sko avaient disparu derrière un massif de
verdure ; tout à coup, ils donnèrent de la voix sans toutefois témoigner d'inquiétude. Il était évident qu'ils venaient de faire une décou-

verte à laquelle ils ne s'attendaient pas, mais cette découverte ne devait rien avoir d'alarmant ; Sko revint le premier, rapportant un objet qu'il déposa entre les mains de son maître.

« Qu'est-ce que cela? » s'écria le fils de Rémos en tournant et retournant cet objet, le flairant et enfonçant ses doigts dans l'intérieur afin de mieux l'examiner.

Sko le regardait en agitant la queue d'un air de convoitise.

« Donne-lui-en un morceau, dit Tucéta toujours pratique, nous verrons bien si on peut en manger. »

Sko happa sans cérémonie le fragment que Taskos lui jeta.

« A mon tour ! reprit vivement le colosse dont l'appétit était excité par le parfum de ce mets nouveau ; à mon tour ! donne-m'en aussi que je le goûte.

— Mais c'est délicieux ! dit-il aussitôt, et d'un coup de dent, il fit diparaître ce qui lui en restait.

— Délicieux ! ne tarda pas à dire aussi Taskos qui avait imité son ami... Tâchons de découvrir la plante qui produit un aussi excellent fruit. »

Sko, comme s'il comprenait qu'il devait servir de guide à son maître, s'empressa devant lui ; c'était merveille de le voir s'avancer sans hésitation.

Après qu'ils eurent traversé bon nombre de buissons et de taillis, les deux amis aperçurent une étroite ouverture dans le rocher, Sko s'y glissa aussitôt et le brave petit Taskos à sa suite.

D'abord il descendit par une pente assez raide, puis il se trouva tout à coup dans une grotte de forme ovale dont la voûte pouvait bien avoir deux hauteurs d'homme d'élévation. Dans un enfoncement obscur se tenait, tremblante et à demi morte de frayeur, une petite fille de dix à douze ans. Ses mains cachaient son visage et de bruyants sanglots s'échappaient de ses lèvres.

Le cœur de Taskos se serra aussitôt, il pensa à sa sœur Mélys, et des pleurs voilèrent ses yeux.

S'approchant avec douceur de l'enfant :

« Qui es-tu, chère mignonne, et pourquoi verses-tu des larmes ? »

A cette époque, la langue celtique était comprise d'un bout à l'autre de la Gaule... Taskos le savait, il s'étonnait donc que la pauvre petite ne répondît pas ; il l'interrogea de nouveau, et les inflexions de sa voix étaient si douces que la malheureuse se rassura ; elle essuya même son visage et, à travers ses mains encore fixées sur sa figure, elle regarda le jeune Celte d'un air craintif.

— Vous ne me ferez pas de mal ? dit-elle au bout d'un moment en laissant glisser ses deux bras le long de son corps.

— Du mal ! mon enfant. Je n'ai jamais fait de mal à personne.

— Cependant, les vôtres me traitaient en ennemie, et c'est à grand'-peine si j'ai pu échapper à leur haine.

— Je ne suis pas de ce pays, dit Taskos, et j'ignore ce qui s'y passe. J'arrive d'une contrée lointaine, envoyé par le druide Chydonax... vous le connaissez, probablement !

— Comment le connaîtrais-je ? Il n'est sans doute jamais venu à Massalia (Marseille), répondit naïvement la petite Massaliote à la naïve question du Lutécien.

— Qu'est-ce que Massalia ? demanda Taskos.

— Massalia ? Quoi ! vous ne savez pas ce que c'est que Massalia ?

— Je ne le sais pas.

— Mais Massalia, c'est la ville dans laquelle je suis née, une ville immense située sur le bord de la mer. Hélas ! j'en ai été traîtreusement enlevée... Pauvre père... Oh ! si j'y pouvais retourner un jour ! Quel ne serait pas son bonheur ! Lui si riche et si puissant, quelle part de sa fortune il donnerait à mon sauveur ! »

La fortune et les honneurs tentaient peu Taskos, qui ne connaissait ni le nom ni la chose ; mais il était touché de l'abandon de la frêle enfant ; son âme se déchirait en pensant que, si jeune, la pauvre petite créature était séparée de tous ceux qui pouvaient veiller sur elle et la protéger.

« Pour vous rendre à votre famille, lui dit-il en lui prenant la main, je ferai l'impossible ; mais comment se fait-il que vous soyez seule dans ce lieu désert ? »

La fillette n'avait plus peur, ses yeux étaient secs, et c'était elle maintenant qui se rapprochait de Taskos.

« C'est moi, reprit-elle, qui suis venue m'y refugier afin d'échapper à la barbarie des brigands qui s'étaient saisis de moi alors qu'un jour, en jouant sur la plage de Massalia, je m'étais égarée à la poursuite d'un papillon.

« Hélas ! c'est une étourderie qui m'a coûté cher ! Des Ligures se sont emparés de moi, m'ont transportée sur leur utriculaire, puis sont partis en m'emmenant malgré mes cris et mon désespoir. L'utriculaire volait sur les flots et en peu d'instants nous arrivâmes dans l'archipel. Alors mes ravisseurs songèrent à prendre du repos. Ils abordèrent une île voisine de celle-ci et commencèrent leurs orgies habituelles. Intempérants, comme ils l'étaient, ils burent avec excès le vin qu'ils avaient volé et furent bientôt plongés dans la plus profonde ivresse. Profitant de leur abrutissement momentané, je détachai tous les utriculaires qu'ils avaient amarrés au rivage. Je montai sur l'un d'eux et, à force de me donner du mouvement, j'abordai ici et je m'y préparais à mourir, mais à mourir libre, lorsque vous êtes arrivé ; n'espérant pas pouvoir atteindre Massalia, j'avais abandonné mon esquif au hasard des flots et du courant. Je l'ai longtemps suivi des yeux, puis je l'ai perdu de vue : il avait rejoint la flottille que le vent et la tempête emportaient vers la mer. Votre chien vient d'emporter mon dernier morceau de pain. »

Taskos ne pensait plus à l'excellent fruit auquel il avait goûté avec

Tucéta ; il écoutait l'enfant avec une profonde attention. Le sens d'une partie de ses paroles lui échappait et cependant il la laissait parler.

Qu'était-ce que le pain ? Qu'était-ce que le vin ? Qu'était-ce que l'ivresse ? Il aurait été heureux de l'apprendre, mais son amour-propre de Lutécien lui interdisait toute demande à ce sujet.

Il voulait ne pas paraître l'ignorer.

XI

EN ROUTE POUR MASSALIA. — UN POINT NOIR A L'HORIZON. —
LE KIRK ! — SEUL !

Tucéta, qui n'était pas précisément doué d'un grand fonds de
patience, trouvait que le séjour de la grotte se prolongeait d'une
manière inquiétante.

S'avançant donc vers l'étroite ouverture, il chercha à s'y faufiler,
comme il avait vu faire à Taskos ; l'opération fut laborieuse, bien que
le voyage eût déjà considérablement diminué son embonpoint. Elle
réussit cependant enfin, et, quelques minutes après, le géant se trouvait en présence de la petite Massaliote.

C'était une belle enfant à la physionomie douce, expressive, honnête, intelligente. L'hercule du Nord fut on ne peut plus surpris de
trouver son compagnon en si gentille compagnie.

La fillette était si occupée à discuter avec Taskos sur le meilleur
moyen de regagner Massalia qu'elle ne s'aperçut pas de l'entrée du
colosse.

« Je reconnaîtrai parfaitement la route, disait-elle avec assurance.
Oh ! vous pouvez vous en rapporter à moi. Est-ce que nos navires ne

suivent pas ce chemin lorsqu'ils remontent jusqu'à Avenio (Avignon), pour y porter les marchandises dont ils sont chargés. Tout le monde connaît mon père, et pas un bateau ne refusera de nous transporter jusqu'à Massalia. »

L'éloquence de l'enfant convainquit facilement le bon Taskos, et les deux Lutéciens se mirent à la disposition de la petite Massaliote. Ils se rembarquèrent donc sur l'heure, sans s'être mis en quête de l'arbre qui produisait cet excellent fruit dont le palais de Tucéta conservait un si précieux souvenir.

La plus grande partie du négoce des Grecs, fondateurs de Marseille, s'opérait par eau. Les navires pouvaient, au choix de ceux qui les montaient, descendre le Rhône en franchissant la barre, ou prendre par les étangs à travers lesquels, plus tard, fut creusé, par les soldats de Marius, le canal des Fosses mariennes.

C'était généralement cette dernière voie, la plus courte, qui était suivie.

La descente du Rhône présentait un aspect des plus imposants; l'effet était grandiose. Taskos, le rêveur et mélancolique Taskos, ne se lassait pas d'admirer la large nappe d'eau tranquille qui se développait sous ses yeux et les îles alignées comme les perles d'un collier qui semblaient remonter le fil de l'eau, en présentant à son œil ravi la verte chevelure de leurs saules et de leurs oseraies. Les oiseaux indigènes, ceux de l'Afrique et de l'Orient, s'étaient donné rendez-vous dans ces solitudes abandonnées des hommes; les flamants roses, les mouettes à la gorge argentée, les outardes et les perdrix semblaient se conter des nouvelles des contrées récemment parcourues; puis prise de joie de se revoir, toute la gent ailée formait, dans l'espace, de folles danses circulaires.

Cependant, le temps passait et le navire attendu ne paraissait pas; mais si aucune voile grecque ne se montrait à l'horizon, en revanche un petit point noir formé par un léger nuage semblait, vers le couchant, sortir des profondeurs de la mer.

L'enfant ne détachait pas les yeux de ce signe qu'elle avait l'air de considérer avec terreur.

« Qu'Ésus, Teutatès et Tanaris les protègent... »

« Le kirk ! cria-t-elle enfin, le kirk ! A terre ! Vite à terre !... à peine si nous avons le temps ! »

Tucéta, le placide Tucéta ne comprenait pas la nature du danger qui pouvait les menacer au milieu de ce calme universel et sous ce radieux soleil. Il continuait sa manœuvre sans s'inquiéter des exclamations de la petite ; mais Taskos, qui avait confiance en elle et qui la considérait comme un être supérieur, depuis qu'elle lui avait parlé de tant de choses qu'il ne connaissait pas, lui arracha les rames des mains et se mit à battre l'eau d'une façon précipitée. Le radeau se dirigea aussitôt vers une petite île rocheuse difficile à aborder ; il avait presque atteint une de ses anses quand le kirk, le fougueux, le terrible kirk éleva sa voix redoutable.

Les arbres s'inclinaient sous son souffle puissant, les oliviers et les mûriers courbèrent si profondément leurs têtes tout à l'heure immobiles, que plus d'un tronc en fut brisé. Les lagunes du Rhône n'étaient plus reconnaissables, leur surface si limpide tout à l'heure avait pris une couleur vert sombre, et leurs eaux formaient une infinité de monticules qui, poussés les uns vers les autres, s'écrasaient mutuellement pour renaître bientôt plus élevés et plus menaçants. Les flamants, les mouettes et les outardes avaient depuis longtemps cessé leurs jeux pour regagner à tire d'aile, avec des cris d'angoisse, les nids dans lesquels tremblaient leurs petits à peine éclos.

Tucéta comprenait maintenant les dangers que pronostiquait le petit point noir.

Les chiens les avaient devinés avant lui. Couchés immobiles sur le radeau, ils faisaient entendre des grognements sinistres que la voix de leur maître ne parvenait pas à calmer.

Voulant réparer le temps qu'il avait volontairement fait perdre à la frêle embarcation, le colosse multipliait ses efforts afin d'arriver à atteindre la rive. Le brave garçon avait abandonné les rames pour saisir une longue perche de laquelle il s'escrimait de son mieux ; déjà plusieurs coups heureux avaient fait faire bon chemin au radeau. Mais rien n'est traître comme une plage rocheuse : ici les dents du granit émergeaient à la surface de l'eau, tandis que là, tout à côté, se creusaient des pertuis sans fond.

Tout à coup la perche glissa sur la surface polie de la pierre et s'enfonça dans un trou. Entraîné avec elle, le malheureux Tucéta perdit l'équilibre et disparut.

Au même instant, Taskos qui n'avait rien vu poussa un cri de joie : le radeau venait d'accoster la rive.

Prestement, il sauta sur le rivage et y fixa solidement son embarcation ; puis, voyant que personne ne venait le rejoindre, il regarda et vit avec terreur que son ami et la petite Massaliote avaient disparu.

XII

LE SAUVETAGE. — THÉBÉ. — PAUVRE KOBH. — INFORTUNÉ SKO. — SANS RESSOURCES. — UN COUTEAU. — C'EST DU FER.

La tempête continuait à gronder et le ciel devenait de plus en plus sombre : car, à l'épaisseur des nuages, se joignait le crépuscule du jour sur son déclin ; seuls les éclairs permettaient de distinguer les objets.

« A moi ! cria la voix de l'enfant. A moi ! »

D'une main, la pauvre petite se cramponnait au radeau, tandis que de l'autre elle soutenait la tête de Tucéta au-dessus de l'eau.

« Prenez-le d'abord... Prenez-le vite, car il m'entraîne ; une fois seule, je saurai bien me tirer d'affaire. »

Taskos obéit sans hésitation.

Dès que la fillette fut débarrassée du lourd fardeau qui compromettait sa vie, légère comme un oiseau, elle eut bientôt pris pied, et aida son jeune ami à tirer sur la plage le corps toujours inanimé du malheureux Tucéta.

Taskos était émerveillé.

17

D'origine grecque, les Massaliotes dressaient dès le plus bas âge leurs enfants des deux sexes à tous les exercices du corps. De même que les Athéniens, ils ne cherchaient pas seulement à former leur intelligence et à orner leur esprit, ils songeaient aussi à développer la beauté de leurs formes et à entretenir leur force par une gymnastique bien dirigée, que l'on enseignait aux jeunes filles aussi bien qu'aux garçons.

Née dans une famille opulente, la petite Thébé savait donc parfaitement nager : son éducation réservait, au reste, bien d'autres surprises à ses deux compagnons.

Tucéta, dont l'évanouissement n'était dû qu'au choc de sa tête contre le rocher, ouvrit bientôt les yeux et ne tarda pas à reprendre ses sens. Quelques minutes après, il n'y paraissait plus.

Cependant le vent continuait à faire rage... C'était le terrible kirk décrit par Sidoine Apollinaire : il enlevait les toits des maisons, renversait les piétons aussi bien que les cavaliers ; les chariots les plus lourdement chargés ne pouvaient lui résister, il entraînait tout.

Sur la mer intérieure, les ravages qu'il exerçait n'étaient pas moindres, les sables soulevés comme les vagues formaient des nuages épais et aveuglants. Pour échapper à la tourmente, les trois voyageurs s'étaient couchés au pied d'une roche élevée qui les abritait contre les rafales du nord-ouest ; mais ils n'avaient aucun préservatif contre la pluie diluvienne qui les inondait.

Que faisait aux deux Lutéciens cette douche pénétrante ? n'étaient-ils pas habitués aux intempéries bien autrement rudes du climat du nord ? Aussi, n'était-ce pas pour eux qu'ils s'inquiétaient mais bien pour la gentille Massaliote qui s'était montrée si brave et si résolue pendant le danger. Taskos cherchait à la préserver à l'aide de son kochol (manteau), pendant que le robuste Tucéta se plaçait en guise d'écran entre elle et le kirk.

Si les tempêtes de la Provence sont terribles, elles ne sont heureusement pas de longue durée. Bientôt le ciel s'éclaircit et l'atmosphère reprit toute sa limpidité, la lune brilla au ciel pure et radieuse... ; mais, hélas ! le radeau avait été emporté par les eaux et avec lui Kobh, Sko, les engins de chasse, de pêche, les outils et les modestes provisions des voyageurs.

L'île sur laquelle ils s'étaient réfugiés n'était qu'un étroit récif à peine capable de nourrir de chétives broussailles.

« Qu'allons-nous devenir ! » s'écriait le bon Tucéta, pour lequel la perspective d'un long jeûne n'avait rien de bien attrayant.

Taskos était peut-être aussi désolé que son ami ; mais, dans son chagrin, il songeait surtout à sa chère petite protégée, si frêle et si intéressante.

« Montons sur le sommet du roc, dit l'enfant ; de là nous découvrirons toutes les lagunes, et quand paraîtra un navire nous lui ferons des signes de détresse. »

Décidément Thébé avait le commandement. Ses deux protecteurs se hâtèrent de lui obéir.

« Maintenant, dit-elle, après avoir tiré de la poche de son vêtement un couteau dont la lame mignonne était cachée dans un fourreau d'argent, coupez des broussailles, formez-en un tas, et, dès que nous verrons au loin une voile massaliote, nous ferons un grand feu : à ce signal, on viendra nous chercher. »

Ayant ainsi parlé, elle remit son couteau à Taskos. Le jeune Lutécien considérait l'instrument sans se rendre compte de la manière de l'employer, et il fallut que Thébé vînt à son secours.

Émerveillé de la rapidité avec laquelle il tranchait les branchages, Taskos examina de plus près la lame, et à la vue de quelques parties oxydées, il crut reconnaître l'objet dont Chydonax voulait savoir la provenance.

« Qu'est-ce que cela ? demanda-t-il.

— Mais... un couteau, répondit Thébé en le considérant d'un œil surpris.

— Un couteau !... Et avec quoi est-il fait ?

— Avec du fer, continua l'enfant de plus en plus étonnée.

— Du fer ?

— Ne connaissez-vous donc pas le fer ?

— Je ne le connais pas.

— Alors... de quoi sont faits vos haches, vos lances, vos javelots ?

— De silex.

— Vos armes sont faites avec du silex... Et elles sont tranchantes ?

— Oh ! pas aussi tranchantes que la lame de votre couteau. »

Après quelques instants de silence, Taskos reprit :

« Y a-t-il beaucoup de fer dans votre pays ?

— Mais il n'y a qu'à se baisser pour en prendre ; mon père, le riche, le puissant Thelhui, possède plusieurs mines de fer et fabrique en grand la coutellerie... Vous verrez ! Il en fournit à tous les pays. »

Taskos était devenu silencieux ; il remerciait en son cœur Ésus, Tarann et surtout Teutatès, le protecteur du travail et de l'industrie, de l'avoir si bien servi en le mettant à même de rendre un grand service à la fille d'un homme qui possédait le secret du fer.

Déjà son active imagination le transportait à Massalia, où, grâce à l'amitié du père de Thébé, il s'instruisait et se rendait capable d'accomplir, à leur grande satisfaction, la mission que les druides lui avaient confiée.

Le pauvre garçon oubliait que, cloué sur une roche aride, il n'avait d'autre perspective que la mort, la mort la plus terrible, la mort par la faim.

XIII

MASSALIA. — CANNABÆ. — THELHUI. — SA RÉSOLUTION D'EN
FINIR AVEC LA VIE. — CLEUDEMUS. — A LA RECHERCHE DE
THÉBÉ. — VAINE ATTENTE. — DÉSESPOIR.

A cette époque reculée, l'antique Massalia n'était rien moins, comparée à ses sœurs de la Grèce, sa mère patrie, qu'une ville des plus modestes. Comme aujourd'hui, les eaux du golfe s'introduisaient dans le port par une étroite ouverture, un goulet, et la cité proprement dite ne tenait à la terre ferme que par un espace large de quinze cents pas au plus, fortifié à l'aide d'un mur solide garni de nombreuses tours. La mer baignait les flancs de l'oppidum. Par devant s'étendait le rivage et par derrière un vaste marais.

Les maisons n'avaient qu'un seul étage et étaient clairsemées. Petit à petit, elles s'étaient cependant étendues jusqu'au pied des trois collines qu'on nomme aujourd'hui les Carmes, les Moulins, Saint-Laurent, et avaient même fini par les envahir jusqu'à leur cime. Les montagnes, plus éloignées, étaient couvertes d'épaisses forêts de pins. C'étaient les bois sacrés qui, plus tard, devaient inspirer une si religieuse terreur aux Romains.

Les chantiers maritimes, déjà très importants, étaient situés sur les berges du port, dans la partie la plus profonde.

Là on voyait une grande quantité de navires, d'armes, d'engins de toutes sortes propres à la navigation, et d'autres, plus nombreux encore, destinés à l'attaque et à la défense des places. Des magasins et des hangars côtoyaient la grève ; on les désignait sous le nom de *cannabæ* : c'étaient de simples constructions de planches et de terre battue, modeste origine, sans doute, de la Cannebière.

Près du plus grand de ces magasins, un vieillard était assis. La physionomie abattue et le peu d'attention qu'il donnait aux évolutions de tout un monde d'esclaves empressés qui s'agitaient autour de lui, portant des marchandises du magasin sur une galère, prouvaient qu'il était absorbé par une amère préoccupation.

C'est qu'en effet une profonde douleur accablait le vieux Thelhui. — Depuis plus de la durée d'une lune sa fille unique, Thébé, l'enfant de sa vieillesse, la seule affection qui lui restait depuis la mort de sa femme, avait disparu, et tous les efforts qu'il avait faits pour la retrouver étaient demeurés sans résultat.

Cependant la galère amplement chargée était prête à lever l'ancre. Un jeune homme s'approcha respectueusement du vieillard.

« Va, mon fils, lui dit Thelhui, que les Dieux te conduisent, et, si tu la retrouves, ne poursuis pas ta route vers Arlate, mais reviens vite.... Ma vie est entre tes mains... Ne pouvant supporter plus long-temps mon malheur, j'ai résolu de me rendre au conseil des Six-Cents exposer les motifs de mon désespoir et demander la permission de me donner la mort.

— Y avez-vous bien songé, maître ? dit le jeune Massaliote avec un geste d'effroi. Du moins, ajournez jusqu'à mon retour l'exécution de votre sinistre projet...

— Va, Cleudemus, va, mon enfant ; fais diligence si tu veux me retrouver vivant. Me passer de Thébé m'est aussi impossible que de me passer de l'air que je respire. »

Cleudemus s'éloigna attristé.

C'était le fils d'un ami de Thelhui ; il avait été élevé à Massalia sous les yeux du vieillard, au collège des éphèbes. On nommait ainsi

« Qui es-tu, chère mignonne, et pourquoi verses-tu des larmes ?

une institution dans laquelle les jeunes gens de quinze à vingt ans s'exerçaient à la pratique des armes, à la gymnastique, ainsi qu'à l'étude de la littérature, de la grammaire, de la rhétorique et de la phi-

losophie. Surveillé par Thelhui, Cleudemus avait suivi les cours avec
le plus grand succès et obtenu les plus hautes récompenses. On a
même retrouvé en 1591, c'est-à-dire plus de deux mille ans après,
dans la fondation d'une maison de la vieille ville, une plaque de
bronze sur laquelle était gravée cette inscription : « Cleudemus, fils
de Dionysius, de la classe des éphèbes vétérans, a remporté le prix
parmi les éphèbes, » preuve incontestable de l'intelligence et des aptitudes du jeune homme.

Un sujet aussi remarquable devait nécessairement gagner la confiance et l'affection du vieux Thelhui. Il l'avait en conséquence associé
à ses entreprises industrielles et commerciales, en attendant qu'en lui
donnant la main de sa chère Thébé, il pût se l'attacher par des liens
plus doux.

Cleudemus, de son côté, n'avait pas d'autre rêve. Il éprouvait pour
l'enfant un sentiment de tendresse protectrice qui chaque jour prenait un caractère plus défini ; aussi avait-il ressenti une violente douleur en perdant sa petite amie et s'empressait-il d'aller à sa recherche.

Bientôt l'ancre fut levée ; puis, sous l'impulsion du vent favorable
qui gonflait ses voiles, la galère s'inclina gracieusement, enfila le
canal tortueux qui conduisait à la mer et se perdit bientôt dans la
brume lointaine.

Longtemps, bien longtemps Thelhui suivit d'un œil rêveur le sillage
qu'elle laissait derrière elle dans l'onde bleue de la Méditerranée.

Pendant trois semaines, il revint chaque matin à la même place,
attendre le retour de Cleudemus, et chaque jour, hélas ! son espoir
était déçu. — Le plus sombre désespoir s'était emparé de lui, bien
qu'il fût pieux et honorât les Dieux ; mais le paganisme armait si
mal l'homme contre la souffrance, et lui donnait si peu d'énergie pour
la supporter que l'infortuné vieillard, n'ayant plus la force de résister
à sa douleur, résolut, sans plus attendre, de chercher dans la mort
l'oubli de ses maux.

XIV

LE SUICIDE CHEZ LES MASSALIOTES. — THELHUI AU CONSEIL
DES SIX-CENTS. — IL EST AUTORISÉ A SE SUICIDER. — LA
CÉRÉMONIE. — CLEUDEMUS. — TASKOS ET TUCÉTA CITOYENS
DE MASSALIA. — HOMMAGE AUX DIEUX.

Les Massaliotes, comprenant toute la valeur de cette force active et
intelligente qu'on appelle un homme, avaient un si grand respect
pour la vie humaine qu'ils ne prodiguaient pas la peine capitale. On
rapporte même que le glaive qui, depuis la fondation de la ville, servait aux exécutions, n'avait jamais été renouvelé et que, rongé par la
rouille, il était hors de service. Aussi les Massaliotes considéraient-ils
le suicide comme le plus abominable et le plus infamant des crimes.
Cependant il y avait certains cas dans lesquels il était permis de se
donner la mort; mais avant d'en arriver à cette extrémité, il fallait
avoir obtenu la sanction du gouvernement, si on ne voulait pas laisser
derrière soi un souvenir maudit et un nom entaché d'infamie.

Thelhui, qui tenait à ce que ses mânes fussent respectés, se présenta donc un matin devant le conseil des Six-Cents et s'efforça de
toucher la pitié de ses juges en leur représentant avec chaleur combien son désespoir était profond.

« Il n'y a pas encore longtemps, leur dit-il, que j'ai perdu Félicia, ma fidèle compagne. Vous avez tous été témoins de la douleur que sa mort m'a causée. Je l'aimais tant que j'aurais été heureux de la suivre dans la tombe, si elle ne m'avait laissé, comme gage de son amour, une douce et aimable enfant qui faisait ma joie, en même temps qu'elle était toute ma consolation. Hélas ! des brigands me l'ont ravie. Je n'ai plus rien qui m'attache à la terre. La vieillesse est arrivée et avec elle le cortège de toutes les infirmités qu'elle traîne à sa suite... insupportable à moi-même, à charge aux autres, que voulez-vous que je fasse plus longtemps ici-bas ?.. Oh ! mes pères, laissez-moi mourir... Laissez-moi rejoindre mes chères envolées ! »

Il parla longtemps et si bien que le sénat admit sa demande.

Alors le plus estimé des sénateurs reçut une clef noircie par le temps et, sans prononcer une parole, tant il se sentait ému, il se dirigea vers une tour dans laquelle, sous bonne garde, étaient enfermés les poisons. Il y prit un vase renfermant de la ciguë, mais ne le remit pas encore aux mains de Thelhui, car c'était en public, devant tous les Massaliotes assemblés, qu'il devait accomplir son sacrifice.

Dès le matin du lendemain, les crieurs publics annoncèrent à haute voix dans tous les carrefours qu'une grande cérémonie se préparait dans le bois sacré, non loin du temple de Diane. Ce bois était situé sur une hauteur de laquelle on dominait l'entrée du port, la rade et une partie de la mer.

La foule se pressait sur la colline des Moulins et chacun choisissait sa place dans l'enceinte sacrée. De toutes les bouches sortait le nom de Thelhui ; on se contait les infortunes du vieillard, on récitait des fragments de son discours et tous, s'intéressant à son sort, discutaient sa résolution ; les uns l'approuvaient, les autres le blâmaient ; pas un qui demeurât lèvres closes.

Seul, un vieil esclave ne prenait part à aucune de ces conversations ; c'était Euthyme, le plus ancien serviteur du père de Thébé. Les yeux sans cesse attachés sur la mer ; il y cherchait au loin la galère de Cleudemus... Il n'y avait plus d'espoir que dans son prompt retour.

Déjà les sénateurs, vêtus de leurs habits de fête, avaient pris place sur leurs sièges disposés en demi-cercle devant le temple de Diane ; déjà le peuple avait entonné les chants sacrés ; déjà Thelhui avait paru, la tête couronnée de fleurs et le corps paré des habits sacrés dont on ornait les victimes offertes en sacrifice à la déesse.

Placé dans un espace libre entre les sénateurs et le peuple, il écoutait un long discours dans lequel le plus ancien de ses amis cherchait encore à combattre sa résolution.

Le père de Thébé demeurait inflexible, il voulait mourir. D'une main il fit un dernier signe d'adieu à ses compatriotes et de l'autre il portait à ses lèvres la coupe empoisonnée, lorsqu'un cri arrêta son mouvement.

« Cleudemus !... Cleudemus !! »

La galère si longtemps attendue apparaissait enfin à l'horizon.

La foule se précipita en masse vers le rivage. Chacun voulait être le premier à saluer l'heureux retour du jeune homme. Poussée par une bonne brise de mer, la galère ne tarda pas à entrer dans le port et bientôt mille bras apportèrent en triomphe dans le bois sacré la petite Thébé, suivie de deux hommes à l'aspect sauvage.

Ces deux hommes étaient Taskos et Tucéta... mais dans quel état ! Maigris et courbés par les souffrances et la faim qu'ils avaient endurées pendant leur séjour sur le rocher aride, ils pouvaient à peine marcher.

Le peuple, les prenant pour les ravisseurs de leur jeune compatriote, voulait leur faire un mauvais parti, et il les aurait infailliblement mis en pièces, sans la protection de Cleudemus et de Thébé. Quand on sut de quelle façon merveilleuse les deux étrangers avaient sauvé la chère fillette, chacun s'empressa de leur faire fête, et le sénat leur accorda sur l'heure le droit de cité. Quant à Thelhui, qui n'avait plus envie de mourir, depuis qu'il tenait pressé contre son cœur l'ange de sa vie, il versa sur le gazon le contenu de la coupe et embrassa tour à tour Cleudemus, Taskos et Tucéta, ne trouvant pas d'autre moyen de leur témoigner sa reconnaissance.

Dès que les deux Lutéciens se trouvèrent seuls dans l'appartement que le père de Thébé leur avait fait préparer dans sa demeure, Taskos, détachant de son col la chaîne à laquelle était suspendu l'œuf de serpent et prenant à sa ceinture le long collier d'ambre qui y était suspendu, baisa respectueusement ces précieux talismans, puis les présenta à Tucéta pour que le colosse leur rendît le même hommage.

« C'est à eux, dit-il, que nous sommes redevables de nos succès ; le collier a éloigné de nous tous les accidents et l'œuf de serpent nous a ouvert le libre accès de cet oppidum ; il nous a procuré la bienveillance de ceux qui gouvernent, donnons-leur donc le juste tribut d'amour et de respect que nous leur devons ; puis bénissons la sagesse du grand Chydonax qui, en se privant de ces deux objets si précieux, a assuré le succès de notre mission. »

XV

TASKOS ET TUCÉTA FORGERONS. — L'AVIS DE TUCÉTA. —
HÉLAS! IL FAUT PARTIR.

Depuis la durée de plus de deux lunes, un soleil ardent brûlait les
rivages de la Méditerranée, sans qu'aucun nuage fût venu en modérer l'ardeur. Il faisait une chaleur d'enfer... surtout dans les forges
du seigneur Thelhui. Les ouvriers accablés de fatigue s'étaient couchés tout baignés de sueur à côté de leurs enclumes et goûtaient un
repos bien mérité, en attendant la reprise du travail. Seuls, deux forgerons n'avaient pas cessé de frapper de leurs lourds marteaux le
fer blanchi dans la fournaise et d'en faire jaillir des milliers d'étin-
celles.

L'un était Taskos, mais Taskos grandi, fortifié, vigoureux et
maniant avec une incroyable facilité des poids qu'il lui eût autrefois
été impossible d'ébranler, Taskos devenu grave, sérieux... en un mot,
Taskos fait homme...

L'autre, Tucéta, le bon Tucéta aux proportions gigantesques, mais
Tucéta qui ne justifiait plus les noms de Tor et de Gardas, tant son
embonpoint avait diminué et son esprit s'était développé. On ne lui
reconnaissait pas de rival dans l'usine, et quand une pièce présentait

quelque difficulté de forge, c'était à lui qu'on la portait pour la confectionner.

« Camarade, dit-il à Taskos, voilà notre dernière charrue terminée ; nous avons ample provision de tous les instruments nécessaires
à l'agriculture ; les armes que nous voulons emporter sont depuis
longtemps prêtes, ainsi que les couteaux, les haches, les couperets,
les marteaux. Tu sais reconnaître le minerai et l'extraire de la terre ;
nous avons appris à le forger et à le fondre ; la culture des champs
n'a plus de secrets pour nous... Que ferons-nous plus longtemps ici ?
Il me semble qu'il est temps de songer au retour et d'aller enrichir
les nôtres des conquêtes que nous avons faites sur la civilisation des
Grecs. »

A ces mots, Taskos, qui était du même avis que Tucéta, rougit,
baissa les yeux, laissa échapper un soupir et ne répondit pas.

« Oh ! je comprends, reprit le géant en souriant ; ton cœur se serre
à la pensée de t'éloigner de Massalia. Tu aimes ce peuple actif, intel-
ligent, laborieux ; tu trouves la vie douce dans ces palais, et tu n'es pas
indifférent au bien-être aussi bien qu'aux plaisirs que tu y rencontres.
La reconnaissance envers le vieux Thelhui et, comment dirais-je pour
ne pas t'offenser ? le tendre sentiment que tu ressens pour la charmante enfant qui te doit la vie te rendent pénible la pensée seule du
départ... Et cependant tu n'as pas oublié que le vieux Chydonax
compte avec une bien légitime amertume les instants de ton absence ;
que ta sœur Mélys interroge chaque jour l'horizon en versant des
larmes, et que le grand Rémos, ton noble père, doit commencer à
ne plus s'expliquer la durée de ton éloignement.

— La vérité sort de ta bouche, mon bon Tucéta ; tu es meilleur que
moi, et je sens que je deviens déloyal, ingrat, parjure en tardant
autant à retourner à Lutèce. N'ai-je pas accepté de mon plein gré la
mission qui m'a été donnée, et ne dois-je pas remettre entre les mains
du trop confiant druide les talismans qu'il m'a confiés et dont il s'est
si généreusement privé pour moi ?... Peut-être les regrette-t-il à cette

heure... Peut-être un plus digne... Oh! Tucéta, comme tu as raison
de me rappeler mes devoirs! nous partirons, mon ami, nous partirons
au plus vite... Mais, hélas! comment quitter nos bienfaiteurs sans
leur laisser un témoignage de notre reconnaissance?

— Taskos, tu hésites encore... Si le vieux Thelhui nous a obligés,

Thelhui se présente devant le conseil des Six-Cents.

n'avons-nous pas sauvé sa fille?.. ne l'avons-nous pas sauvé lui-
même?.. Telle est, tu le sais, l'explication de toutes ses bontés... Avoue
que si tu pouvais emmener Thébé à Lutèce, ton parti serait bientôt
pris et que tu n'aurais pas tant de scrupules.

— Peut-être as-tu raison, Tucéta... Mais comment songer à épouser
la riche Thébé?.. comment la décider à quitter le ciel radieux du pays
dans lequel elle est née, et où elle est l'idole de tous ses compatriotes,
pour la conduire dans nos âpres contrées du nord? Comment l'arra-

18

cher à une civilisation aussi avancée que celle de Massalia pour la jeter
tout à coup dans nos huttes sauvages au milieu de nos barbares compagnons d'enfance ? Non, mon ami, j'étais insensé... Pardonne-moi
mon rêve... il était si doux !... Tes paroles m'ont rappelé à la raison...
Je saurai renoncer au bonheur que mon pauvre cœur avait osé espé-
rer... Je romprai avec l'illusion pour rentrer dans la réalité... Tucéta,
je serai homme et, quoi qu'il doive m'en coûter, j'accomplirai mon
devoir sans regarder en arrière. Les Dieux et mon père seront con-
tents de moi. »

Pendant que Taskos parlait, le fer de la charrue s'était refroidi et
Tucéta, le réunissant à divers autres objets, le chargeait sur ses robustes épaules, puis tous deux quittèrent l'atelier.

« Et maintenant, va visiter une fois encore les champs de blé, dit
l'excellent hercule à son ami, en lui adressant un geste d'adieu. Moi
je vais porter tout ceci à nos magasins. »

Il savait bien, le bon Tucéta, qu'une promenade dans les champs
distrairait Taskos et détournerait le cours de ses pensées.

Le frère de Mélys comprit la délicatesse du sentiment qui avait dicté
cet avis : il envoya à Tucéta un sourire de reconnaissance et s'éloigna
à grands pas.

XVI

LA PROMENADE. — RENCONTRE IMPRÉVUE. — A QUELQUE CHOSE
MALHEUR EST BON. — LE SÉWON.

Il y avait quatre portes à Massalia. L'une d'elles était située au pied
de la colline des Carmes. Ce fut de ce côté que se dirigea Tucéta, car
la demeure de Thelhui et les magasins des deux Lutéciens étaient
situés presque en face. Quant à Taskos, il prit le chemin du sud, atteignit les marais de la Cannebière, puis longea les bords du Jarret, un
petit ruisseau qui, à cette époque, au lieu d'entourer la ville et de se
jeter dans l'Huveaume, comme il le fait aujourd'hui, creusait son lit
entre les collines Saint-Michel et Saint-Charles pour se rendre direc-
tement dans le port en traversant les marais.

Taskos aimait les bords marécageux du ruisseau ; ils lui rappelaient
les rivages de la Seine. Garanti de l'ardeur du soleil par le feuillage
des oseraies, il marchait à pas lents, respirant avec délices la douce
fraîcheur de l'eau. Se laissant bercer par mille pensées diverses, il
remontait insensiblement le cours du ruisseau et se rapprochait de la
maison de Thelhui. Le pauvre garçon se demandait s'il fallait rentrer
dans la ville ou continuer sa promenade, quand une voix fraîche,
qu'il reconnut aussitôt pour être celle de Thébé, l'appela à plusieurs
reprises.

Dans ces temps reculés où le travail était en honneur, la femme,
quelle que fût sa condition, menait une vie des plus laborieuses. Les
filles de rois tissaient la laine, et les princesses, entourées de leurs
esclaves, ne craignaient pas de tremper leurs mains dans de l'eau de
saponaire, le seul savon de cette époque, pour y laver le linge et les
vêtements de leurs familles. Aller ensuite le rincer à l'eau courante
était presque une fête. Les jeunes filles s'invitaient les unes les autres
à assister à cette réjouissance ; ce jour-là, elles prenaient leur repas
sur l'herbe fraîche, et folâtraient au milieu de l'eau, en chantant des
ballades ou des odes.

« Là !... Là ! Tout près de vous, Taskos... mais voyez donc !...
tenez !... devant vous !... mes écheveaux de laine que le courant
emporte... En voilà un qui passe à vos pieds. Baissez-vous, de
grâce ! »

Ainsi criait Thébé, moitié riant, moitié pleurant.

Sans hésiter, Taskos se précipita dans le Jarret et rapporta à la
jeune fille tous ses écheveaux, après les avoir repêchés un à un.

La pauvre enfant avait fatigué ses doigts à frotter sa laine dans de
l'eau de saponaire, sans avoir pu parvenir à la rendre blanche. Les
brins, encore imprégnés de toutes leurs parties graisseuses et de
l'huile employée pour les filer, avaient conservé, avec une teinte sale,
une forte odeur de suint.

En les voyant dans cet état, Taskos songea aussitôt au sébum que le
hasard avait fait connaître à sa sœur Mélys et qu'en plaisantant ils
nommaient là-bas à Lutèce, du séwon. Donner à Thébé avant de partir la provision de savon qu'il avait faite et lui apprendre le moyen
d'en confectionner d'autre, n'était-ce pas, après le départ, lui laisser
un précieux et utile souvenir ? Dès qu'il lui eut remis ses écheveaux, il
s'éloigna donc en courant, rentra dans la ville et en revint quelques
instants après avec une petite jatte remplie de séwon perfectionné et
rendu plus actif par la potasse fournie en plus grande abondance,
par les plantes marines que par les arbres du bord de la Seine.

« Essayez-en pour blanchir votre laine, dit-il, en déposant la jatte près de Thébé.

— Qu'est-ce que cette pâte ? » s'écriaient d'une commune voix toutes les jeunes filles en examinant ce produit d'apparence si peu tentante et auquel aucune d'elles ne voulait se résigner à toucher.

En présence de tant de méfiance, le jeune Lutécien fit lui-même le premier essai.

Le séwon était bien réussi,... il moussait,... il moussait,... c'était à n'y pas croire, tant la mousse était blanche et légère. Puis, quand la laine fut rincée ; qu'elle ne présenta plus cette teinte rousse si désagréable à l'œil et que l'odeur nauséabonde qu'elle dégageait eut entièrement disparu,... il n'y eut qu'un cri... un cri d'admiration.

Chacune des compagnes de Thébé réclama un échantillon de séwon, et les nénuphars perdirent soudain toutes leurs feuilles... Il fallait bien pouvoir envelopper les petites portions de la précieuse substance pour les rapporter au logis.

Ce fut une marche triomphale dans Massalia ; on eût dit que, prévoyant l'avenir, les aimables filles de la noble cité savaient par intuition qu'elles portaient une des gloires futures et une des sources de richesse de leur cher berceau.

XVII

MASSALIA APRÈS LA DÉCOUVERTE DU SÉWON. — LES GRANDES
PANATHÉNÉES. — LA FEMME VOILÉE. — VIVE THÉBÉ! VIVE
TASKOS!!

La conquête du séwon opéra presque une révolution dans les tran-
sactions commerciales de la ville. Dans l'espace de moins d'une lune,
le mélange de graisse et de potasse était connu sur tout le littoral. On
l'achetait à haut prix, et il s'imposa si rapidement aux populations de
tous les pays limitrophes de la Méditerranée que des navires entiers,
chargés de la précieuse substance, partaient chaque jour de Massalia
pour l'Afrique, l'Asie... Les intelligents Massaliotes ne tardèrent pas
à la perfectionner ; de liquide qu'elle était, ils en firent un corps solide,
et alors l'exportation ne connut plus de bornes, si bien que, pour un
moment, il sembla que la fortune de l'heureuse cité ne devait plus
porter que sur les bénéfices résultant de la vertu de cette utile
composition.

Taskos, que son devoir rappelait à Lutèce, ne devait pas jouir de
toute l'étendue de son triomphe. Cependant, dès que le conseil des
Six-Cents eut connaissance de l'invention du jeune Parisien, il s'assembla pour lui voter une récompense digne du service qu'il avait rendu.

Le repas touchait à sa fin quand une femme voilée s'approcha du jeune héros et lui présenta une coupe d'or remplie de l'eau limpide du Jarret.

« Prends, lui dit-elle d'une voix émue, cette coupe que je t'offre librement et, si tu m'acceptes pour ta fiancée, trempes-y les lèvres de ta bouche qui n'a jamais menti. »

Taskos, ivre de bonheur, saisit la coupe en tremblant. Il avait reconnu la voix de Thébé, de Thébé que depuis si longtemps il aimait en silence de toute l'ardeur de son cœur, de Thébé qu'il croyait perdre bientôt.

« Vive Thébé !... Vive Thébé ! ! hurla la foule en battant des mains. Longs jours à Taskos ! Longs jours au bienfaiteur de Massalia ! »

Et le brave enfant sentit ses yeux se mouiller de larmes à la pensée que maintenant il pourrait retourner à Lutèce sans laisser une partie de son âme derrière lui.

XVIII

Une étroite affection unit, on le sait, les enfants jumeaux. Mélys et Taskos subissaient la loi commune à laquelle l'habitude de vivre ensemble depuis le berceau avait ajouté sa force plus sérieuse encore. Le voyage à travers des pays nouveaux, les dangers de la navigation, la séduction du beau ciel du Midi, les ravissements et les enchantements d'une civilisation inconnue, autant que le rude travail auquel il s'était livré, avaient bien pu distraire Taskos et faire couler rapidement pour lui les heures de la séparation. Pour la tendre Mélys, il n'en avait pas, hélas! été de même. Retirée seule dans la triste tour d'osier, où tout lui rappelait l'ami de son jeune âge, le compagnon fidèle de ses travaux, elle gémissait en silence. Pauvre enfant! Le découragement la gagnait chaque jour davantage...

Souvent sa tante Béliza la surprenait en larmes, et la bonne druidesse essayait de la consoler par la foi dans l'éternité heureuse où se retrouvent, pour ne plus se quitter, ceux qui se sont aimés ici-bas.

« Taskos, disait-elle, avait le cœur trop haut placé et l'âme trop généreuses pour qu'il lui fût nécessaire de se purifier pendant longtemps dans notre monde de souffrances. Ne le plains pas, mon enfant.

Il est entré au cercle du bonheur. Libre de la matière, il passe ses heures entre l'étude et le plaisir. Il chasse le buffle et le loup dans les forêts éternelles et nous prépare une demeure au lieu le plus élevé du Gwynfyd. »

Convaincue que sa tante ne pouvait ni se tromper ni la tromper, Mélys visitait tous les mourants et les chargeait de ses tendres commissions pour son Taskos et, à chacune des funérailles, elle ne manquait jamais de jeter dans les flammes du bûcher des fruits, des fleurs, des armes en silex qu'elle destinait à l'heureux habitant du Gwynfyd.

Que de couronnes de verdure il reçut pendant ces longues années ! Les dernières étaient les plus belles, car, dans le cœur de Mélys, la tristesse allait grandissant, puisque l'espérance n'existait plus.

Le druide Chydonax, qui n'avait confié à personne le secret de la mission de Taskos, commençait aussi à perdre tout espoir.

Souvent il considérait le morceau de fer avec découragement et disait avec amertume à son ami Séronydd :

« L'enfant ne revient pas ; les années m'accablent et j'aurai succombé sous leur poids sans connaître le secret de ce métal, sans savoir le moyen de se le procurer. J'ai tout tenté pour être utile à notre tribu. Hélas ! le ciel n'a pas daigné seconder mes efforts ! »

C'est ainsi qu'il se désespérait, le vénérable Chydonax ; puis, honteux de ses paroles, il offrait des sacrifices et consultait les augures dans les entrailles palpitantes des victimes qu'il immolait.

Séronydd, lui, avait foi dans son élève.

« S'il est encore en vie, affirmait-il, il reviendra. Je le connais ; c'est un homme d'honneur, rien ne sera capable de le retenir ni ne pourra le faire mentir à sa parole. »

Quant à Rémos, bien longtemps il avait pleuré son fils ; mais, ne doutant plus de sa mort, il avait laissé aux années le soin d'apaiser cette douleur qui s'était, à la longue, transformée en un mélancolique souvenir auquel il échappait souvent par suite de l'activité de sa vie de guerrier et de chasseur.

Pour Bélawy, toujours brutal, égoïste et colère, il avait depuis long-temps oublié celui que jadis il nommait avec mépris le vermisseau, tout comme il avait perdu le souvenir du morceau de fer qui lui avait si bien rôti les doigts. Il continuait à conquérir des sagums et des baskets (baquets) et s'attribuait, sans plus de façon, la découverte de cet excellent sébum qui donnait à ses vêtements une blancheur imma-culée.

N'était-ce pas, en effet, son Kath, son bon Kath qui avait réuni la potasse à la graisse ?

XIX

SUR LES BORDS DE LA SÉQUANA. — LES ÉTRANGERS. — LES
PRÉPARATIFS DU FESTIN. — LE FER.

Pendant tout le temps qui s'était écoulé depuis le départ de Taskos,
Lutèce n'avait pas éprouvé de bien importants changements. La population s'était bien quelque peu accrue, un certain nombre de tours
s'étaient élevées et les ormeaux avaient grandi en étendant leurs
ramures. L'un d'eux avait même pris un tel développement qu'il était
devenu indispensable de l'abattre, afin de préserver d'une pernicieuse
humidité les habitations qu'il avoisinait.

Abattre un aussi gros arbre avec des haches en silex était une opération difficile ; elle nécessitait des bras nombreux, des bras vigoureux
et une longue patience, mais enfin on y parvenait.

Une vingtaine d'hommes avaient été requis pour immoler ce géant
de Lutèce, et les malheureux frappaient depuis longtemps déjà à coups
redoublés. Néanmoins la besogne n'avançait guère, quand, tout à coup,
l'attention des travailleurs fut attirée vers la rive opposée du fleuve.

« Le radeau ! le radeau ! ! criait une voix.

— Non ! plutôt le pont volant ! » ordonnait une autre ; c'était celle
de Rémos.

19

Aussitôt toutes les haches furent jetées sur le sol et les Lutéciens coururent vers les rives de la Séquana.

« Amis, je vous amène des hôtes, cria encore le grand chef. Ces étrangers s'étaient égarés dans la forêt sacrée. — Que chacun s'apprête à les bien recevoir. »

Le pont fut promptement établi.

Rémos, accompagné d'un vieillard à l'air noble et majestueux, s'avança le premier ; un jeune homme et une femme voilée les suivaient ; derrière eux venait une sorte de géant aux formes athlétiques bien que sveltes et élégantes ; il surveillait de nombreuses mules lourdement chargées et conduites par des esclaves qui, eux aussi, portaient des fardeaux.

Parmi les tours nouvellement construites, quelques-unes, non encore habitées, appartenaient à Rémos. Le Gaulois s'empressa de les mettre à la disposition des étrangers. Conduite par Mélys, la femme voilée fut installée dans la plus confortable et invitée à s'y reposer des fatigues du voyage. — Les bagages s'accumulèrent dans les autres, et tous les hommes se réunirent au centre de la place, pendant que les Lutéciennes, enfermées dans leurs demeures, déployaient leurs talents culinaires pour préparer un festin digne d'être offert aux hôtes improvisés.

Mélys n'était pas la moins active parmi toutes ces excellentes ménagères : sur les brasiers de l'âtre grillaient les quartiers de porc ; devant les flammes rôtissait un chevreuil entier ; dans le basket de bronze, le tucca ou porc salé et les tucetas, sorte de gros saucissons, bouillaient en répandant jusqu'au dehors de la tour une vapeur odorante.

Pendant ce temps, Rémos et Bélawy présentaient les étrangers aux notables de la cité ; on faisait cercle autour d'eux, et, en les trouvant si peu semblables, par les manières aussi bien que par l'élégance des vêtements, à tous ceux que l'on avait eu occasion de rencontrer jusqu'alors, on s'étonnait de n'en avoir jamais entendu parler.

Ils ne portaient ni le sagum de toile ni le cucullus grossier avec son lourd capuchon, ni le kochol de laine commune, mais bien, comme les Grecs, la toge et la tunique d'étoffes souples et soyeuses dont la

Thébé sur le sommet du roc.

richesse était encore relevée par d'admirables broderies d'or et d'argent.

En conduisant les étrangers d'un groupe à l'autre pour les présenter successivement aux personnages de distinction, Rémos passa sous l'ombrage de l'ormeau que ses concitoyens essayaient d'abattre. L'ouvrage n'avançait guère. Le plus âgé des voyageurs ramassa une cognée de silex qui gisait sur le sol et l'examinant curieusement :

« Quoi ! dit-il. Est-ce avec ces outils que vous coupez vos arbres et que vous en détachez les branches ?

— N'est-ce donc pas ainsi que vous vous y prenez ? répondit avec une certaine hauteur le vieux Gaulois, surpris que l'on n'admirât pas la perfection de ses engins.

— Oh ! je comprends alors pourquoi vous n'avez pas défriché vos forêts, se contenta de répondre l'étranger ; puis, se tournant vers le plus petit de ses deux compagnons : — Mon fils, ajouta-t-il, offrez, je vous prie, à nos hôtes, quelques-unes de nos haches de fer et de nos cognées de bûcheron. »

Le jeune homme prononça quelques mots en langue inconnue à l'oreille de ses esclaves.

Peu d'instants après, quatre serviteurs apportèrent une longue et lourde banne d'osier qu'ils déposèrent aux pieds de Rémos.

Dès qu'elle fut ouverte, les Lutéciens émerveillés virent miroiter aux rayons du soleil des objets de diverses formes. Les uns rappelaient leurs outils en silex ; les autres étaient des glaives, des lances, des dards, des javelots. Le géant prit alors une cognée, en frappa l'arbre et, en quelques instants, fit plus de besogne que tous les travailleurs réunis n'en avaient fait depuis le matin. Un cri de joie s'échappa de toutes les poitrines et se transforma en acclamations enthousiastes lorsque les trois étrangers eurent généreusement distribué tous ces objets enviés.

Il est facile de comprendre avec quel entrain on se mit à table... A table ! l'expression est peut-être un peu prématurée, car le repas était simplement, suivant la coutume, posé sur le gazon. Des bottes de foin ou de petits fagots de branchages tenaient lieu de sièges. Cette manière de prendre sa nourriture n'était peut-être pas des plus commodes, mais l'habitude, on l'a dit bien souvent, est une seconde nature, et nos pères n'en mangeaient pas moins avec un vigoureux appétit.

Les deux jeunes voyageurs ne se montrèrent pas empruntés ; ils s'installèrent avec autant d'aisance que si, dès l'enfance, ils avaient été familiarisés avec cette coutume ; mais il n'en fut pas de même pour le vieillard, bien qu'on eût eu l'attention de le mettre à la place d'honneur.

Tous les Lutéciens étaient conviés au festin, et il y avait place pour tous sous le vaste couvert.

Le service était disposé sur deux tables concentriques : celle du milieu, la plus petite, était réservée aux étrangers et aux notables de l'oppidum ; autour de l'autre, beaucoup plus spacieuse, pouvait s'asseoir toute la masse populaire.

Le repas allait commencer et aucune question n'avait encore été adressée aux voyageurs ; on leur offrait une aimable et généreuse hospitalité et cependant on ne connaissait pas leurs noms, on ne savait ni d'où ils venaient, ni où ils allaient.

XX

SOYONS FIERS DE NOS PÈRES. — LE FESTIN. — LE PAIN. —
LE VIN. — ET LES GAULOIS, JOYEUX, DANS L'AVENIR ONT VU
LA FRANCE !

Quelle charmante discrétion, quelle délicate retenue que celles de
nos pères ! Qu'ils étaient nobles dans leur barbarie, qu'ils étaient
dignes jusque dans leur sauvagerie et que nous aurions tort de ne pas
être fiers de descendre d'eux !

Que les Romains, jaloux de leur vaillance, les aient calomniés,
c'était peut-être d'une bonne politique ; mais nous ne devons pas oublier
que les Gaulois n'écrivaient pas et que ce sont leurs ennemis seuls
qui nous ont transmis la peinture de leur caractère, de leurs mœurs,
de leurs coutumes. Sans jamais parler de leurs vertus, ils ont crié :
Malheur aux vaincus ! Et ils égorgeaient ceux que, bien souvent, ils
auraient dû imiter.

Rémos et ses Lutéciens prouvaient bien, en ce moment, que les
Romains avaient menti. Le repas était servi, et pas une question
indiscrète n'avait été adressée ; ainsi l'exigeaient les lois de l'hospitalité.

Oser affirmer que la curiosité n'était pas surexcitée au plus haut

point dans ces têtes vives et à imagination ardente, serait peut-être
téméraire ; mais chacun savait réprimer ses instincts et conserver un
air dégagé.

Nos pères, vivant sur les bords de la Séquana, étaient devenus très
habiles à la pêche ; les magnifiques poissons qu'on servit tout d'abord
en faisaient foi. Dès que les parts furent distribuées, chacun saisit la
sienne à deux mains et y donna de hardis coups de dents. Après le
poisson vint la venaison qui, bouillie ou rôtie, fut dévorée de la même
manière.

C'était un véritable repas de lions ; rien n'y manquait, ni les rouges
crinières, ni l'air farouche et carnassier ; de tous côtés, un bruit de
mâchoires déchirant les fibres, les nerfs et faisant craquer les os
entre deux rangées de dents infatigables, se faisait entendre. Le plus
âgé des deux étrangers semblait n'en supporter qu'avec dégoût la vue
et la barbare harmonie, tandis que les deux plus jeunes s'étaient tout
aussitôt mis à l'unisson de leurs hôtes.

Dès que le premier appétit, l'appétit brutal qui rend toujours le
commencement d'un repas silencieux, fut apaisé, sur un signe, les
esclaves apportèrent un certain nombre de roues plates, brunes et un
peu renflées vers le centre ; elles répandaient une odeur savoureuse et
pénétrante qui flatta tous les odorats. C'était la bonne senteur du pain.

Le jeune voyageur les rompit successivement et en fit un assez
grand nombre de parts pour qu'il y en eût pour tout le monde, puis
il distribua à chacun la sienne.

« Mangez ce mets avec votre venaison, disait-il à haute voix ; c'est
un produit des contrées desquelles nous arrivons ; là-bas, on l'apprécie
à un tel point que pas un de nos compatriotes ne saurait s'en passer. »

Par courtoisie, Rémos et Bélawy suivirent ce conseil ; ils se méfiaient
de cette nourriture qui n'était ni chair ni poisson. Bientôt cependant leurs physionomies trahirent un air de satisfaction qui se traduisit bientôt par des paroles.

« La viande semble deux fois meilleure !

— Et comme elle se mange plus facilement ! »

Mais toujours point de questions sur l'origine et la nature de cette substance.

Cette approbation fit sourire les étrangers et les encouragea à poursuivre le cours de leurs surprises.

Sur un nouveau signe, les esclaves apportèrent une outre rebondie. Le jeune homme se fit donner la coupe dans laquelle on buvait à la ronde les eaux boueuses de la Séquana, il ouvrit l'outre et remplit la coupe d'une liqueur rouge comme du sang.

Aussitôt toutes les figures exprimèrent un sentiment de répulsion. Rémos, servi le premier, repoussa le breuvage ; mais Bélawy, moins délicat que son père, passa la coupe sous ses narines et en aspira longtemps le parfum. Séduit par le délicieux bouquet qui flattait son odorat, il approcha les lèvres et goûta.

Toute l'assemblée avait les yeux fixés sur lui.

« Eh !... fit-il... ce n'est pas du sang... mais c'est bon... très bon... excellent ! »

La coupe était à demi vidée quand il la présenta à Rémos en lui disant :

« Essaye !... moi j'en boirais bien jusqu'à demain..., tant je me sens alerte et joyeux depuis que j'en ai humecté mes lèvres. »

Le vieux Gaulois tendit la main, mais il but avec discrétion ; bien que ses premières appréhensions fussent entièrement dissipées, il se méfiait instinctivement de cette liqueur qui, en si peu de temps, donnait de la vigueur au corps et de la gaieté à l'esprit.

L'exemple des chefs fut contagieux ; la coupe circula à la ronde, aussitôt remplie qu'elle était vide ; chacun la porta à sa bouche et, suivant la coutume, but à petites gorgées ; mais, comme les libations se poursuivaient sans interruption, l'outre fut bientôt à sec, au grand déplaisir de l'assistance qui l'aurait souhaitée inépuisable.

Il était temps, cependant, car les têtes commençaient à s'échauffer et les conversations particulières à s'animer : on se défiait en plaisantant, on pariait sur le résultat d'une course, d'une lutte,... on se contrariait,... on se taquinait...

Témoin de l'avidité dont avaient fait preuve les convives et du désordre qui en résultait, le jeune étranger se demandait s'il n'avait pas eu tort de faire connaître le vin aux Lutéciens... quand tout à coup les deux bras de Mélys s'abattirent sur ses épaules et enlacèrent son col avec tendresse : « Taskos !... mon Taskos ! disait-elle avec des sanglots dans la voix,... mon frère bien-aimé ! »

XXI

Depuis que le dernier mets avait été servi, Mélys n'avait plus qu'à se reposer ; mais elle était femme, fille d'Ève, bien qu'elle ne connût pas même de nom cette aïeule d'indiscrète mémoire, et, partant, dévorée du désir de savoir.

Surmontant sa timidité habituelle, elle s'était glissée dans un groupe de femmes qui, dissimulées derrière un massif de verdure, examinaient, à travers les branchages, les nouveaux venus. La jeune fille était si mal placée qu'à peine apercevait-elle de temps à autre le profil des étrangers. Malgré le peu qu'elle en vit, deux de ces figures ne lui semblèrent pas inconnues. L'une d'elles surtout attirait ses regards et lui causait un certain trouble.

« Mais non ! se disait-elle, je n'ai pas ma raison. Ce ne peut être mon frère... Taskos est moins grand, plus mince... sa peau à la blancheur rosée des fleurs de l'églantier... Je suis insensée... mon affection pour lui me le fait voir partout. »

En ce moment le jeune étranger éleva la voix ; le timbre était changé, il était devenu plus mâle et plus ferme... néanmoins Mélys le

reconnut aux tressaillements de son cœur. C'est à ce moment qu'elle
s'était jetée dans ses bras.

« Ma douce Mélys, répondit Taskos en lui rendant ses caresses,
seule ta tendresse m'a reconnu ! »

Et les deux enfants confondirent leurs larmes... des larmes de joie !
S'avançant vers son fils, le vieux Rémos le pressa sur son cœur.

« Pardonne à mes yeux de ne t'avoir pas reconnu, mon ami ; ce
sont ceux d'un vieillard qui a longtemps pleuré ta mort et qui ne s'en
était pas consolé. La place que tu occupais dans mon cœur est
demeurée vide depuis que j'avais perdu l'espérance de te revoir ;
reprends-la, mon Taskos, comme tu vas reprendre ta place au foyer
paternel. »

Ce fut au tour de Bélawy ; il embrassa son frère sans trop de mau-
vaise grâce et le remercia même des présents qu'il venait de recevoir.
Après lui vinrent les parents, les amis, tous les Lutéciens, toutes les
Lutéciennes..., chacun voulait presser la main du héros du jour.

Cependant Taskos semblait inquiet ; il avait une importante communication à faire à son père, à sa famille, à ses concitoyens. Il
devait, sans plus tarder, leur annoncer qu'il s'était marié et qu'il avait
épousé, dans les pays lointains, une étrangère qu'il avait amenée avec
lui dans la cité.

Or, à cette époque où il n'existait que bien peu de rapports entre
les diverses peuplades de la Gaule, même entre les plus voisines,
épouser une femme hors de sa tribu constituait presque un crime.
Ce n'était pas sans raison que Taskos hésitait à faire sa confidence,
quand une heureuse inspiration lui vint à l'esprit.

Il fit apporter de nouvelles bannes d'osier ; puis, conduisant auprès
d'elles la femme voilée, invita les Lutéciennes à vouloir bien s'approcher. Dès que les bannes furent ouvertes, Thébé, qui avait deviné
les intentions de Taskos, distribua aux unes et aux autres des tissus
aux riches couleurs, des étoffes de laine et de chanvre, des couteaux,

C'était un véritable repas de lions; rien n'y manquait.

des aiguilles et une infinité d'objets dont la valeur aussi bien que l'emploi étaient inconnus chez les Gaulois du nord.

. « Elle vous apprendra à vous en servir, répétait le frère de Mélys, elle vous enseignera tout ce qu'elle sait, car elle est aussi savante qu'elle est bonne, ma noble Thébé.

— Pense-t-elle donc se fixer parmi nous ? demanda Rémos avec une certaine émotion.

— Elle s'y fixera en se faisant votre fille, mon père, s'écria la tendre Mélys, qui, par l'intuition du cœur, avait compris l'embarras de Taskos.

— M'acceptez-vous, en effet, pour votre fille ? interrogea la jeune Massaliote, en s'approchant du chef de Lutèce.

— Ma Thébé, dit aussitôt Thelhui, dont l'orgueil s'irritait, qui ne serait heureux de se dire ton père ? Va, embrasse hardiment le seigneur Rémos et dis-lui que tu es aussi fière d'être sa fille qu'il a lui-même le droit d'être fier de te savoir la compagne de son fils. »

Rémos cependant fronçait les sourcils; il était blessé que son Taskos se fût fiancé sans son approbation,... mais, tout à coup, Béliza, perçant la foule, prit dans ses bras la jeune étrangère et la pressa vivement sur son cœur.

« Bénissez les Dieux, s'écria-t-elle d'un accent inspiré; ce sont eux qui, par amour pour les Lutéciens, ont amené tous ces heureux événements. »

Puis poussant Thébé contre la poitrine de Rémos :

« Père, embrassez votre fille, ajouta-t-elle. C'est la volonté du ciel. »

Le vieux guerrier obéit à la prêtresse et, pour rendre l'adoption plus solennelle, il fit signe à Taskos de s'approcher.

· « Mes enfants, dit-il alors, en la confondant dans cette tendre appellation, rendons grâce aux Dieux qui réservaient une si grande joie à mes derniers jours. »

Puis se tournant vers Thelhui :

« Ami, votre fille a désormais deux pères. Ne soyez pas jaloux de l'affection que je lui témoignerai. »

Et la scène se termina au milieu des félicitations de toute l'assemblée.

XXII

PAUVRE VIEUX CHYDONAX! — C'EST UN MÉTAL! — C'EST DU
FER! — ON LE TIRE DU SEIN DE LA TERRE! — ON LE TRA-
VAILLE AU FEU!

Le long espace de temps pendant lequel Taskos et Tucéta avaient
si bien profité des enseignements des Massaliotes, ne s'était pas écoulé
sans charger le vieux Chydonax du lourd fardeau de la décrépitude.

Courbé vers la terre qui déjà l'attirait à elle et réclamait sa proie,
le druide avait peine à se mouvoir. Pour pouvoir avancer, il lui fallait
s'appuyer sur un rameau de chêne sacré, et ses yeux affaiblis, sup-
portant mal la lumière du jour, ne distinguaient plus que vaguement
les divers objets ; mais son cerveau plein de vigueur ne lui faisait pas
encore défaut et sa mémoire toujours exercée était aussi vivante que
par le passé.

Un souvenir surtout le poursuivait jour et nuit, c'était celui de la
mission qu'il avait confiée à Taskos ; mais ce souvenir était plein
d'amertume parce qu'il n'était plus accompagné d'espérance.

« C'est en vain que le ciel prolonge mes jours, disait-il à Séronydd ;
je ne connaîtrai pas le secret de l'objet que voilà. »

Et il désignait la cheville déposée sur l'autel du Dieu créateur.

20

Puis, après quelques instants de silence :

« Il y a maintenant soixante-douze lunes que ton élève est parti ?

— Il faut qu'il soit mort, ou bien que, séduit par la beauté du pays vers lequel nous l'avons envoyé, il ait, pour toujours, oublié sa patrie.

— Peut-être est-il prisonnier,... esclave !

— Pauvre enfant !... Mais je ne puis me résoudre à admettre une semblable fatalité... N'avait-il pas, pour le protéger, mon collier d'ambre et le précieux œuf de serpent... Talismans infaillibles ! Non, Séronydd, il n'est ni prisonnier, ni mort,... il est infidèle. »

L'eubage, malgré tout le respect qu'il ressentait pour le noble vieillard, ne l'écoutait que d'une oreille distraite.

« Père, entendez-vous ? demanda-t-il tout à coup.

— Que se passe-t-il, mon ami ?... Je n'entends rien.

— Le bruit est à peine perceptible, père ; mais, du lointain, il arrive ici comme le vague son d'un chrotta dont les cordes vibrent sous des doigts aussi habiles que ceux de notre barde Talieusin. Tenez !.. Ils se rapprochent !

— On dirait qu'une foule nombreuse se dirige de ce côté en poussant des cris d'allégresse.

Vive Taskos ! entendit-on plus distinctement. Vive Taskos ! Vive Tucéta ! Vive Thelhui ! Vive Thébé !

— Ce sont eux ! s'écria Chydonax tremblant et pâle d'émotion. Viens, mon ami, prête-moi l'appui de ton bras... allons les recevoir au champ sacré ! »

Se soulevant alors, comme mû par une force nouvelle, il s'avança vivement, soutenu par l'eubage ; mais sa bouche ne proféra pas une parole.

Depuis quelques instants, il était assis sur un trône de rocher entouré de branchages verts et de mousse fraîche, lorsque les premiers Lutéciens parurent. Ils formaient un long cortège aux quatre voyageurs dont chacun tenait, d'une main, un spécimen des produits inconnus apportés de Massalia et de l'autre un rameau de l'arbre abattu par la cognée de Tucéta.

Thébé, placée entre Mélys et Béliza, portait un lourd pain de froment, tandis que la prêtresse et la jeune fille soutenaient dans des coupes, l'une du blé, l'autre de la farine.

Tous les présents furent déposés aux pieds du druide, tandis que Taskos, auquel il avait fait l'accueil le plus chaleureux, lui expliquait la provenance et l'usage de chaque objet.

Chydonax était radieux. Il remercia les Dieux, puis il bénit Taskos et Tucéta, les nommant les bienfaiteurs de la patrie, et enfin ordonna d'ajouter aux vers des Triades leurs noms ainsi que la nomenclature de leurs découvertes, et longtemps les Gaulois répétèrent avec admiration les hauts faits de ces deux héros de la paix.

Plus tard, les noms de Mélys et de Thébé en augmentèrent la liste : car ces deux nobles femmes ne se contentèrent pas de pétrir le pain ; s'adjoignant les autres Lutéciennes, ce furent elles qui s'occupèrent de l'agriculture et du tissage des étoffes, pendant que Taskos et Tucéta découvraient des mines de fer et les exploitaient.

Tous deux demeurèrent unis par les liens d'une étroite amitié que vint encore consolider le mariage de Mélys avec l'hercule, qui ne méritait plus le nom de Tor, car la ceinture sacrée se croisait, maintenant, sur sa taille amincie.

Quant à Bélawy, toujours vaillant et batailleur, son nom seul faisait trembler les plus turbulentes des tribus voisines.

Béliza, aussi fière de ses neveux que Rémos l'était de ses enfants, reprit ses études un instant interrompues et fit profiter les Lutéciens des connaissances de son vieil ami Thelhui.

FIN

LES LANSQUENETS

LES LANSQUENETS

I

LE JOUEUR DE SAMBUQUE.

Le 10 décembre 1508, Louis XII ré-
gnant, un vent d'est, effilé et froid
comme le tranchant d'une alumelle de
couteau, et qui soufflait depuis le matin,
transformait en une sorte de petite mer aux flots saccadés la belle
rivière de Loire, au-dessous d'Amboise.

Les eaux étaient hautes, et la rivière coulait à pleins bords, noyant
çà et là quelques îles, entre ses rives pittoresques, sous un ciel d'un
gris opaque.

La force du courant, la persistance et l'aigreur du vent semblaient
contrarier beaucoup les manœuvres d'un bateau plat, au mât unique
garni d'une grande voile carrée, qui remontait la rivière.

Conduit par deux mariniers dont la bouche, malheureusement,
paraissait être une mine inépuisable de blasphèmes et de mauvaises
paroles, que nous nous garderons bien d'incruster dans ce récit, le
bateau tirait d'incessantes bordées et s'avançait péniblement.

Aux damnables imprécations des deux mariniers se joignaient, par
moments, les protestations étranges, aiguës ou caverneuses, proférées
par les passagers que transportait la barque.

Ces passagers, qui témoignaient par leurs cris, par leurs grognements, par tous les sons enfin qui s'échappaient de leur gosier, des
ennuis et des terreurs dont ils étaient remplis, en cette après-midi
glaciale, ce n'étaient pas ces fameux moutons à la grand'laine du
marchand Dindonnault, que Rabelais, alors âgé de vingt-cinq ans, fera,
vingt ans plus tard, les victimes de l'immortel Panurge.

Ces passagers, avouons-le tout de suite, c'étaient de magnifiques
cochons, bien en lard, beaux en chair, point ladres, Seigneur Dieu !
brossés avec soin, et qui s'en allaient — malgré eux — à Amboise,
pour prendre part — mais bien involontairement — aux fêtes de la
Noël prochaine.

Le vent glapissait dans les cordages, l'eau sifflait à l'avant de la
barque, la voile se gonflait ou s'abattait subitement contre le mât avec
un gros bruit de toile mouillée, les mariniers juraient, les dignes des-
cendants du compagnon de saint Antoine se révoltaient et criaient, et
pourtant aucun de ces bruits, presque tous insupportables et bien faits
pour déchirer les oreilles les moins sensibles, ne parvenait à troubler,
à la proue de la nef, un grand et jeune gaillard qui y était assis, une
flûte à la main.

Ce grand et jeune gaillard portait un costume militaire étranger,
multicolore ; le tailleur, ne redoutant pas la besogne, et suivant la
mode de l'époque, avait tailladé, crénelé, découpé, déchiqueté,
rubanné et fait bouffer, aux manches du pourpoint et sur le haut-de-
chausses, toute sorte de draps aux nuances vives et gaies habilement
opposées pour le plaisir des yeux.

Au milieu du tumulte et des hurlements, il était calme comme le bon Ulysse, lorsqu'il écoutait le dangereux chant des sirènes, attaché au mât de sa galère, et, de temps à autre, il tirait de sa flûte un son harmonieux, quoique perçant, sans s'occuper aucunement du reste.

Les musiciens ont de ces privilèges que leur accorde dame Nature, la bonne mère !

Pendant qu'il s'écoutait jouer, tel Arion encore charmant les dauphins, les bateliers devisaient en mangeant.

« Ça, maître Coudeloup, m'est avis qu'avec ce *Nordet* nous n'arriverons à Amboise qu'à la nuitée.

— Vous l'avez dit, Annebault. Et ce n'est pas là une pensée à réjouir l'estomac d'un pauvre homme.

— M'est avis encore que nos *vétus de soie* n'y trouveront marchand et acheteur que tout juste ce qu'il en faut pour que maître Courtemanche, de Tours, ne regrette pas le voyage qu'il leur a fait faire.

— Hélas ! les bruits de guerre ont repris de la force. Les routiers sont sur les chemins, regagnant leurs compagnies, et j'ai bien peur qu'il n'y ait en fait de sang versé, cette Noël, de quoi faire plus de boudin de chrétien que de boudin de porc, en Italie !

— Oh ! ce Milanais ! il tient donc bien au cœur de notre sire le roi. C'est du Milanais que nous viennent toutes les mauvaises chances, compère !

— C'est pourtant un bon homme que notre sire le roi. — Et nous autres, de la marine de France, pour qui il a adouci tant de péages, nous lui en sommes reconnaissants. Qu'a-t-il besoin de sujets dans le Milanais ?

— Un bon homme, vous l'avez dit, maître Coudeloup ! Je me suis laissé conter que les clercs de la basoche de Paris avaient joué une *Farce* où il était représenté au naturel, avec ses couleurs, mais comme un malade entouré de physiciens et de mires qui lui cherchaient des remèdes. On lui apportait de l'or en bouteille, comme qui dirait le produit des impôts, et il l'avalait, et alors il était guéri. Eh bien, le roi n'en a fait que rire, et il a ajouté : Mieux vaut quolibets que larmes sur mon épargne ; mais, si j'en puis rire, par Notre-Dame, qu'ils ne s'avisent pas de mettre la reine en jeu !

— C'est un preud'homme.

— Et un bon mari pour madame Anne de Bretagne, quoiqu'elle ait une tête de son pays.

— Et seize ans de moins que lui, compère !

— Sans doute. Et elle en tient pour le pape, et c'est un fameux soldat, qui en veut à ces Vénitiens du diable !

— Cornebœuf, oui, compère. Toujours à cheval, en dépit de l'âge, et entrant dans les villes gagnées par la brèche ! »

En ce moment, une rafale de vent coupa la parole aux mariniers. Ils se remirent à manœuvrer leur barque, celui-ci à l'écoute de la voile, celui-là au gouvernail.

Un coup subit de roulis, jetant les porcs les uns contre les autres, leur arracha des cris stridents.

Cette recrudescence de tapage n'eut pas plus de prise que les bruits précédents sur la tranquillité du musicien installé à l'avant. Il continua de sonner de la flûte comme devant, avec ténacité et enthousiasme.

La « bonace » étant revenue, comme disait maître Annebault, on se remit à causer.

« Ce joueur de *sambuque* nous rompt les oreilles, grogna maître Coudeloup. Encore s'il nous parlait de temps en temps, mais il est des pays d'Allemagne et de notre français ne sait mie.

— C'est sans doute un des joueurs de flûte traversière de ces pillards lansquenets, dont nous sommes infestés depuis le feu roi, encore que le présent roi en ait garnisé la plupart dans son Milanais.

— Oui, mais il en reste toujours trop autour de lui, et il les a
menés à Amboise, où madame d'Angoulême a l'honneur de l'héberger
depuis quelques mois.

— Alors ce flûteur va rejoindre sa compagnie ?

Le lansquenet.

— C'est du moins ce que m'a dit maître Bersegol, de Montlouis, à
l'enseigne du *Bon saint Jean,* en me l'amenant ce matin à bord.

— Maître Bersegol connaît donc la langue de ces gens-là ?

— Il a été vivandier sous le feu roi, pendant la conquête du
royaume de Naples. C'est même lui qui m'a appris que le présent roi

Louis avait perdu ce royaume, avec bien des braves garçons de France, et qu'il ne lui restait que le Milanais.

— Et ce chien qui aboie là-bas ?

— C'est un chien qui ne comprend pas le tourangeau non plus. »

Les deux mariniers parlaient alors d'un autre passager, à quatre pattes, très pourvu en fourrure blanche, aux oreilles pointues, que nous n'avons pas pris le temps de présenter à nos lecteurs.

Il s'agissait effectivement d'un joli représentant de cette race de chiens de l'Allemagne du Nord (fort connus de nos jours sous le nom de chiens loulous) qui, la langue au vent, les oreilles dressées, allait de ci de là, d'un air affairé, sur l'avant du bateau, écoutant le joueur de flûte par instants, mais aboyant le plus souvent de toute sa force aux rares oiseaux qui filaient au-dessus de sa tête.

Comme les deux bateliers échangeaient ces propos, le chien se remit à aboyer de plus belle ; mais cette fois son fin museau tourné vers un point de la rive droite, en amont, où l'on voyait, autour d'une perche fichée en terre et surmontée d'un point noir qui avait la forme vague d'un pigeon, un certain nombre de paysans assemblés.

A quelques pas du groupe, une arbalète à l'épaule et visant le haut de la perche, un homme de belle encolure se tenait seul, prêt à tirer.

« Maître Coudeloup, voici du nouveau, fit maître Annebault. Voyez ! Aurait-on déjà battu le ban de guerre ? Sauf erreur, j'aperçois, de ce côté...

— Bons yeux ! répliqua maître Coudeloup. Je le vois aussi. C'est un franc archer qui s'exerce. Bah ! il manquera l'oiseau ! Aussi bien le feu roi a-t-il eu raison de renoncer à cette milice. Un paysan n'est pas un soldat. Aux Suisses et aux lansquenets de se faire tuer à prix d'argent, en pays étrangers. Nous, nous avons la terre à façonner, la vigne à provigner, le *pesson* à hameçonner et les marchandises à charroyer, par terre et par eau.

— M'est avis, maître Coudeloup, en dépit de l'argent que chaque archer coûtait au village, qu'un brave garçon défend mieux le pays où il est né et qui le nourrit qu'un mercenaire des Allemagnes, et, en outre, il est doux pour le pauvre laboureur son compère.

— Sçavoir ! Enfin, maître Annebault, on l'a essayé, et vous savez les quolibets ! On est revenu aux étrangers soldés. C'est égal, si les francs archers remettent du boyau à leur arbalète, c'est que les bruits de guerre sont bien gros. Qu'en dites-vous ?

— Qui vivra verra ! En attendant, voici la grosse tour d'Amboise. A tribord, maître Coudeloup, ou nous allons donner dans les peupliers de là-bas ! »

Les bateliers se remirent à la manœuvre, et le joueur de sambuque, qui n'avait pas vu le tir à l'oiseau du franc archer et qui restait sourd aux abois de son chien, continua de jouer des airs.

Il ne retira ses lèvres de l'embouchure de son instrument que lorsqu'on aborda à l'entrée d'une espèce de tunnel qui menait alors, en passant sous la muraille de la ville, de la rive de débarquement aux rues intérieures.

La nuit était venue, sur ces entrefaites.

L'immobilité de la barque amena un grand calme parmi les porteurs de jambons vivants que contenaient ses flancs.

Nous abandonnerons là, si vous le voulez bien, ces messieurs et leurs conducteurs, car il n'est si bonne compagnie qu'il ne faille quitter à la fin, et nous entrerons dans la ville à la suite du joueur de sambuque, que son chien escorte en aboyant avec plus de ténacité que jamais.

Le musicien, au costume plus diapré que neuf, enfila une des ruelles qui serpentent dans l'ombre des énormes murs de soutènement du château. Il avait l'air de bien connaître sa route et marchait résolument, sa chère flûte bien et dûment engainée dans un long étui qui lui battait la cuisse.

Tandis qu'il marche vers un but que nous allons connaître et tandis que maître Coudeloup et Annebault se préparent à changer en vin et victuailles la pièce d'argent que le musicien leur a donnée comme prix de son passage, disons ceci, qui a bien son importance :

Dans l'après-midi du même jour, à cent lieues de là, madame Marguerite d'Autriche, fille de Maximilien, empereur d'Allemagne, veuve de Philippe le Beau, duc de Savoie, et depuis deux ans gouvernante des Pays-Bas, signait, à Cambrai, avec Georges d'Amboise, ministre de Louis XII, la sainte Ligue, formée par tous les princes chrétiens d'Europe, à l'instigation du pape Jules II, contre la sérénissime république de Venise.

Ce n'était pas sans difficultés qu'elle avait réussi à forcer le roi de France, si éprouvé par la dernière guerre, à prendre part à cette croisade d'un nouveau genre.

Mais ce que femme veut !...

Comme l'avaient dit les mariniers de Loire, Anne de Bretagne voulait aider le pape Jules II à humilier cette Venise, puissante et perfide, qui grandissait chaque jour, profitant sur terre et surtout sur mer des revers et des défaites des Allemands, des Espagnols, des Anglais, des Français et des Italiens.

Or Louis XII adorait sa femme, et, de plus, il était enclin aux lointaines aventures chevaleresques tout autant que son prédécesseur Charles VIII ; il se laissa donc persuader, chose grave, de manquer de parole aux Vénitiens, lesquels comptaient sur sa neutralité.

Et puis il avait aussi à cœur la réputation de gloire de ses troupes, naguère forcées de toutes parts, sauf dans le Milanais, d'évacuer toutes les places d'armes de l'Italie qu'elles avaient conquises.

Il avait longtemps refusé de faire partie de la Ligue. Son ministre, le cardinal d'Amboise, avait bataillé, la plume à la main et les cartes sous les yeux. Enfin Marguerite d'Autriche l'avait emporté. Les signatures furent données.

Et, le soir du 10 décembre 1508, elle écrivait à son père une lettre triomphante, où se lisait ce passage :

« Tout est terminé selon le vœu général ; mais nous avons pensé, monsieur le cardinal et moi, nous prendre aux cheveux ! »

II·

Revenons maintenant à notre joueur de sambuque et à son chien si bien fourré.

Après avoir gravi une ruelle en zigzag conduisant à un chemin qui s'allonge, interminable, au pied de la colline sur laquelle s'appuie la masse du château, ils sont arrivés l'un suivant l'autre, et sans se tromper, à la porte basse d'une des maisons pratiquées dans l'épaisseur de la roche calcaire.

Ces maisons de rocher, comme on dit en Touraine, sont communes dans les falaises qui dominent la Loire et ses petits affluents, en de nombreux endroits, de Blois à Tours. Elles sont très saines.

Si la nuit n'était pas close, nous pourrions lire, au-dessous d'une sorte de hachoir en bois, image symbolique d'un instrument cher aux tonneliers du pays, et qui sert d'enseigne à la caverne en question, ce distique aux rimes suffisantes :

> *Vive le bon vin*
> *Qvi fait doler le merrain.*

21

Mais il fait nuit, la *doloire* symbolique est invisible dans les ténèbres, et dans les ténèbres également, au-dessous de la doloire, est
invisible un grand écusson portant l'aigle impériale à deux têtes, avec
une inscription en lettres gothiques, que nous traduisons pour la commodité de nos lecteurs : *Au Paradis des Lansquenets. Vin et cer-
voise.*

Cette maison de rocher, jadis cabaret français, a été transformée
en taverne à l'usage des farouches mercenaires exportés par les cercles
des bords du Rhin dans tous les États européens, et dont Louis XII, à
l'exemple de Charles VIII, solde de six à huit mille échantillons irré-
prochables.

Ils sont devenus les rivaux et les remplaçants des Suisses, qui jusqu'alors avaient gardé seuls le monopole de louer leur bravoure et de
vendre leur sang, à prix débattu, à tout souverain qui, ayant de l'or,
manquait de fer.

Les princes allemands, Maximilien en tête, instruits par l'expérience
et ayant vu Charles le Téméraire battu, avec ses chevaliers, par les
héroïques montagnards des cantons suisses, ont eu l'idée de créer en
prenant les *servants* de leurs Reîtres, servants habitués à se battre à
pied, à côté des cavaliers, une milice qui, tout à coup, s'est révélée
solide et d'un courage extraordinaire.

Ces servants, gens de la plaine pour la plupart, en reçurent le
nom.

Le mot de *Landsknecht* signifie, en effet, *servant du pays plat.*

Leur réputation balança bientôt celle des Suisses. Ils obtinrent l'autorisation de se louer à leur exemple, et on les solda simultanément,
dès la fin du quinzième siècle, non seulement de l'autre côté du Rhin,
mais en France, en Espagne, dans les Pays-Bas, et dans tous les pays
où la guerre déployait ses horreurs.

Ce qui amenait parfois, comme bien on pense, des luttes fratricides
entre lansquenets combattant sous des drapeaux différents, dans des

rangs opposés, tout en étant originaires des mêmes contrées, et
enfants des mêmes familles souvent.

Le plus fréquemment, évitant avec soin les luttes fratricides dont
nous parlons, les mercenaires, adversaires mais compatriotes, s'entendaient à merveille pour se ménager. Plaies et bosses, mais peu de
morts. On faisait des prisonniers, dont les souverains payaient les
rançons. C'était moins dangereux et plus lucratif. On cite des journées
célèbres où moururent seulement deux ou trois lansquenets écrasés
sous les pieds des chevaux de la noblesse.

Cela dit, entrons dans la taverne sous roche où les lansquenets
que Louis XII a gardés près de sa personne, en même temps
que ses hallebardiers suisses, s'en vont le jour et le soir, quand
ils ne sont pas de service, noyer leurs soucis dans les pots,
bien qu'ils aient à noyer bien peu de soucis, ces terribles enfants
perdus !

Le joueur de flûte et son chien viennent d'y pénétrer.

Une suffocante odeur emplit la vaste salle. Bien que le plafond,
taillé à vif dans le roc, ne menace pas de s'écrouler de sitôt, des
poteaux se dressent du sol jusqu'à la voûte, mais pour supporter en
certains endroits des solives recouvertes de planches qui préservent la
tête des buveurs et leurs brocs de la chute des gouttes d'eau venues
par les fissures du rocher.

Les soudards, assis aux longues tables, comme des juges à un tri-
bunal, mais avec un certain désordre dans la tenue, que dissimule
heureusement la clarté fumeuse des chandelles de résine groupées en
lustre au plafond, sont en train de faire rubis sur l'ongle après avoir
bu, ou d'éclater en paris extravagants avant de boire. D'autres jouent
à ce jeu qui est comme le paradis des aigrefins, des lansquenets en
particulier, et auquel ils ont donné leur nom, qu'il a gardé jusqu'à
nos jours.

Tous les patois allemands retentissent, et les syllabes hachées, sac-

cadées, s'envolent dans un tumulte assourdissant, où la simple prose
se mêle à la poésie parfois.

Car on chante en même temps qu'on boit dans cette grotte ba-
chique.

Le capitaine Rocandolf, un homme superbe, mais qui ne peut se
tenir sur ses jambes, s'est levé néanmoins, tant bien que mal, plutôt
mal, et déclame d'une voix enrouée une chanson printanière du
célèbre Veït Weber, le Tyrtée de la guerre des Suisses contre les
Bourguignons.

Il chante :

> L'hiver fut dur,
> Mais l'oiseau vole
> Au ciel d'azur,
> Et ta douce parole
> Retentit dans les bois.
> Femmes, cachez vos larmes !
> Allons, debout, tous à la fois !
> Holà ! les hommes d'armes !

Un tonnerre d'applaudissements se fait entendre. Tous les regards
sont tournés vers le chanteur. Nul ne remarque l'arrivée du joueur
de sambuque.

Le capitaine, encouragé, reprend :

> Verts sont les champs
> Si roux naguère !
> C'est le printemps,
> La saison de la guerre !
> Adieux, berceaux et toits.
> Femmes, cachez vos larmes !
> Allons, debout, tous à la fois !
> Holà ! les hommes d'armes !

Le Paradis des Lansquenets.

A la surprise générale, le refrain guerrier est, tout à coup, accompagné par les accords stridents et doux à la fois d'une flûte, que scandent les aboiements fous d'un chien.

Tous les yeux se portent alors vers le coin sombre d'où part cette mélodie à deux parties si différentes entre elles, et, de tous les gosiers, sort une exclamation de joie étonnée :

« Eh ! c'est le petit Mikel !

— Enfin, le voilà de retour, ce diable de fifre !

— Eh ! c'est le *Mauvais Fritz* qui est avec lui. »

Il paraît que le chien aboyeur se nomme le *Mauvais Fritz*. Souvenons-nous-en.

« D'où viens-tu, petit *Mikel ?* »

Et le joueur de flûte, dont le nom est, paraît-il, le petit Mikel, ôte gracieusement la toque empanachée de hautes plumes qui lui sert de coiffure, s'assied et dit :

« Je viens de quitter des personnages qui, malgré le respect que je vous dois (quoique nos règlements m'autorisent, en dehors des rangs, à ne voir même dans nos officiers jusqu'aux capitaines que de simples camarades), je viens de quitter, dis-je, des personnages infiniment plus convenables et plus sobres que vous ne l'êtes en ce moment, mes seigneurs !

— Et quels personnages ? demande alors d'une voix pâteuse le capitaine Rocandolf, qui, sa chanson finie, est retombé sur son banc.

— Mais, capitaine, je viens de remonter la Loire avec cent pourceaux et gorets. »

Un homme joyeux acclama cette lourde plaisanterie.

« Oui, reprit le petit Mikel, j'arrive de Tours en compagnie qui valait bien la vôtre, soit dit sans vous offenser, ou en vous offensant, comme vous voudrez.

— Si je ne te mets pas les tripes au soleil, petit Mikel, un jour ou l'autre, crie soudain un lansquenet en croisant les bras, c'est que tu seras protégé par le diable !

— Et, ajoute un autre soudard, prends garde à toi, Mikel ! Tu sais que le diable ne nous aime pas. Tu connais la légende. Monseigneur saint Pierre (son nom soit béni !) n'ayant pas de place en paradis pour y loger des lansquenets, c'est tout naturel, a envoyé en enfer le premier qui est venu frapper à sa porte. Le lansquenet alla en enfer. Mais, à sa vue, Satan s'écria : — Un lansquenet ! Oh ! pas de ça chez moi. Je tiens trop à ma tranquillité. Va-t'en ! Va-t'en !

— Oui, je savais cela, mon vieux Diebold. Le diable peut ne pas me protéger ; mais il ne m'empêchera pas de rire des menaces de ce fanfaron de Schonboffer, qui veut m'arracher les entrailles. Arracher les entrailles de ton fifre, Schonboffer ! Mais, le jour où les coups pleuvent, qui est-ce qui t'en ferait donner, ou recevoir, en cadence, si le petit Mikel n'était plus là avec son ami Bodmer ? A propos, où est Bodmer, mon tendre ami Bodmer ?

— Présent ! gémit une voix qui avait l'air de sortir de terre.

— Viens donc, Bodmer, viens donc que je t'embrasse, mon délicieux compaing.

— Bodmer et son tambourin sont sous la table, » gémit de nouveau la voix souterraine.

C'était la vérité.

L'inséparable compagnon du petit Mikel, celui à qui retournait ce qui venait de l'autre, car, même en ces temps reculés, ce qui venait de la flûte retournait au tambour, le bon batteur de caisse, avec lequel

Mikel était toujours si bien d'accord, même sur le champ de bataille, d'âme et d'instrument, Bodmer enfin gisait, ivre mort, sous la table du cabaret.

On tira Bodmer de l'asile qu'il s'était choisi dans son ivresse. On l'amena au petit Mikel, dans les bras duquel il se laissa tomber, à la vive indignation du *Mauvais Fritz*, qui lui sauta aux chausses en aboyant. Mikel l'accola tendrement.

Ce fut touchant.

Le capitaine Rocandolf, ému par le spectacle, déclara que le petit Mikel valait son pesant de ducats, et qu'un jour ou l'autre, ayant tant d'esprit, il deviendrait leur colonel peut-être.

« La musique mène à tout, riposta le petit Mikel, et, d'ailleurs, ajouta-t-il, rien ne s'oppose à ce que je puisse vous conduire à la victoire... et à la fortune, car l'Empereur peut me nommer colonel, s'il le veut... et... »

Nous lui couperons la parole, pour instruire nos lecteurs, qui ne sont pas, comme nos buveurs, au fait des règlements, privilèges et mœurs militaires des lansquenets, de ce fait, énorme au quinzième siècle, que le colonel d'un régiment de lansquenets pouvait être aussi bien choisi, par le souverain, parmi les roturiers que parmi les nobles. Le colonel recrutait son régiment et nommait les officiers. Les soldats élisaient leurs sous-officiers. Chaque soldat, pour sa nourriture, touchait un prêt; mais il devait pourvoir à son équipement et à son habillement.

Ses armes lui appartenaient.

Son équipement, du reste, n'était pas chose grave. Dans les bandes françaises, une cuirasse et un casque dit salade, de couleur noire, composaient, avec un petit bouclier, ses armes défensives; pour armes offensives, il portait la pique longue ou la hallebarde à la mode suisse, avec laquelle il chargeait, comme l'infanterie moderne, à la baïonnette. Au commencement du seizième siècle, il était pourvu d'une épée à deux mains formidable et d'un coutelas ou d'une dague. Plus tard, on arma les soldats d'arquebuses.

Pour le reste du costume, il était, quant à la forme et aux ornements, laissé au goût du lansquenet; mais, par un accord tacite et pour plus de commodité, les quatre cents hommes de chaque compagnie offraient à peu près les mêmes bariolages de couleurs, et généralement celles des cercles d'Allemagne d'où ils étaient venus.

A ces hardes et à ces armes ils ajoutaient celles dont les hasards des batailles ou du sac des villes leur faisaient l'aubaine.

De là, dans leur accoutrement, un ordre composite, si j'ose le dire, qui ne laissait pas d'être aussi bizarre que pittoresque.

Ce qu'on appelle en architecture le gothique flamboyant, avec ses caprices de découpures, ses folies de lambrequin, ses barbes d'écrevisse extravagantes, ses trèfles, ses rinceaux, semblait être l'idéal des tailleurs des lansquenets, surtout au commencement du seizième siècle.

Le capitaine Rocandolf offrait sur sa personne un magnifique modèle du degré de fantaisie compliquée où s'élevaient les couturiers en draps et en cuir, soie ou laine, auxquels il avait donné sa pratique, volontiers, et, avec moins de grâce, son argent.

Puisque nous voilà occupés de ce digne capitaine, ne le quittons plus, et même accompagnons-le tandis qu'il regagne son logis, soutenu par le bras obligeant du petit Mikel.

Voici, du reste, que la taverne se vide.

Les éclats d'une trompette lointaine qui sonne la retraite, le bruit aérien d'une cloche qui tinte le couvre-feu dans la ville, ont averti les buveurs d'avoir à se disperser.

Ils obéissent tous sans murmurer; et au clair de la lune, qui

Le petit Zéel.

se hasarde à percer le brouillard, on peut les voir, eux et leurs
ombres, dans les ruelles rapides, se donnant le bras, en ligne,
le centre heurtant du pied les grès épais, tandis que les ailes
rasent les murailles ventrues des maisons de bois garnies d'ar-
doises.

III

LE CAPITAINE ROCANDOLF.

« Capitaine !

— Mon garçon ?

— Droit, capitaine ! Vous avancez de côté, comme un cancre de mer.

— Un quoi ?

— Un crabe. Droit, capitaine !

— Bah ! Je marcherai droit dans le Milanais, si, comme on le disait aujourd'hui au château, nous partons la semaine qui vient pour rejoindre les camarades, Sa Majesté en tête ! Mais ici, c'est la Touraine ; le vin blanc mousseux est l'ennemi des jambes, et les rues sont un tant soit peu déclives, mon fils.

— Capitaine ! Vous vous rappelez d'où je viens, où j'ai été, sur votre demande ? J'ai revu la chaumière de la vieille Monna !

— Ah ! oui ! je me souviens ! Maudit vin blanc ! Le diable m'emporte, comme dit le roi, si j'en absorbe encore une bouteille, fût-ce de la mère goutte ! »

Tout en maugréant de la sorte, le capitaine Rocandolf cherchait à rassembler ses esprits errants.

« Tu as vu la vieille ? Et quelles nouvelles ?

— Pas de nouvelles ! Elle m'a répété ce qu'elle m'a déjà dit deux fois, ce qu'elle m'a juré sur la croix de Dieu : on lui a volé votre enfant, un soir, comme elle s'était endormie en filant sa quenouille. Il y a de cela cinq années !

— Un si gentil enfant, Mikel, et qui s'escrimait déjà du poignard comme un vieux routier !

— Pauvre petit homme !

— Sa mère était une fidèle et douce créature, bien que Napolitaine. Hein, te rappelles-tu, Mikel, quand nous revînmes en France, toujours courant, avec le beau roi Charles. Elle n'est pas restée en arrière plus d'une journée, avec son marmot.

— Oh ! oui, capitaine !

— Je n'étais que sergent alors.

— Et moi simple « goujat » de reître, mais déjà passionné pour le fifre !

— A Fornoue, il avait trois ans, l'enfant !

— Il en aurait seize passés aujourd'hui.

— Mikel !

— Mon capitaine.

— C'est affreux, vois-tu, d'être seul au monde et de vieillir.

— Encore, moi, j'ai le *Mauvais Fritz !*

— C'est vrai. Tu as ton chien, toi !

— Et un chien fidèle, je m'en vante, le propre fils de Kraff, celui qui assistait si joyeux aux premiers ébats de l'enfant.

— Oh ! malheur à ceux qui m'ont pris le petit Zeel, si je les trouve jamais !

— Je l'avais vu naître, capitaine, et je l'ai bien souvent bercé dans nos haltes.

— Oh ! si ma mère avait vécu, jamais on n'aurait pu le lui arracher comme à cette vieille et imbécile Monna.

— Hélas ! elle est morte comme nous repassions les Alpes.

— Dieu ait son âme ! C'était une femme brave et dévouée. »

Ici, le captaine ôta sa toque aux plumes flottantes.

Le fifre Mikel l'imita.

Le *Mauvais Fritz* aboya.

Après un moment de silence, Mikel reprit doucement :

« Capitaine !

— Mon garçon ?

Vous rappelez-vous la joie du petit Zeel quand il apercevait de loin mes grimaces au-dessus des tentes, dans nos campagnes ?

— Oh ! tu me fais mal là, mon garçon. Je souffre ! Tout à l'heure, c'était le vin de Chinon qui me sortait par les yeux ; maintenant, c'est fini, et je pleure des larmes, mon garçon, et je n'ai pas honte. Car tu l'aimais, toi !

— Oh ! capitaine ! oui !

— Ventre-du-diable ! assez d'attendrissement comme cela ! Tout espoir de le retrouver est à jamais perdu.

— Je crois bien qu'il ne faut pas y songer, capitaine, car...

— Alors, par la mort-Dieu ! oublions, buvons et tuons ! Il faut que je noie le passé. Mikel, si je ne reviens pas de la campagne qui va s'ouvrir au printemps, comme tout le monde le croit, souviens-toi de

22

la vieille Monna. Elle a gardé l'enfant cinq ans. Tout ce que je pos-
séderai encore au jour de ma mort, tu le partageras avec elle.

— Et si un boulet me met aussi en capilotade, capitaine !

— Tu chargeras Bodmer, ton féal, de la commission.

— Et si Bodmer, à son tour...

— Bah ! un tambour ! Il a la peau dure. Tous les trois à la fois, ce
n'est pas probable.

— C'est bon. Je lui dirai en même temps de tâcher d'en apprendre plus long que moi, à Montlouis, sur cet homme, maigre et noir
de peau comme un More, que la vieille Monna assure avoir vu rôder
dans le village, la veille du jour où le petit Zeel a disparu.

— Au fait, tu ne m'en parlais pas !

— C'est que je n'avais rien de plus à vous en dire que ce que je
vous ai dit jadis.

— Elle ne l'a pas encore revu ?

— Pas encore.

— Oh ! cet homme ! Le tenir enfin, lui fendre la tête d'un coup !
Mais je suis fou ! Comment le reconnaître ? Un homme noir comme
un More ? Il n'en manque pas, parmi nos routiers de soudards au teint
basané ! Jeune ?

— Il le fut. Mais il a sans doute, comme nous...

— C'est vrai. Allons, Mikel, siffle ton chien, et rentrons. La nuit
est froide, et pourtant je brûle. J'ai la fièvre. A demain !

— La bonne nuit, capitaine !

— Merci, mon garçon ! »

Les deux personnages se séparèrent tristement sur ce mot amical,
et chacun d'eux, d'un pas rapide, se dirigea vers un logis qu'il était
destiné à ne plus habiter que quelques jours.

Bodmer et le petit Mikel.

Comme le capitaine Rocandolf atteignait le sien et avertissait, à coups de poing donnés dans la porte, les gens de l'intérieur qu'ils eussent à lui ouvrir l'huis, le châssis mobile d'une des fenêtres de la maison située vis-à-vis se leva doucement, et une tête dont la lune éclairait le profil accentué s'avança avec précaution dans l'ouverture.

C'était la tête d'un homme encore jeune, aux pommettes saillantes, au menton pointu. De beaux cheveux noirs très longs encadraient ce visage.

L'homme regarda le capitaine.

Un sourire amer crispa ses lèvres, et il murmura :

« Voilà ce misérable ivrogne qui va cuver son vin. Oh ! si j'osais ! Non ! pas encore. L'heure de la vengeance sonnera. Il y a longtemps que je la prépare. Une imprudence pourrait faire perdre le fruit de tant d'années de patience. Laissons-le mûrir encore. »

Puis il se tut et contempla haineusement le capitaine, lequel avait remplacé son poing par le pommeau de son épée et continuait de battre furieusement en brèche les ais de chêne de son logis.

On a le sommeil profond à Amboise, car ce ne fut qu'au bout d'un quart d'heure que le visage de bois daigna s'humaniser. La porte s'ouvrit enfin, et le capitaine s'engouffra, avec des jurons capables de faire rougir un démon, dans l'intérieur de la maison.

Alors l'inconnu qui l'observait quitta son poste, et le châssis de la fenêtre retomba sans bruit.

IV

IL SIGNOR SCABINI.

L'inconnu se disait courrier royal. Il était arrivé à Amboise trois semaines auparavant, avec des nouvelles rassurantes sur la tranquillité de Gênes.

Louis XII avait failli se voir enlever cette place importante. La population, excitée secrètement par les partisans de l'empereur d'Allemagne, s'était révoltée, avait arboré l'aigle impériale et proclamé Maximilien son seigneur.

Mais la ville avait été bientôt reprise par le loyal chevalier, le chevalier sans peur et sans reproche, Bayard, et remise au pouvoir de Louis XII.

Ces événements avaient précédé de quelques mois la signature de la ligue de Cambrai, et s'étaient passés pendant les interminables séances de la diète germanique à laquelle Maximilien demandait des hommes et de l'argent.

L'inconnu, reçu par le roi en audience privée, avait également apporté au roi l'assurance qu'en cas de besoin la banque Soli, de Gênes, qui avait prêté 100,000 francs à Charles VIII, lors de la con-

quête du royaume de Naples, mettrait une somme considérable aux
pieds de Sa Majesté, moyennant un intérêt convenable, bien entendu,
intérêt dont le taux avait amené une moue significative sur les lèvres
du royal et économe emprunteur.

Mais l'argent est le nerf de la guerre !

Or, si les premières terres de l'Amérique étaient découvertes depuis
seize ans, quand le roi Louis XII reçut le messager italien, le *Père du
peuple* était loin d'avoir en sa possession, et pour cause, le plus petit
des monceaux d'or qu'allait jeter en Europe le nouveau monde rencontré par Colomb, en cherchant à rejoindre les grandes Indes à travers l'Atlantique.

Il fut donc forcé de donner à l'émissaire de Bayard et de la banque
Soli une réponse nécessitée par l'état de ses finances.

Et le signor Scabini, car c'était le nom de l'inconnu, repartit pour
l'Italie le lendemain de la nuit où nous l'avons vu regarder si singulièrement le capitaine Rocandolf, en proférant de mystérieuses menaces.

Deux semaines plus tard, nous le retrouvons à quelques lieues de
Venise, au camp du marquis Barthélemy d'Alviano, l'un des meilleurs
généraux de la république à qui les honneurs d'un triomphe avaient
été décernés en reconnaissance d'une récente victoire remportée sur
les troupes de l'empereur d'Allemagne arrivées, mais trop tard, au
secours des Génois, matés et vaincus déjà par Bayard, comme nous
l'avons dit.

Si les lansquenets allemands et les Suisses se ménageaient beaucoup
entre eux quand ils se trouvaient face à face sur les champs de
bataille, en revanche les mercenaires de tout pays que soldaient les
princes italiens, et que commandaient les *condottieri,* se bornaient
souvent à une simple et pure escrime, quand ils se rencontraient
dans des rangs ennemis. Parfois, tout se bornait à d'éclatantes

chevauchées, à des démonstrations vaillantes, à des passes d'armes

Le capitaine Rocandolf.

qui n'étaient pas plus meurtrières que les tournois à lances cour-
toises.

Cependant les choses avaient tourné un peu plus au tragique depuis les façons d'agir des chevaliers de Charles VIII, passant sur le ventre des confédérés italiens à Fornoue, afin de retourner en France.

A Fornoue, ce fut terrible.

Les gens d'armes et les gens de pied avaient, ceux-ci, rempli leurs engagements, ceux-là fait leur devoir de Français, avec une telle impétuosité et d'une manière si farouche, que de ce jour data, en Italie, la glorieuse réputation d'audace et de ténacité de nos soldats.

La *furia francese* se révéla à Fornoue et, depuis, est demeurée proverbiale de l'autre côté des Alpes.

Or, sachant à quels redoutables adversaires, dans la guerre qui se préparait, allaient avoir affaire les troupes de la sérénissime république, seules contre le pape, le roi de France, l'empereur d'Allemagne, le roi de Hongrie, les ducs de Savoie et de Ferrare, le marquis de Mantoue et tous les signataires de la ligue de Cambrai, le marquis d'Alviano appelait dans son camp, en élevant les prix, les meilleurs mercenaires de l'Europe.

Venise ne regardant pas à l'or, ses condottieri levaient partout des hommes décidés à se battre loyalement et à mourir, s'il le fallait, la somme en valant la peine.

Le signor Scabini fut des premiers à « permuter ». Il passa des rangs des troupes françaises en garnison dans le Milanais dans les rangs des troupes vénitiennes campées au-delà de l'Adda.

Mais, en quittant Bayard, il conserva de secrètes relations avec certains de ces camarades qu'il se disposait à combattre.

Grâce à ses relations et à son habileté personnelle, pour qui l'honneur ne pesait pas un « scrupule », il fut à même, après avoir touché une gracieuse commission à la banque Soli, de Gênes, de donner au marquis d'Alviano quelques renseignements heureux sur les forces et les dispositions des troupes françaises.

Le prix qu'il en reçut ne l'empêcha nullement, d'ailleurs, d'aider, des avis de l'expérience qu'il savait acquérir par les yeux et par les oreilles, les riches seigneurs qui les lui demandaient.

Pendant qu'il allait de ci de là, comme la mouche du coche, mais une mouche qui ferait fort bien ses affaires, le roi Louis XII et sa chevalerie passaient les Alpes.

Ils encombraient les routes de leurs traînards...

De tous les confédérés de la sainte ligue, le roi de France fut prêt le premier.

Il arriva dans la Lombardie avec une armée imposante avant tout le monde.

Sans parler de l'artillerie et des gens de pied, qui encombraient les routes de leurs traînards et leurs charrois sans fin, il arrivait à la tête de près de dix mille lances et de toute sa noblesse.

Or, une *lance*, sous Louis XII, se composait d'un chevalier, armé de toutes pièces, lequel était servi par cinq hommes, tous capables de combattre très vigoureusement, tout en parant les coups adressés à leur chef.

Ces cinq hommes étaient : son page ; son coutellier, ou porteur de dague, lequel coupait les jarrets des chevaux ou la gorge des piétons, au choix, et trois archers ou arbalétriers, qui, les carreaux et les flèches leur manquant, se servaient dans la mêlée de toutes les armes tombées sous leur main.

Le marquis d'Alviano, instruit de l'entrée du roi de France et du nombre de ses troupes, fut tout d'abord interdit de la soudaineté de cette arrivée ; mais il pensa qu'il pourrait, avant l'arrivée de l'empereur d'Allemagne, toujours retardé par les lenteurs des membres de la diète, battre son terrible ennemi.

Il prit ses dispositions en conséquence, rapidement, n'ayant que peu d'heures devant lui pour parer à tout, avec une armée à peine formée, comme la sienne, et d'éléments si hétérogènes.

Mais il comptait sur la bravoure éprouvée des vieilles bandes et des chefs dont il avait loué les services.

Le lendemain du jour où les premiers fourrageurs de l'armée française furent signalés par les espions du marquis d'Alviano, il signor Scabini alla trouver dans sa tente un jeune condottiere, connu de tous pour son sang-froid et sa force, que l'on appelait Antinotti et qui était traité comme un fils par le signor Scabini.

Il le trouva en train d'écouter les bonnes paroles d'un moine.

C'était l'usage général aux approches de luttes décisives ; et, comme dit le Loyal Chevalier en ses *Mémoires,* « lors eussiez veu une chose merveilleuse, car les prestres étaient retenus à poids d'or à confesser, pour ce que chacun se vouloit mettre en bon état. »

Il signor Scabini attendit à distance, la tête découverte, que le moine eût terminé son saint office. Puis, lorsque le jeune Antinotti resta seul, absorbé dans de pieuses méditations, il vint lui frapper sur l'épaule.

« Bonjour, mon fils !

— Je vous salue, mon oncle, fit gravement le jeune homme. Que me voulez-vous ? »

V

Il signor Scabini parla ainsi à son jeune compatriote :

« Dans quelques jours, l'ennemi sera en présence, mon fils. Je puis donc être rappelé là-haut, si telle est la volonté de Dieu. Il est temps que je te révèle le secret de ta naissance et que je te trace la route à suivre par toi dans la vie, désormais.

— Quelle route ?

— Celle de la vengeance !

— De qui ai-je à me venger ? Qui dois-je venger ?

— Tu as à venger ta mère, morte à vingt ans, qui fut ma sœur bien-aimée. Tu as à te venger de l'ennemi cruel qui l'a fait mourir.

— Son nom ! son nom ! où est-il ?

— Sois calme, mon fils. Patience !

— Expliquez-vous ; vous me torturez, mon oncle. Parlez !

— Lorsque le roi Charles VIII entra dans Naples, resplendissant cavalier, le globe d'or à la main comme un empereur, sous un dais

somptueux que portaient les plus grands parmi les seigneurs de France
et d'Italie, ta mère, qui t'avait mis au monde quelques mois auparavant, se trouvait sur le passage du cortège. Un misérable lansquenet,
des compagnies françaises, fut frappé de sa beauté. Mais cette histoire
est aussi commune que lamentable dans ces temps de guerre. J'abrège.
Il sut découvrir la demeure de ma sœur et, loyalement, je l'avoue,
demanda sa main. Apprenant qu'elle était mariée, il conçut un projet
abominable. Il chercha ton père et le tua. J'étais alors dans les Espagnes. Puis, quand les Français évacuèrent les places fortes du sud de
l'Italie, il enleva la malheureuse femme, qui t'allaitait encore, et la
condamna à le suivre. Elle en mourut de misère, de fatigue, assassinée
par la faim et par les brutalités du sinistre soldat.

— Son nom ! cria, éperdu, le jeune homme.

— Tu vas le savoir.

— Je revins à Naples. On m'instruisit de cette horrible aventure.
Je jurai de venger ma sœur et son mari et de te soustraire au pouvoir
de cet infâme étranger.

— Vous l'avez découvert !

— C'est toi, d'abord, que je découvris, dans une ferme de Touraine.
Tu y grandissais, oublié, négligé, sous la garde d'une vieille femme.

— Monna ! je me rappelle son nom et je vois encore son visage.
Elle m'aimait.

— Quand je te trouvai dans cette chaumière, je savais que ta mère
était morte.

— Pauvre femme !

— Je te pris dans mes bras un soir et t'emportai, comme le berger
emporte l'agneau que le loup menace. Depuis, je ne t'ai pas quitté.
J'ai été pour toi le plus tendre des pères, plutôt qu'un oncle obéissant
aux simples liens de la parenté.

— Mais l'homme, mon oncle, l'homme ! l'homme qui fut le bour-

Ce fut une mêlée effroyable.

reau de ma mère et l'assassin de mon père ; son nom, encore une fois !
Où est-il ? que fait-il ?

— Ce qu'il est ? C'est un des capitaines des lansquenets que M. de
La Palice commande pour le roi de France.

— Comment l'appelle-t-on ? Au nom du ciel, dites-le-moi.

— Le capitaine Rocandolf.

— C'est bien. Je m'en souviendrai.

— Dans quelques jours, dans quelques heures peut-être, car le roi
Louis s'avance rapide comme le vent, nos compagnies de piétons et
celles de M. de La Palice se tiendront visage à visage, pique contre
pique.

— Oh ! comment rencontrer le traître alors !

— Sois tranquille, mon fils ; je te l'indiquerai dans la bataille,
fussé-je aveugle ; car ma haine a le flair fin et l'oreille déliée. Je
t'amènerai cette proie ; elle t'est due !

— Merci, mon père !

— Et sois sans remords, même après l'absolution que tu viens de
recevoir de ce digne prêtre ; tu feras ton beau devoir de fils, de soldat
et de patriote, en tuant ce meurtrier, ce soldat étranger, cet ennemi ! »

Sur ces mots, les capitaines se séparèrent.

Le lendemain, à l'aube, Louis XII surprenait les troupes de la
république de Venise sur les bords de l'Adda et les culbutait au sanglant combat de Ghiara d'Adda, si glorieux pour nos armes et enre-
gistré dans notre histoire sous le nom d'Agnadel (le 14 mai 1509).

Le marquis Barthélemy d'Alviano y fut fait prisonnier. Il avait un
œil crevé.

Ce fut une mêlée effroyable où la chevalerie française fit des prodiges de valeur, où les gens de pied de Bayard et de M. de La Palice
se conduisirent comme des héros.

Selon leur usage traditionnel, avant de charger, sourds aux sifflements des boulets, les lansquenets mirent « le genouil en terre » et prièrent dévotement.

Puis, après avoir tous, officiers et soldats, baisé la froide terre qui devait le soir, à beaucoup, offrir une couche pour y dormir leur dernier sommeil, ils en prirent une poignée, qu'ils jetèrent derrière eux, geste symbolique qui signifiait qu'ils en faisaient volontairement l'abandon, afin de ne plus tenir à rien ici-bas au moment d'accomplir leur devoir dans le combat.

Alors les fifres et les tambours des compagnies battirent et sonnèrent avec une furie joyeuse, et les lansquenets, au pas de charge, s'avancèrent, alignés comme à la parade, au cœur de la bataille.

Le capitaine Rocandolf, qui n'avait bu que de l'eau depuis trois jours, afin de marcher droit dans le Milanais, comme il se l'était promis à Amboise, et qui marchait en effet droit et somptueusement vêtu, en tête de sa compagnie et non dans les rangs, car c'était l'habitude chez les lansquenets, trouva bientôt au bout de son épée terrible un jeune officier, de son grade, qui conduisait, sans mot dire, une compagnie de mercenaires grecs, au costume bizarre. Il était armé d'un poignard.

Ce jeune officier, c'était Antinotti.

Derrière lui venait un sombre soldat, au visage maigre et noir comme celui d'un More, la pertuisane en avant, pour protéger le jeune chef.

Ce soldat, c'était il signor Scabini.

Le jeune officier se précipita, guidé par un signe du sombre soldat, sur le capitaine des lansquenets.

« Je suis Antinotti, de Naples, » lui cria-t-il en plein visage.

Puis il lui enfonça à deux reprises son poignard dans la poitrine, en hurlant à chaque fois : « Pour mon père ! pour ma mère ! A mort l'Allemand ! »

Le capitaine Rocandolf tomba comme mort.

Ses hommes l'enjambèrent, et leur masse impassible traversa la cohorte ennemie ainsi qu'un sanglier traverse un champ de blé, abattant les épis, brisant les chaumes.

Quand elle fut passée, les trois quarts des mercenaires grecs gisaient sur le sol, vomissant le sang par d'affreuses ouvertures, à côté de leur jeune officier, qui avait une plaie horrible à la poitrine.

Quant au sombre soldat, il avait disparu.

Du côté des lansquenets, les pertes furent peu considérables.

Mais le petit Mikel, le gentil fifre de la compagnie, était étendu sur le sol, à quelques pas du capitaine Antinotti, avec un joli coup d'estramaçon dans la mâchoire inférieure.

VI

Quand il reprit ses sens et qu'il eut constaté le genre particulier de sa blessure, qu'il banda du mieux qu'il put, il s'écria avec une douleur de musicien dans laquelle la perte irréparable de la correction de ses traits entrait pour peu de chose :

« Hélas ! mon pauvre petit Mauvais Fritz, comment allons-nous faire maintenant, si je ne puis plus jouer de la sambuque ? »

Ce disant, il ramassa son instrument, qu'il n'avait lâché qu'en recevant le coup fatal et qui était tombé en même temps que lui.

Sa flûte était intacte !

Mikel en exprima sa joie par un sourire que sa blessure métamorphosait en grimace hideuse.

Et quelque douleur qu'il ressentît dans la mâchoire, il ne put maîtriser plus longtemps l'envie qui l'avait pris au cœur soudain d'essayer, puisque l'instrument était sain et sauf, si le musicien était capable de s'en servir encore d'une façon harmonieuse.

Il appliqua la flûte sur ses lèvres sanglantes avec une grosse émotion et se mit à jouer un vieil air de son pays, l'air qu'il jouait au petit Zeel pour l'endormir.

Ces accords champêtres, inattendus sur un champ de bataille encombré de morts et de mourants, semblèrent tout à coup ranimer ou ressusciter l'un d'entre eux, celui qui gisait à quelque distance du joueur de sambuque, le jeune chef des mercenaires grecs en un mot.

Il se souleva péniblement, écouta d'un air égaré les sons charmants que le petit Mikel extrayait de sa flûte, puis il cria d'une voix faible, en italien :

« Camarade ! A moi, camarade ! »

Mikel, qui entendait l'italien aussi bien que l'allemand, s'il ne savait pas dix mots de français, regarda à son tour, sans cesser de jouer, l'être qui l'appelait de la sorte.

Celui-ci répéta :

« Camarade ! A moi ! Répondez-moi ! Suis-je fou ? Qu'est-ce que cela veut dire ? Vous jouez un air qui m'a bercé dans mon enfance, et celui qui me le faisait entendre le jouait comme vous, aussi tendrement. Qui êtes-vous ? »

Le flûteur, posant à terre sa compagne bien-aimée, répondit avec étonnement.

« Je m'appelle Mikel, je suis fifre de lansquenets. Et vous camarade, qui êtes-vous ?

— Un blessé. J'étais au service de la République. Je m'appelle Antinotti.

— Bon, un ennemi ! Mais que parliez-vous de musique tout à l'heure ?

— Vous avez sonné un air qui me fut bien familier autrefois et que je n'ai jamais oublié. Pendant que vous le jouiez, dans mon évanouissement, il me semblait, faible comme je suis, être redevenu enfant et entendre encore, dans les bras de ma mère, les accords avec lesquels un jeune garçon m'endormait jadis, au milieu des rires et des cris d'une halte de soldats.

— Par toutes les sirènes du Rhin d'Or, qu'est-ce que vous dites là, jeune homme? »

Les deux blessés...

En proférant ces mots, le petit Mikel se leva tout à fait, en s'aidant d'un tronçon de lance brisée, et, après avoir soigneusement remis sa flûte dans son étui, il vint auprès du jeune officier blessé et s'assit près de lui.

« Seigneur capitaine, lui dit-il, vous vous nommez Antinotti. Vous venez de me le faire savoir. Mais ne vous rappelez-vous pas avoir été appelé d'un autre nom, — Zeel, par exemple?

— Dieu! Que dites-vous! Zeel! Oui, je me suis appelé Zeel. Avez-
vous donc connu ma mère? Oh! par grâce, parlez!

— Si vous êtes celui que j'ai fait rire jadis, avec les meilleures
grimaces de mon répertoire de mime, si quelqu'un, homme ou femme,
autrefois, soit en Italie, soit en France, en Touraine, vous a appelé
Zeel, eh bien, oui, j'ai connu votre mère, et je connais votre père,
votre père légitime, ce qui n'est pas commun par ces temps de guerre...

— Ma mère!   .

— Elle est morte, hélas! la brave créature!

— Oui, je le sais. Morte! morte assassinée! assassinée par l'homme
que vous croyez être mon père et que vous dites connaître.

— Le capitaine Rocandolf!

— Oui, c'est bien lui! C'était lui plutôt, ajouta d'un air de conten-
tement horrible le jeune capitaine. C'était lui, car il est mort à cette
heure, et c'est moi qui l'ai poignardé, quand nos soldats se sont
abordés! »

Le petit Mikel souleva soudain le bois de lance qui était à sa portée,
comme s'il eût voulu briser le crâne du blessé et l'achever; mais il le
laissa retomber, en s'écriant avec épouvante :

« Vous avez tué votre père, Zeel!

— J'ai tué l'assassin de mon père et le ravisseur de ma mère.

— Vous avez tué votre père, encore une fois, misérable enfant!

— J'ai fait justice! Celui qui a eu dans son cœur assez d'amour et
de dévouement pour venir m'enlever de la chaumière tourangelle où
Rocandolf avait cru me cacher n'a pu mentir. Et c'est lui qui m'a dit:
Frappe! J'ai frappé.

— L'homme qui vous a enlevé, un homme maigre, au visage
sinistre, n'est-ce pas? fit le petit Mikel.

— Oui, mon oncle, le seigneur Scabini.

— Votre oncle !... mais votre mère n'avait pas de frère. Je l'ai bien connue. Croyez-moi. Elle fut unie, avec la bénédiction d'un prêtre, en ma présence, à Naples, au sergent Rocandolf, qui fut mon capitaine !

— Elle n'était pas mariée ? elle n'avait pas de frère ?

— Zeel, Zeel ! poursuivit le petit Mikel. Il y a là-dessous quelque abominable machination. Je devine une vengeance horrible. Oui, maintenant, je me rappelle, et ce visage noir, et cette face de renard... Oh ! pauvre enfant, pauvre enfant ! — Vous avez servi la haine d'un exécrable imposteur qui, en même temps que mon capitaine, sollicitait la main de votre mère et fut repoussé.

— Grand Dieu, je suis parricide !

— Oui, de fait ! mais Dieu, là-haut, qui voit nos âmes, a déjà pardonné au fils qui a cru venger sa mère et au soldat qui a défendu sa patrie !

— Mon père !

— Il est mort. C'était mon ami, j'en puis parler. C'était un cœur de fer dans les guerres, mais un père et un mari excellent pendant la paix.

— Mon père !

— Nous le pleurerons plus tard, et plus tard aussi nous le vengerons ! Si vous vous sentez la force de vous tenir droit, levez-vous. Voici ma main, Zeel ! Là. Allons ! Prenez cette pique ; elle vous servira de béquille. Et, maintenant, cherchons le cadavre de votre père, mon pauvre capitaine. Je ne le laisserai pas en proie aux corbeaux. »

Les deux blessés, cahin-caha, étayés de leurs béquilles improvisées, errèrent sur la place où avait eu lieu la rencontre de leurs deux compagnies, mais ce fut en vain.

Ils ne retrouvèrent pas parmi les corps étendus, sans nombre, à leurs pieds, le corps du capitaine Rocandolf.

Désespérés, les deux naufragés de la tempête humaine se dirigèrent, la mort dans l'âme, du côté d'Adda, où campait l'armée victorieuse.

L'artillerie avait cessé de retentir. La bataille était finie. Louis XII. couché dans sa tente, malade, encore qu'il eût été admirable pendant la journée, songeait déjà à retourner en France après avoir imposé aux Vénitiens la restitution à l'empereur d'Allemagne des places fortes qu'ils lui avaient enlevées, restitution stipulée par la ligue de Cambrai, en échange de l'investiture définitive du Milanais au profit du roi de France.

VII

Quand l'empereur Maximilien, en retard, selon sa coutume, arriva enfin au rendez-vous, Louis XII avait repassé les monts ; mais les soldats français et les troupes des confédérés bloquaient déjà Padoue, que défendait un habile soldat, excellent ingénieur, le comte vénitien Petigliano.

Une artillerie, formidable pour l'époque, suivait l'Empereur ; elle le suivait à petites journées, car le défaut de chevaux de trait obligeait les conducteurs, chaque jour, à laisser en arrière la moitié des pièces, afin d'avoir assez de bêtes pour traîner l'autre. Quand les pièces étaient arrivées au point de halte, on dételait. Et les chevaux repartaient chercher les canons qui étaient restés en arrière.

La garde et le service de l'artillerie étaient confiés alternativement aux Suisses et aux lansquenets soldés, pris dans tous les États.

L'Empereur amenait cent six pièces de canon à boulets de fer ou de pierre et six bombardes de siège, en fonte, énormes, portées sur des chariots monumentaux ; on mettait ces pièces en batterie sur le sol garni de pièces de bois. Un engin en relevait plus ou moins la bouche au moment du tir, selon la distance du but à atteindre. Un globe de pierre était bourré sur la charge. Derrière la pièce, on creusait « *un merveilleux pertuis* », comme on disait alors, afin de prévenir les effets de recul.

A côté de l'artillerie de nos jours, ces bombardes de l'empereur Maximilien peuvent paraître puérilement monstrueuses.

Il est de fait qu'elles ne pouvaient tirer que quatre coups par jour, au plus ; mais les rochers qu'elles envoyaient aux murailles battues en brèche déracinaient fort bien les pierres dans leurs alvéoles de ciment et ouvraient, à la longue, des ouvertures où pouvait passer une armée tout entière.

En même temps que sa belle artillerie, l'Empereur amenait avec lui sa noblesse, ses compagnies bourguignonnes et flamandes, ses lansquenets et gens de pied, au nombre de cinquante mille environ, et douze mille reîtres.

Il amenait aussi, selon son habitude, ce coffre mystérieux qui le suivait en tous lieux et qui n'était autre que son cercueil futur ; on s'en aperçut quand on l'ouvrit le jour de sa mort.

Autour de Padoue, avec les troupes françaises, les secours envoyés à l'Empereur par les cardinaux de Ferrare et de Mantoue, et l'armée impériale, on comptait cent mille combattants, divisés en trois camps.

On ouït à ce siège fameux une canonnade sans égale encore dans l'histoire, depuis l'invention de la poudre, car il y fut tiré, des trois camps, sur les murailles, aussitôt les approches de la place faites, plus de vingt mille coups de canon, auxquels le comte de Petigliano répondit, de Padoue, par plus de quarante mille, rendant deux coups pour un, assurent les chroniques.

Les trois brèches, au bout de peu jours, finirent par n'en former qu'une seule, gigantesque. L'assaut pouvait être donné.

Et, un matin, le marquis de La Palice, commandant en chef les forces françaises, fut prévenu par lettre autographe de Maximilien « qu'il eût à tenir prêts les gentilshommes mis sous sa charge, au service de l'empereur d'Allemagne, par le roi de France, » afin de donner l'assaut avec « les piétons allemands », c'est-à-dire avec les lansquenets, quand « sonnerait le grand tambourin du camp allemand ».

L'homme qui portait cette lettre concise et de style si peu courtois était long, maigre et noir de peau. Une grande balafre diagonale agrémentait son visage.

Il ressemblait étrangement au signor Scabini.

M. de La Palice, qui était aussi fin et avisé que brave, malgré la chanson où son nom est mêlé si bizarrement, invita tous ses chefs de corps et capitaines à dîner, aussitôt qu'il eut reçu le billet sans cérémonie de l'Empereur.

Quand ceux-ci furent arrivés au rendez-vous, lequel était le propre logis du seigneur marquis, ce dernier leur dit, en goguenardant, car il aimait à rire et savait à quels braves il s'adressait :

« Mes seigneurs, il fault disner, car j'ay à vous conter quelque chose que, si je vous le disoye devant, par adventure ne feriez-vous pas bonne chère ! »

Et, le dernier rouge-bord vidé, il leur bailla la lettre de Maximilien, qu'ils relurent par deux fois en riant, n'en pouvant croire leurs yeux. Enfin le seigneur d'Ymbercourt, qui ne tenait pas, paraît-il, au maintien rigoureux des règles de la chevalerie, s'écria en s'adressant à M. de La Palice :

« Il ne fault point tant songer, Monseigneur ! Mandez à l'empereur que nous sommes tous pretz. Il m'ennuie desjà aux champs, car les nuicts sont froides, et puis les bons vins commencent à nous faillir. »

Cette boutade fit rire tout le monde.

Le chevalier sans peur et sans reproche, qui avait ri comme les autres, tout en se curant les dents, fut interpellé alors par M. de La Palice.

« Eh bien, l'Hercule de France, qu'en dites-vous? Il n'est point temps de se curer les dents.

— Je dis, répondit Bayard avec son flegme habituel, que l'avis du sire d'Ymbercourt m'est agréable. Je suis de petite maison et prêt à l'assaut. Mais vous, gros seigneurs et riches hommes, l'Empereur agit petitement en vous offrant de combattre à pied, avec des merciers, des cordonniers, des boulangers et « aultres gens méchaniques, que sont ses piétons. » C'est vous faire peu d'estime et peu d'honneur aux gentilshommes du roi que de les mêler avec ses lansquenets, qui sont gens de petite condition. Mais il ne manque pas de gentilshommes d'Allemagne. Que l'Empereur les fasse mettre à pied comme les gens d'armes de France, et volontiers nous leur montrerons le chemin, et les lansquenets suivront, s'ils connaissent qu'il y fasse bon ! »

La parole du loyal chevalier dicta la réponse de l'assemblée.

Le seigneur de La Palice transmit le soir la réponse de ses capitaines à l'empereur Maximilien.

Celui-ci, reconnaissant le bien fondé de l'observation des chevaliers français, se promit de l'exposer le lendemain matin à sa noblesse.

Mais le bruit que l'assaut serait probablement donné le jour suivant, à midi, se répandit le soir même dans les trois camps, et chacun s'y prépara. On requit de tous côtés les confesseurs, et de tous côtés l'on fourbit ses armes. Les armes et les âmes étaient à minuit aussi claires et aussi nettes les unes que les autres.

Cette nuit-là, dans une tranchée qui n'était distante de la brèche que de cinq cents pas, trois lansquenets, de l'armée française, causaient à voix basse, aussi bien couchés que possible sur des peaux de mouton.

L'un d'eux, caressant l'étui d'une flûte suspendu à son ceinturon, tandis qu'un chien blanc à poils épais dormait à ses pieds, murmurait :

« Il est probable que demain, mon rossignol, vous sonnerez galamment aux oreilles de ces Vénitiens maudits. »

Ce soldat, vous l'avez reconnu, c'était le petit Mikel.

Le second soldat, quand son camarade eut parlé, ajouta :

Son épée, surmontée de sa toque, indiqua le lieu où il pourrissait.

« Le tambourin de Bodmer sera de la partie, cornebœuf ! »

Quant au troisième soldat, un tout jeune homme, il se bornait à écouter, en souriant d'un air triste, les propos de veille de ses compagnons.

« Allons, sergent Zeel, il faut oublier le passé, disaient-ils. Tout est bien fini. Toutes nos recherches ont été inutiles. On dit que les morts reviennent parfois. Je voudrais le voir pour y croire. »

A l'instant où le petit Mikel et son inséparable ami Bodmer pronon-

24

çaient ces paroles, un être de haute taille, couvert d'une épaisse fourrure, et qui avait plutôt l'apparence d'un ours que d'un homme, se
dressa devant eux.

Cet être ruisselait d'eau.

Sans se laisser aller à pousser un cri de surprise ou d'effroi, les
trois lansquenets se précipitèrent avec ensemble sur l'être inopiné,
et, en un clin d'œil, ils le renversèrent sur le sol. Trois coutelas sortirent peu après des gaines.

« Qui êtes-vous ? D'où venez-vous ?

— Halte ! camarades ! je suis le capitaine Rocandolf ! »

Cette fois, trois exclamations s'échappèrent des lèvres des trois
soudards.

Puis on s'expliqua.

Le capitaine Rocandolf, car c'était bien lui en chair et en os, et
non son fantôme, raconta que des inconnus, élèves dévoués d'un savant
médecin padouan, frappés des belles proportions de son cadavre sur
le champ de bataille d'Agnadel, avaient eu la bienfaisante idée de
le prendre par les pieds et la tête, de le transporter sur un chariot
et de l'amener à leur maître comme un présent digne des honneurs
de son scalpel.

« Oui, je suis entré à Padoue, les pieds devant, continua le capitaine, et je viens d'en sortir, la tête la première. »

Le savant médecin, remarquant que toute vie n'était pas éteinte
dans le superbe corps du lansquenet apporté par ses disciples, eut la
fantaisie de le ressusciter au lieu d'en faire l'autopsie.

Il l'avait guéri, soigné, hébergé, et ne demandait qu'à le conserver longtemps chez lui comme une preuve vivante de son profond
savoir. Mais le capitaine, l'ingrat, n'avait eu qu'un désir, à peine
remis sur ses robustes jambes, et ce désir c'était d'abandonner
l'homme de l'art et de regagner, n'importe comment, les camarades

dont il entendait le canon, chaque jour et chaque nuit, aux environs de Padoue.

Quand il jugea que les chemins de guerre approchaient de très près les murailles de la ville, il étudia ses moyens d'évasion.

Un fossé rempli d'eau lui parut un matelas capable d'amortir même la chute d'un homme de son poids, tombant du haut d'un rempart. Il se résigna à prendre un bain pour recouvrer sa liberté.

C'est de ce bain que venait de sortir le capitaine Rocandolf au moment où il avait pénétré dans la tranchée, risquant le coup de pique d'une sentinelle, chose qui lui semblait de peu d'importance, alors qu'il vivait encore après avoir reçu deux coups de poignard dans la poitrine et l'estafilade d'un premier coup de scalpel sur l'abdomen.

D'autres explications suivirent, bien entendu, la narration du capitaine. Mais je laisse le lecteur se figurer la joie qui dilata le cœur du capitaine et de son fils en se retrouvant enfin, tous les deux en bonne santé, aux côtés de leurs amis les plus chers.

Le lendemain matin, aux barrières du camp impérial, on jugeait un officier de lansquenets, convaincu d'avoir, par traîtrise et félonie, entraîné sa compagnie à un refus de service.

Les soldats interrogés déclarèrent que l'officier leur avait annoncé que la solde allait cesser d'être payée et qu'ils devaient en conséquence rester sous les tentes.

Ce qu'ils avaient fait, persuadés qu'ils étaient dans leur bon droit, car, de même que, sans argent, il n'y avait pas de Suisses, les lansquenets cessaient de se battre chaque fois que leur solde était en retard.

Les Mémoires de Bayard nous apprennent en effet qu'en 1512, au siège de Pampelune, tous les régiments de lansquenets, ce qui était bien plus grave qu'une compagnie, refusèrent de monter à l'assaut avant que le prix de leur sang leur fût versé.

L'officier en question fut condamné à être pendu.

Il se montra lâche devant la mort.

Un grand nombre de lansquenets des trois camps assistèrent par ordre à l'exécution. Le capitaine Rocandolf, son fils et le petit Mikel se trouvaient dans leurs rangs.

Ces derniers reconnurent avec un triste sentiment de satisfaction, dans la personne du supplicié, le misérable espion qui, de son vivant, s'était appelé *il signor* Scabini.

Les restes mortels de ce mauvais homme furent enterrés le soir même par ses soldats, dans un champ solitaire. Son épée, surmontée de sa toque, indiqua quelque temps le lieu où il pourrissait.

Mais chassons ce souvenir odieux.

Comme les lansquenets commandés pour méditer, en présence du châtiment, sur les conséquences de l'indiscipline regagnaient leurs quartiers, ils apprirent une nouvelle étonnante :

Les gentilshommes allemands à qui l'empereur Maximilien avait communiqué la noble proposition des gentilshommes français, avaient énergiquement refusé, non de se battre, mais de combattre à pied, et cela malgré les prières et les ordres de leur souverain.

En raison de ce parti pris, le grand tambourin du camp impérial ne résonna point sur le coup de midi, comme tout le monde le croyait et l'assaut ne fut pas donné ce jour-là.

Et pendant la nuit suivante (9 octobre 1509), autre surprise, l'Empereur décampa et s'en alla tout d'une traite à plus de quarante lieues de Padoue, dont le siège fut levé.

« Par Apollon ! mes amis, s'écria Mikel, le joueur de sambuque, quand il fut instruit de la reculade inouïe, mémorable autant qu'histo-

Devant Padoue.

rique, de l'armée d'Allemagne, ce n'était pas la peine de brûler tant de poudre aux moineaux depuis des semaines et de distribuer prématurément tant d'or aux moines confesseurs.

— Mikel a raison, dit Bodmer. Le grand Empereur s'est conduit cette fois comme le fait souvent ton chien le Mauvais Fritz : beaucoup de bruit pour rien ! »

FIN

TABLE DES MATIÈRES

LA GUERRE

LE SECRET DU FER

LES LANSQUENETS

SOCIÉTÉ ANONYME D'IMPRIMERIE DE VILLEFRANCHE-DE-ROUERGUE
Jules Bardoux, directeur

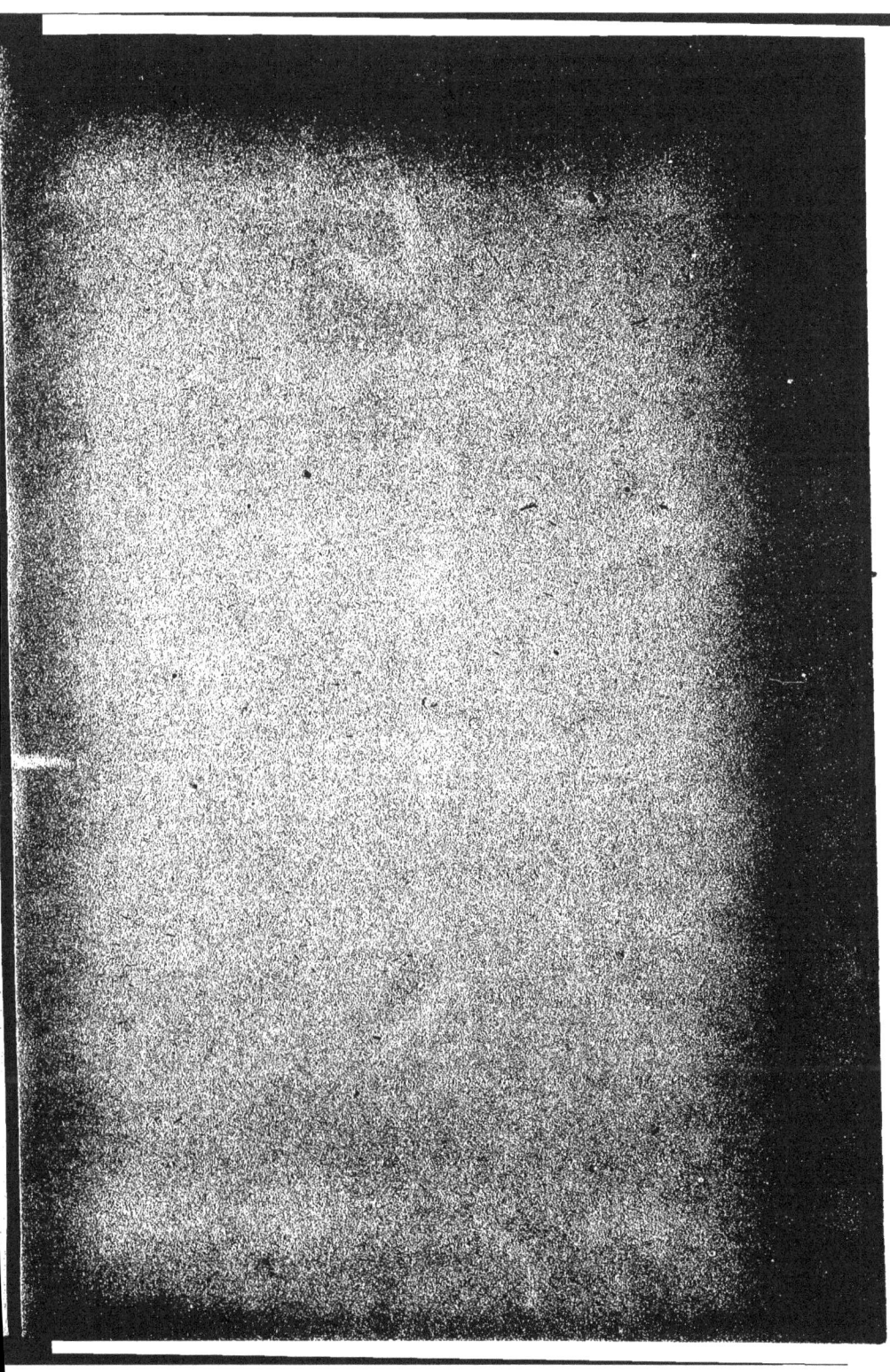

www.ingramcontent.com/pod-product-compliance
Lightning Source LLC
Chambersburg PA
CBHW050319030726
47505CB00003B/776